巴黎丛书

COLLECTION DE PRIS

白色的幽灵，
从你们燃烧的天上落下来！

Tombez,
fantômes blancs,
de votre ciel qui brûle.
-Gérard de NERVAL (1808-1855),
Artémis (Les chimères)

# blanc

白 色 系 列

蓝色思想
PENSER bleu
白色生活 ●
VIVRE blanc
红色创造
CRÉER rouge

# 行脚商
## Colportage

[法] 热拉尔·马瑟 Gérard Macé 著

唐睿 秦海鹰 译

华东师范大学出版社

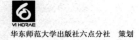

华东师范大学出版社六点分社　策划

# 目　录

## 图　像 （唐睿 译）/127

那些热衷于书本的人，他们实际上共同建立了一个秘密社团而不自知。阅读的乐趣、对一切事物的好奇，还有无分年龄的诽谤将他们凝聚。

他们的选择从不涉及市场、教授或学院的意愿。他们不在乎别人的口味，宁可自己置身于某些缝隙和隐密处，孤独、遗忘、时间的边缘、激情的风尚，阴暗的地带。

他们独自组成了一个属于短暂生命的图书室。他们在寂静中互相阅读，在他们烛台的微光底下，在他们图书室的隐蔽角落，在战士以撞击声互相厮杀，商人于乡镇广场的铅色光线中麻木叫卖、互相吞咽的时候。

# 译 者 序

  跟热拉尔相识，是在 2007 年。当时黄蓓博士正着手为邀请热拉尔到复旦做交流而作准备，需要找人翻译《汉语课》的其中几个章节，以便在交流时向听众朗读。当时我正好住在同一栋楼的楼上，也是攻读法国文学的，因利成便，便获得了这个宝贵的机会。

  《汉语课》，正如读者在这本书里所看到的，是作者在学习汉语时，对东方，特别是中国文化的感悟与思考。《汉语课》的文章在内容上，跟中国读者的精神比较契合，而篇幅也较短小，风格既像笔记又像散文诗，文句的思维跳跃以及出奇不意的收结能激起悠长的余韵，很有日本俳句的味道。

  那次选译《汉语课》的经验十分愉快，因此，当稍后黄蓓博士向我提出《行脚商》的翻译计划时，我就不假思索地答应了。

  然而，事情并不如我想象中简单。

  热拉尔是法国当代的一位既多才、又多产的作家。他除了对文学有浓厚的兴趣，对历史、政治、电影、原始文化，以及造型艺术都有独到的见解，而他本人更是一位出色的摄影家，曾用镜头捕捉过非洲沙漠中被人遗忘的古老图书馆,以及贝宁共和国里,无名街头画家所留下的生动壁画。散文之外,热拉尔还擅写小说、诗歌,以及评论,并且屡获殊荣。在创作之外,热拉尔还是个精于意大利语的翻译专家。因此,我早期对《汉语课》一两个章节的粗浅翻译经验,只不过是对这饱满灵魂的一种片面认识。然而蒙昧的我当时却对此一无所知,结果就毅然接受了翻译两册《行脚商》的高难度挑战。①

在热拉尔已经出版的中译作品中,在内容及风格上跟《行脚商》比较接近的,应该是《量身定制的幻想》。作者在这本书里将他的知识和阅读经验配上一种极个人的诗意幻想,于是,一些文学读本上的刻板知识就被鲜活地表现出来,变成了带有寓言色彩的奇想故事;而一些不为人所觉察的历史事件又被作者适度放大,让读者得以认识到它们应被授予的价值以及重视。"量身定制"是一种理性思考,是一种认知态度,而被"定制"的却是飘逸的"幻想",于是一刚一柔相互约束又相互成全,令读者无论在知性或感性上都得到极大满足。

至于《行脚商》,虽然也是作者在阅读或审视一些文字与视觉艺术作品时的思考,不过跟《量身定制的幻想》相比,它的风格却要来得沉实厚重。

中译版的《行脚商》其实是凭空创造的词。法语的 Colportage 是指商人穿州过省的贩卖行为,这种商贩在过去挑着他们的货物到不同的城市乡镇赶集,而在他们的箱子里面,往往会放上几本书,有时是史书,有时是诗集,有时是游记,有时是小说。在通讯和交通尚不发达的过去,这样的一种商业活

---

① 法语原版的 *Colportage* 共有三册,第一册是《读本》,第二册是《翻译》,第三册是《图像》。中文版所收录的分别是第一册以及第三册,至于第二册因为谈的是翻译,涉及很多语言问题,所以就不在中文版的翻译计划之内。

动亦扮演着沟通文化的重要功能。除了卖书,商贩亦会在不同的地方收集一些新书,藉以充实他们的书箱,于是他们的生命,也就多了一份行脚僧的修行意味。热拉尔最初为书本取名 Colportage 就是因为想到这两层意思,中文没有完全对等的三音节词,译者只能以拼贴的方法造出一个"行脚商"来。尽管这样的转译已将重点从"贩卖行为"转移到"贩卖者"身上,然而却不失是一个折衷的方法,方便中文读者在看到书名的时候,亦可以感受到作者为书本命名的动机和苦心。

"行脚商"是一位踏实的商人,他的货物都是借着马车或自己的脚步实实在在运送的,因此,我们在本书中难以感受到《量身定制的幻想》那双轻灵之翼所舞动的气息,取而代之的,是作者实实在在的足印。

《行脚商》收录了不少替其它著作所作的序言,这些文章,大都是作者跟其他作家以及艺术家切身交往的纪录——走进热拉尔位于蒙马特的房子,我们仍可以在玄关里看到米肖的绘画;在饭厅的壁炉上,看到阿勒青斯基的画作;并在大厅里找到达笛尔的"英语学习机"(那是一个木造的小箱子,它在今日我们所认识的电子辞典面前显得那样的龌龊,然而它却提醒了我们,想象在人类文化的进程中所扮演的重要角色)。因此,作者在写作的时候难免会不时提及一些比较个人的经验,以及私密的感情。

这些内容,对大部份读者而言(包括法国读者),都会造成一定的阅读困难;此外,作者在书写这些序言的时候,一方面既考虑到"喧宾夺主"的禁忌,另一方面也考虑到法国读者对某些作家(例如兰波)、作品(例如《追忆似水年华》),以及意象(例如波德莱尔的天鹅)的熟识,所以就在文章里作了大量的"留白",让读者以自己的文化知识或序言之后的内文来填充。一些法国知识分子在阅读热拉尔的作品时之所以津津乐道，就是因为他们在这些地方，找到了言有尽而意无穷的韵味。可是，对身处于不同文化体系的中国读者而言，这些"留白"却为阅读造成了不少障碍。有见及此，译者在翻译时已尽可能考虑其需要而为原文加注。可惜中国读者对西方文化的认识深浅不尽相同，其中有读者可能因注释过多而觉得琐碎啰嗦，也有读者可能因某个地方没有加注而感到纳闷，凡此种种，译者在此谨希望读者皆能加以包涵。

《行脚商》在风格上跟《量身定制的幻想》以及《汉语课》的最大差异就是它沉实的风格。这风格更令热拉尔在文中往往为了精准地表达一个意思，而将欧洲语言的特点利用到极至：例如为一个定语配上三、四个形容词，插入修饰句，以及在一句长句之后再配上两个状语句……这些书写风格在翻译过程中一度让译者处于极尴尬的境地：到底该以中文读者的需要出发，拆解原文，将句子割断，改成短句呢？还是该尽可能保留原文风格，以偏欧化的句式来翻译——尽管这样的译文在读者眼中显得不自然，甚至造成某种阅读的局促感？

经过反复的思量以及尝试，译者最终还是采取了保留原文风格的策略，原因是，热拉尔是一位对风格很自觉的作家。他在《汉语课》里，因为书写的内容跟东方文化有关，所以就运用了警句式的短句，以及俳句式的收结来描画他眼中的那个"智慧的东方"；至于在《量身定制的幻想》中，为了突出幻想的轻灵以及"量身定制"的贴身，他就以跳脱而又亲和的语调来书写。因此，《行脚商》的风格并不是热拉尔的无意识表现，而是有意识的选择。

在《行脚商》里长句以及形容词的密集使用有两种功能，一是更精准地将概念阐明；另一个，则是让读者放慢阅读速度,从而细心琢磨其中的意思。这两种元素,一在作者,一在读者,都是细读一篇评论及介绍性文章的必要条件。

热拉尔的文章是需要细读的,特别是《行脚商》。在本书长长的一串作家、艺术家,以及作品名单中,既有像达笛尔、德雷克鲁兹等一批对中国读者而言甚为陌生的名字;也有巴尔扎克,波德莱尔这些自上世纪初已为中国读者所熟识的人物。阅读那些跟前者有关的文章时固然需要耐心,然而,在阅读看似耳熟能详的内容时,读者亦切勿掉以轻心,否则,就会错过像〈玻璃与松鼠皮〉一类文章所带给我们的弦外之音。

有大概一年多的时间,我断断续续地在周末的早上来到热拉尔的家跟他讨论译文细节。我们的讨论往往是在厨房里由一杯温热的咖啡打开的。厨房的小餐桌旁贴了一句标语,上面写着"瑞士人吃饭咽得太快"(Les suisses avalent trop vite leur repas),这仿佛是一个警示,提醒我在翻译乃至阅读的过程中,应该不时地细细品味每一个细节。然而,《行脚商》所涉及的作品和领域实在太广,译者仅以区区几年对西方文化的研习,实在难以全然去解读这样一位文坛老将。在翻译过程中,尽管热拉尔特别抽出了许多宝贵时间跟译者讨论,为翻译工作提供了不少支持以及指导,但囿于译者的才疏学浅,译文一定仍有不少需要指正的地方,这都希望读者们能加以包容并不吝赐教。

最后谨在此感谢黄蓓博士为我提供了这次珍贵的翻译机会,若非她的穿针引线,译者就不可能认识热拉尔夫妇,并成为难得的朋友。另外也感谢华东师范大学出版社六点分社组织了这次翻译计划,特别是制定了一套"体恤译者,以质为先"出版方针的主编倪为国先生;虽已离开了编辑岗位,但仍对译文甚为关注并提供许多宝贵意见的吴雅凌小姐；还有不辞劳苦地替我校对译稿，整个翻译计划的责任编辑李炳韬先生。此外，亦特别感谢出版社愿意将北京大学法语系秦海鹰前辈译的《汉语课》跟《行脚商》并到同一册书出版，令整本书生色不少之余，亦可以让读者通过这两部风格迥异的文稿，看到热拉尔作品的多面性。

唐睿

2010 年 4 月 21 日

于上海，复旦

读　本

## 道上的图书馆

在让人忆起太多台灯和研习的阅览室，在我曾失神两三回，当下几乎忘却为了寻索什么而来的目录室，我始终属意，道上的图书馆。借着我在寻索时将得到的幻象，在这白日底下的迷宫里，一根阿里阿德涅①的毛线以及我自身故事的最后语词；借着与她邂逅的愿望——幸运女神，这朝生暮死，我们在每一个瞬间都梦寐紧随她步伐的路人。

我有时曾害怕她不再出奇不意地回来，不再向我供给什么，只留下一副永远闭合的容颜；而我曾一度相信自己认出了它的微笑，在这学问与欲望相契合的良辰，知识本身拥有诗意的高洁：得益于时间的回响，歧途紧随着的是认知，是断行，是比拟。

---

① （本书注释如不加说明，则均为译者所作）阿里阿德涅，希腊神话里米诺斯王的女儿。因受到忒修斯的引诱，阿里阿德涅用一条线引领忒修斯逃出米诺斯的迷宫。

真正协助我寻索的,是灵感而不是查找的疲惫:它就像一切不期而遇的幸福满注心灵,又仿佛是将自己置放在一个虚空的广场上,而欲望则在此呼喊着某个对象,它能同时破除那无时不将我们跟世界分开,不能逾越的界线。

我就这样在伊斯坦布尔的香料店后,找到了一本未被书写过的帐本,一本以黑帆布包裹的古老书册。当晚,我就在册上做了那份"大记帐本"①,上面将要记上的并非债钱与利润,而是时间给过我的机遇,藉此,我便得以延长记忆中那个押金没有限额的牌局,一个仍然还在发牌的牌局,直到不能预料的债期到临②。

然后我就辗转登上了其中一辆长途观光车。司机说什么都不愿意出发,要一直待到所有的座位都坐满,而我们是可以让车子提前开出的,只要愿意为空置的位子付钱。

在拍着司机的肩膀,寄希望能早一点出发的瞬间,我突然想到应该为奈瓦尔③的座位付费,因为他一定是那位缺席的旅客,他一定又在记忆中迷失,又或者正行走在布卡葵修士④的足印之上,在莫枫丹⑤和开罗咖啡馆之间的某个地方;而不再回到我们中间,回到这其中一辆替代了古代船艇,颠三倒四

---

① le grand livre de la dette,古代的王室账本。

② 此处,能见到热拉尔,乃至普鲁斯特起,法国文人对"书写记忆"的一种典型思考。"不能预料的债期"是指死亡,而"押金没有限额"是因为自普鲁斯特的《追忆似水年华》起,法国文人已普遍接受"书写记忆"实际上是一种主观的再创造,而不是客观的描述,因此热拉尔在此为记忆记帐,个中的厚薄,是完全主观的,就像没有限制的"押金"一样,并且记忆的描述同时亦可以因个人的书写意愿而改变,因此,"书写记忆"这个牌局也"仍然还在发牌"。

③ Gérard de Nerval,法国 19 世纪浪漫主义作家。曾因病到中东旅行,是次经历促成他于 1851 年出版了《东方游记》。奈瓦尔于 1855 年 1 月 26 日被人发现吊死在巴黎旧灯笼街(rue de la Vieille-Lanterne),结束了其传奇的一生。

④ l'abbé de Bucaquoy,奈瓦尔曾追寻此人、他的著作以寻索其足迹。

⑤ Mortefontaine,奈瓦尔出生地。

的汽车中，再一次穿越阿格龙河①。

如果奈瓦尔与我相随，而且比平时更频繁，那是因为我相信自己从前就曾在那条迎向他的记忆，却又使他远离梦中焚毁的剧院②的道路上，看到他拖带着巨大的叹息。而多亏他，在阅读《火中众少女》③时，我明白了，在异国的城市寻索一本书册，可将我们引领到那里。

借着求问他的足印，犹如念出一个密码，我们沿溯时间，为记忆之书献上最少的白页；为亡者之书，献上一张全然摊开的报纸。

## 步行时的灵感

赫耳墨斯是奥林匹亚山的行脚商：一只双足长着翅膀的传讯鹰，命中注定要沉默却同时又是里拉琴④的发明者，小偷和商人的守护神，诠释的君王，他掌管一切的沟通和消息的交换，甚至还利用众神与人类之间的关系把玩起传声筒的戏法来。在他的庇佑下，我很想去偷盗一本又一本的书籍，并以诡计和预感剥开它们的秘密——某些让它们得以生成的秘密，但我更希望得到的，是它们之所以能绽放出华彩的

---

① 阿格龙河（Acheron）是希腊西北部伊庇鲁斯地区的河。在希腊语中有"愁苦之河"的别名。在但丁的《神曲》中阿格龙河是地狱的边界，而在希腊神话中，它是地狱的五条主要河流之一。奈瓦尔在他的组诗《野梦》（Les Chimères）里就写到了阿格龙河。

② 奈瓦尔曾在一篇文章中谈到一所焚毁的剧院，这也指涉他对一位女歌手的爱；而奈瓦尔曾梦见自己离开一所剧院回到童年的地方。

③ Les filles du feu，奈瓦尔的代表作之一。

④ Lyre，一种古希腊竖琴。这里指赫耳墨斯的责任是忠实地传话，然而他却又注定了要发出自己的声音。"解释学"（Hermeneutics）一词，就是源自赫耳墨斯的名字。

玄机。

同样也是借着它的庇佑,我边步行边创作。迷茫的路人可能就会思疑在这行人犹豫到底应该为一行诗句的收结划上一个句号,或以顶真的修辞手法将之延续之前,在令时代停滞的野兽蓦然将他惊醒之前,这行人的部份理性是否已不再如一盏夜明灯,继续为 12、13 世纪被自己的诗行节奏以及闲亭信步的坐骑哄睡着的吟游诗人之久远后代燃亮。①

我同样也试过躺卧,而漂泊的思想于是就重新觅见《遐思》②时期的卢梭来,他的精神在牵引舟楫的水纹和湍流之中改道,而这漂泊的思想更延续到《忏悔录》时期的卢梭身上,他表示自己从未以手中的鹅毛笔杆做过什么:"那不过是在散步的时候,在岩石与树林之中,在床上任由失眠症持续折磨的夜晚,我才在自己的脑海里写下的……这段时期,我的脑海常常会持续翻腾五、六个夜晚,然后这些想法才会变成我写到纸上的模样。"

无论我们经验的喜悦以及书写一部作品的策略如何,个中最关键的总涉及到怎样去逃避"安坐不动",这是一种光说不练的想法,它曾令我们忘却,音律上的协调,对敲击一记精准的思想其实亦是同样重要。尼采就从心底里知道这点,对他而言,保持端坐,简直就是一种违背精神的罪行:"只有在你行走时萌生的想法才有价值",被《瞧!这个人》③的"铅屁

---

① 这行人除了是热拉尔自己,也泛指一代作家、知识分子。"令时代停滞的野兽"是指人类在近代历史中表现出的兽性,以及它所引发的战争和灾难。在热拉尔的作品中,经常看到这一类对重建现代人文精神的关怀。
② 卢梭的著作,书的全名为《一个孤独漫步者的遐思》(Les Rêveries d'un promèneur solitaire)。
③ 尼采一本著作的标题,拉丁文,Ecce Homo。

股"①缠住之前,他在《偶像的黄昏》中这样承认。

他写下这些句子时不可能知道,在他之前有一个年轻人②曾大发雷霆,他并非凭借"一记锤打"③作哲学思考来想到这些的,而是在构思带有报复意味的亚历山大体诗歌,藉以讽刺"那些编织座椅的'端坐者'"的时候。④ 尔后,他竟不知为何以一个很大的幅度跨越了欧洲,前往哈拉寻觅制造黄金的方法。⑤

踏着清风鞋垫的人,他为我们在纷飞的纸页上留下的诗歌,由赫耳墨斯这个依随气流缓急迁移的传统而来,他一边隐现一边在身后留下神谕和消息,而人们却为了要解释这些讯息感到焦虑不安。赫耳墨斯可说是天生的捣蛋鬼,他在褓褓之中就已经开始偷窃,在以带角的野兽换取他兄长阿波罗刚发明的竖琴⑥之前,就已因为窃取了他的畜群而恶名远播。他将灵魂引向死亡的国度,并为旅人普照路径,为了向他表示谢意,旅人更在十字路口竖立起象征男性生殖器的支柱,因为男性的象征是一种能够取悦他的装饰⑦。

---

① 尼采用语,指如果我们有一个铅屁股,就会因为过于沉重而不能移动。

② 这里指的是兰波。

③ 尼采曾说:"我以一记锤打,击破所有在我之前的哲学",而兰波亦是以他的诗歌去打破在他之前的诗歌,超越前人。

④ 《端坐者》(*Les Assis*)是兰波的一首诗,描写一批只会端坐被动,已经失去想象力的人。兰波原文首两行为:"这些老家伙总是编织着座椅,感受活泼的阳光在皮肤上织出纱衣"(Ces vieillards ont toujours fait tresse avec leurs sièges, /Sentant les soleils vifs percaliser leur peau)。

⑤ Harar,埃塞俄比亚东部的一个城镇。兰波在年轻成名之后突然放弃了文学,到北非经商,这个突变一直是法国文学史上的一大玄案。

⑥ 竖琴是诗人的工具,所以他也是偷窃了语言,以及诠释语言的神。

⑦ 古代,人们在路中心竖起桩柱以颂扬赫耳墨斯,因为赫耳墨斯也是守护旅人的神祇。

　　他并没有像俄狄浦斯一样,在回答了一头怪物①看似自杀的极简单、稚气、毋须慎重对待的问题后,令自己身陷虎口(事实上,我们也紧随他上了当,因为我们依着他的故事缔造了西方人的命运,以及一个悲剧的传奇)。然而,俄狄浦斯肿胀的脚踝②,却不能容纳赫耳墨斯长翅膀的足踝。③

　　一个瞎眼冒蔽,一个轻盈迷离;羞耻与惩罚,狡猾和讪笑;约卡斯塔④儿子的老人杖,永恒的青春以及信使的黄金杖,它亦跟阿斯克勒庇俄斯⑤的手杖一样,是拥有相同造型的治疗工具。⑥

---

① 这怪物是指《俄狄浦斯王》故事中的狮身人面兽"斯芬克斯"(Sphinx)。故事里,狮身人面兽问沙漠上的旅人,有什么东西在早上四条腿走路,中午两条腿走路而晚上三条腿走路? 谜语的答案是"人"。早上、中午、晚上分别比喻人的幼年、中年和老年。传说这个迷题,后来被年轻的希腊人俄狄浦斯答对,斯芬克司因而自杀。因为问题的答案是那么显而易见,所以斯芬克斯就跟自杀无异。

② 因为俄狄浦斯新生时,他的父亲得到神谕指明说要将刚出生的儿子杀死,否则他的性命将会丧在其手中。为了避开神的预言,俄狄浦斯的父亲——拉伊奥斯王将俄狄浦斯的足踝刺伤,然后将之弃于荒野。于是俄狄浦斯长大后就成了瘸子,而他的名字 oidipous 希腊文的意思即为"肿胀的脚"。

③ 俄狄浦斯解开了谜题之后继续他的旅程,从而踏入了弑父娶母的悲剧宿命。俄狄浦斯虽然跟赫耳墨斯一样洞悉了语言的秘密,可这洞悉却将他引入到大不幸中去;相反,赫耳墨斯从不为语言所羁绊,故可以如诗人一般来去自由。俄狄浦斯脚受过伤,所以有一双肿胀的脚,这沉重的意象则正好跟赫耳墨斯带翅膀的腿相对,暗喻了前者受到的羁绊和后者的飘逸。

④ Jocaste,即俄狄浦斯的母亲。

⑤ Aesculapius,希腊神话中的医神,相传他有一根双蛇杖,后来蛇杖就成了今日大部份医疗组织的标志。热拉尔在此联想到阿斯克勒庇俄斯,是因为俄狄浦斯和赫耳墨斯也各有一根手杖。俄狄浦斯是因眼瞎需要以手杖探路,而赫耳墨斯则有一根蛇杖作为他的象征。

⑥ 赫耳墨斯所掌控的是语言,它可作安抚的媒介,也是现代心理学主要的"治疗工具";俄狄浦斯则成了现代心理学的其中一种情结典型,换言之,也是一种"治疗工具"。

# 玻璃与松鼠皮①

> 那些不能以飞翔去追逐的……
> 应该以蹒跚的脚步追逐。
> 跛行并不是一种亵渎，
> 它教导我们书写。
>
> 吕克特②

　　是的，灰姑娘穿的确实是一双玻璃鞋③，而不是松鼠皮鞋，尽管有超过一个世纪的时间，巴尔扎克④、里帖⑤以及其他人，曾提出过一连串深入的质疑，甚至几乎可以证明是，谬误。

　　是在《哲学研究》其中一篇题为〈关于凯瑟琳·德·梅第奇⑥〉的文章里，巴尔扎克，按照他的好习惯，为这可疑的拼写法，这曾经震撼人心的欲望物，贡献出一个偏误的命题："在法国，就像在其它国家一样，不单只有法令确保了贵族穿戴皮裘

---

① 在法语里，玻璃（Verre）与松鼠皮（Vair）谐音。
② 弗雷德里希·吕克特（Friedrich Rückert，1788－1866），德国诗人、翻译家、研究东方语言的学者。
③ 据学者考证，《灰姑娘》的故事源自埃及，该童话后来传播至欧洲各国并产生了不同的版本，本文则讨论故事中灰姑娘所穿的玻璃鞋，到底是原文就有的童话想象，还是由松鼠皮一字演变出来的美丽错误。热拉尔希望藉这篇文章指出，理性主义有时甚至会反过来令文学上的一些非凡想象失色。
④ 奥诺雷·德·巴尔扎克（Honoré de Balzac，1799－1850），法国19世纪著名现实主义小说作家，著有《人间喜剧》。
⑤ 埃米尔·里帖（Émile Maximilien Paul Littré，1801－1881），法国哲学家，《法语辞典》（Dictionnaire de la langue francaise）的编撰者。
⑥ Catherine de Médicis，1519－1589，法国王后，为瓦卢瓦王朝国王亨利二世的妻子和随后三位国王的母亲。她影响了法国二十多年，其中包括分繁复杂的法国天主教和新教之间的战争。

的权利，这从古老的纹章中白鼬的角色也可以得到印证，然而仍有少数几种皮裘，例如松鼠皮，毫无疑问就像是皇家紫貂，只有皇帝、公爵和具有一定名衔的领主才可以穿戴。人们将松鼠皮裘的大小按级别区分开来。这个字，自百年前起，已经被弃用，在佩罗①无数的寓言里，灰姑娘著名的鞋子，无疑是小松鼠皮制成的，但却被编撰成玻璃制造。"

　　里帖，以他一贯要求自己积极进取的态度，一开始便（援引弗提耶的讲法②）提醒我们，松鼠皮乃是一种鼯鼠类动物的皮，"它的表面如鸽子颈项的颜色而底层为白色"（法语的"松鼠皮"——Vair 一词，源自拉丁语的 Varius），这皮裘也被称作"少灰"。然后，里帖继巴尔扎克修正道："是由于我们如今不认识这个今日较少用的字，所以在几个灰姑娘寓言的版本里将它写作玻璃鞋（这是荒谬的），而没有写成松鼠鞋，也就是说，以松鼠皮制成的鞋。"

　　事实上，这里的考据是不成立的，在 1697 年的佩罗〈灰姑娘〉原稿里，我们找到的确实是玻璃鞋，这证据未必充分（因为我们可以怀疑原稿就是一个错版），在寓言的其它语言版本中却没有引起混淆，那是因为它们不像法语文本，有谐音作怪，而让我们最终也不能肯定，"松鼠皮"其实是一种太逻辑的思想变形。

　　皮埃尔·拉鲁斯③则是以某种迁就故事弦外之音，甚至是某种破除迷信的方法来接纳新的拼写："许多曾在童年获赠这本书，然而在童年之后就再没有读过这美丽童话的人，无疑

① 　夏尔·佩罗（Perrault, 1628—1703），法国作家。著有《鹅妈妈的故事》，其中收录有〈灰姑娘〉、〈睡美人〉、〈小红帽〉等童话名著。
② 　安托万·弗提耶（Antoine Furetière），法国一教会人士、诗人、寓言作家及辞典编撰者。
③ 　Pierre Larousse, 1817—1875，法国辞典与百科全书的编撰家，著名的成果是《19 世纪综合大辞典》。

会诧异在故事里竟找不到那，曾比任何东西都更能牵动他们想象力的玻璃鞋。这鞋该是多么的透明，能让王子看到里面的裸足而产生了巨大的迷恋！这年轻的女孩该有多轻盈啊！所以她即使穿着这鞋走路和跳舞，鞋子也没有碎裂分毫！佩罗童话看起来失色多了，因为灰姑娘在当中所穿的鞋子，不过是一双松鼠皮鞋，一双以皮裘修饰的鞋子。"

从一个典故到另一个，文字逐渐衰退并同样变得比口耳相传更暧昧。这可能就是拉鲁斯为什么要根据依利恩①的《故事杂说》，为我们讲述〈灰姑娘〉最初版本的灵感泉源的原因：曾有一位埃及妓女，在沐浴的时候，让她的女佣在旁看守着她的衣服，一头兀鹰夺去了她的其中一只鞋子，带到忙于审理案件的王子那里，王子之后为了找出这鞋子的主人而命人搜遍了整个埃及。

比巴尔扎克和里帖更加忠于故旧情怀，更少地执迷于精确，更淡然，不去为一个不属于自己的故事版本辩护，拉鲁斯对童话故事、魔法法宝、在人类身上和欲望具有同等价值的情节等等，都具有更敏锐的洞悉力，而他同时让我们瞥见，理性的作祟，跟查禁书籍的精神有着极为相似的本质：在我以外，还有一些人，因不能接受这鞋子的本源问题，竟扯到男性生殖器的衰弱上去；然而，被这许多坏事所误导以后，我宁愿像拉鲁斯那样，对自己的观点存留少一点坚执。我感谢他在确认这鞋子的本源的同时，不至于压碎我们的童年：这就是我们怎样在字典里，藉着那份被整理过的巧合，从一个词被牵带到另一个词去，当中还必须懂得寻索爱的种种秘密———一种为了

---

① 依利恩(Elien，175－235)，诡辩家，罗马历史学家，并擅长以希腊语作雄辩演说。

将它们道出,而不得已将它们面纱摘去的方法。

## 试 金 石

"那些不能以飞翔去追逐的……应该以蹒跚的脚步追逐。"弗雷德里希·吕克特的这句忠告,这久被遗忘的建议,令我想起飞翔总伴随着堕落,它甚至可以体现人的形象,而且还有点笨拙,同时亦令我想起一个突如其来的机遇,借着那沉睡的警惕,让我们在无意间跳出了身陷其中的常规车辙:对于习惯的小小破坏唤醒了沉睡的欲望,在凹凸不平的街石上,恍惚间我们寻回了一些失落的回忆。①

某天我正穿过卢浮宫新入口的工地②以及皇家宫殿骑兵竞技场,然后从孟果街③到盖尔蒙公馆④等地时,我想起以上的一切,我感到自己紧随着波德莱尔的天鹅,还有他本人接二连三的化身,仿佛文学与灵魂转世说在瞬间得以契合,又仿佛除了一点读本的印象外,我再没有半点属于自己的记忆。

在一个蜕变的巴黎,按照那最昭著的方式,"可悲啊!变易得比人心更快"⑤,波德莱尔一边走一边对安德洛玛刻⑥

---

① 这里首先是暗指《追忆似水年华》最有名的一幕:叙事者在一杯茶的香味中忽然被勾起了一串庞大的记忆,而这记忆的终点则是叙事者希望书写一本书的欲望;其次是指阅读,阅读的内容有时会神秘地跟我们自身已经麻木掉的日常生活方式结合,给这些东西赋予一种不平凡的感觉,这就是热拉尔在文中提到波德莱尔、爱伦·坡,以及普鲁斯特和他们的作品的原因。

② 波德莱尔曾在卢浮宫的工地追踪过一只天鹅。

③ Rue Margue,美国小说家爱伦·坡(Allen Poe)一篇小说中的场所。

④ l'Hôtel de Guermantes,法国作家普鲁斯特所著《追忆似水年华》中出现的场所。

⑤ 波德莱尔的一句诗,原文为 Change plus vite, hélas! que le coeur d'un mortel。

⑥ Andromaque,跟后面的〈天鹅〉有关,是出现在波德莱尔诗集《恶之花》中〈天鹅〉一诗的古希腊神话人物,她原为特洛依英雄赫克托耳的妻子, (转下页)

以"您"相称,并以梦寐中含糊的旧物以及规律的音节展开独白,为《恶之花》谱一首姗姗来迟的诗,而最美妙的地方或许:并不是他在〈信天翁〉①里窃取了英国古诗体中的象征含义从而令诗歌变得厚重——这源自英国的古体格律早就被老水手柯勒律治②置于一种可悲的境地;〈信天翁〉里最美妙的,其实是那只从动物园逃脱的巨大"天鹅"③,这逃亡者,在崎岖的土地上前行,然后将颈项伸向天空,对上帝所发出的控诉。

正是紧随这折翼的天鹅,"荒诞而又高尚"如一个老去的执袴子弟,波德莱尔,借助了巨人的翅膀来缔造想象,从一片现代工地跨越到远古遗迹,落在被《伊利亚特》④的战士摧毁的特洛伊城柱干和柱头⑤之上。然而波德莱尔均未明言,因为个中流露出来的真理自会在极为鲜明的语言里兀自流动,因此安德洛玛刻的哭泣和她寡居的苦痛唤起了诗人的另一种哀伤,那就是赫克托耳⑥的儿子,一位命运和波德莱尔非常相似的孤儿;安德洛玛刻,这被命运牺牲的女主人公的轮廓唤起了诗人的记忆,并为他的生母,蒙上了壮丽的黑褐面纱,这同

(接上页注⑥)在丈夫被阿喀琉斯杀死后,特洛依城沦陷,她则被希腊人俘虏;最终改嫁给赫克托耳的弟弟。而波德莱尔的母亲亦曾经改嫁,所以这里也是在隐喻他的母亲。
① L'albatros,〈信天翁〉为《恶之花》诗集的第一首诗。
② Coleridge,1772—1834,诗人、文评家、英国浪漫主义文学的奠基人之一。以〈老水手吟〉一诗闻名。〈信天翁〉就参照了柯勒律治的格律体例。
③ 〈天鹅〉也是指波德莱尔的一首诗作,收录在《恶之花》之中,波德莱尔因一次紧随一只从动物园逃脱的天鹅而写下这诗。
④ 古希腊诗人荷马所著的叙事史诗。内容叙述了特洛伊战争第十年(也是最后一年)中几个星期的活动。史诗以阿喀琉斯和阿伽门农的争吵开始,以赫克托耳的葬礼结束,故事的背景和最终的结局都没有直接叙述。
⑤ 原文出自波德莱尔〈天鹅〉中的一节。
⑥ Hector,出现在希腊神话中的一位特洛依王子,以其无畏的勇气与高贵的品格著名。

样也是卡罗琳·杜菲①在嫁给奥皮克将军②时,她生命中第二次的喜筵上,几乎和安德洛玛刻一样的荣耀。

> ……可怜的牲口,从丈夫巨大的膀臂
> 落入傲慢的波洛士③之手

　　如果波德莱尔在这意象重迭的浩瀚的自传体诗歌里,没有咏出阿斯提亚纳斯④的名字,以至最熟悉的人物都隐藏到传说的角色背后(就此而言,众神看来确实是以我们的血肉来滋养它们的存在),那是因为在他的记忆之中,身影如此朦胧的孤儿,其实是另一个自己,而记忆的浪涛首先是张无形的水网,像所有新近诞生的巨大河川,比如斯缪以·蒙特⑤或是塞纳河。

　　十五年前,波德莱尔曾借着翻译《穆尔格街双重谋杀案》⑥踏上了爱伦·坡⑦的足印:从一套语言到另一套,他追踪着一位有着双重灵魂的侦探以及另一个自我⑧——故事的叙事者——所留下的线索,在巴黎的某个黯夜,从想象中的拉马

---

① Caroline Dufaÿs,波德莱尔的母亲,生父卒于波氏六岁(1827)时,隔一年后卡罗琳改嫁给奥皮克。
② Aupick,波德莱尔的继父,波德莱尔非常讨厌他。
③ Pyrrhus,特洛伊战争中,希腊第一勇士阿喀琉斯之子。
④ Astyanas,赫克托耳的儿子,名字的意思为"城邦之主",但却在特洛依战争中被敌军从城墙上扔下而早夭。
⑤ Simoïs menteur,一条古代河川,在〈天鹅〉一诗中安德洛玛刻曾对着它哭泣。
⑥ *Double assassinat dans la rue Morgue*,为爱伦·坡在 1841 年发表的短篇小说,之后于 1856 年由波德莱尔译成法文。此篇被视为史上的第一本侦探推理小说,故事主人公为一名叫做 C. Auguste Dupin 的侦探。
⑦ Allan Poe,1809—1849,19 世纪美国著名诗人、短篇小说作家、编辑和文学评论家,亦是美国浪漫主义的先锋。以其推理与恐怖小说著称。
⑧ alter ego 在拉丁文中意指"另一个我",在心理学中为"第二人格"之意。

丁巷来到同样也是虚构的孟果街,凹凸不平的街石震颤着梦寐。也在震颤着两个亲密的夜行人混乱并且缄默的思绪,在天明拉开窗帘之前,在他们堆满书籍,共同生活的房屋里。

叙事者对杜宾①这个能够读出他思绪的人并没有任何秘密可言,就像叙事者也能阅读对方的思绪一样,一个接一个,以宏大的声音,尽管他内心独白的契合并不连贯,却又不能彼此分开;但借着非凡的分析才干,他能从现象上溯出原由,然后在我们面前排列出一圈圈具有魔法氛围的逻辑环。在这环的第一圈直到最后一圈,刚被催促过的叙事者,他因为双眼被蒙,所以在地上爬行以避免跌倒,并藉此重拾自己的步伐:他一边仰望天空,一边默想着猎户座的星云②,并借着新木铺就的地面得以挺身直立,同时重觅他对坐姿的幻想。我们甚至能感到爱伦·坡本人所重新建构起的一种平衡,这平衡的纠缠经常在那条,我们于1849年10月某天,发现他醉死的街巷中打转。

在盖尔蒙公馆的内院,有条由一位司机用汽车为《追忆似水年华》③的叙事者辟出的歧路,而我们都能透过这个对应关系想起,在《追忆似水年华》的叙事者蹒跚行走的瞬间,圣马可④崎岖的地面一定曾在他的脑海里浮现。一个关于"真实"的疑问借着他的文艺天赋浮现出来,他最终隐约看到一本他将在盖尔蒙公馆图书室冥想出来的、浩瀚的书,这图书室里有

---

① Dupin,《穆尔格街双重谋杀案》的主人公。
② "猎户座"(Costellation de l'Orion),观星者入门时需要认识的星座,作为定位之用。
③ *A la Recherche du Temps perdu*,法国19、20世纪作家普鲁斯特(Marcel Proust)的巨著,共有七部。
④ Saint-Marc,指意大利威尼斯的圣马可广场,《追忆似水年华》中的叙事者经常梦寐游览的其中一个地方。

一扇会自动合上的门,因为它将会把叙事者引领到《重现的时光》①的晚会现场,由于时间终必回归到叙事者身上,并"在一连串遗忘的日子之中",为他的生命赋予味道、声音、馨香,以及一切沉睡并静待着苏醒的感官。

文学曾三次令它所喜悦的人失足,然而每次皆为他们换来了一块试金石,并在一条容让他们以眼睛仰望天空的内心的真理之路上,一次次避开了精确性的蒙骗,仿佛他们的灵魂最终都得以翱翔。

## 波德莱尔的小说

您对身边的人谈波德莱尔的小说,您的听众则将之视为笑话,以为那是一些文学爱好者的伪托之作,只有某些像您这样的人,才会花时间去按着《七星文库》②波德莱尔卷中,占了十几页的长篇和短篇小说标题、提纲以及草稿去造梦。

超过二十个清单枚列出那些出现过的标题(《致命的肖像》、《马达加斯加的求婚者》、《愚人的情妇》、《白人的贩卖者》、《末日与最后的人》……),又或者那些只出现过一次的笔误,一种可以引起更深层错误的起点,甚至是一种因文献收集需要而出现的标题等等。事实上,以上一切写作计划都仅在波德莱尔生命中被短暂地实践过,但这些实践却明显在波德莱尔生命的所有阶段,以及几乎在所有情况下,都占有一定的席位:从两次搬迁期间,直到他在巨镜旅馆草拟出一些无法实现的计划,并以一种决断的语调向他的母亲宣布的时候。他

---

① *Le Temps retrouvé*,《追忆似水年华》的最后一部。
② *Pléiade*,法国 Gallimard 出版社的一套最严肃和珍贵的丛书。

这样写道："从那年的那天,1847 年 12 月 4 日起,我开始从事一种新的艺术,也就是说,有关纯粹想象作品的创作——小说。要我在这里向您证明这艺术的引力、它的美妙与它的无限是没有意义的。就像我们在面对物质的问题时一样,您只需要知道它是好是坏,一切都会被消受:这不过只是个兢业刻苦的问题。"

兢业刻苦并不是波德莱尔的强项,同一个计划在十年之后,更准确地说,是在 1856 年 7 月 22 日,以另一种形式重新出现:"我忘了跟您说我将为《两个世界》杂志创造出一些非常考究而且匪夷所思的东西:可能是一篇有关夫妻之爱的小说,又或是一篇用作解释并将死刑的神圣合法化的小说。"

首个诱发这些计划的灵感,源于一种哄骗、消疑,甚至是引诱一位女通信人的欲望。因为对这女通信人而言,书信是一门可以接受的手艺,只要它变成一种能够维持生计的职业。这就是为什么,在小说之外别无他途的原因,因为小说创作可能会让波德莱尔的文章获得像圣伯夫①的评论那样的认可,换言之,就是一种官方的认可。其中所隐含的契约自然就会跟普莱-玛拉西②的不同,而是会带有另一种好处。这些小说的标题于是就变成了向未来开出的票据,然而在死刑的观点上,我们还可以看到一个空想的计划怎样去迎合一种个人的信念(这信念却跟雨果的完全相反)。

我们在阅读过约瑟夫·德·麦斯特③之后知道刽子手的

---

① St. Beuve,19 世纪知名评论家,波德莱尔极希望能写出一本受他赏识的小说,一方面获得荣誉,另一方面可以藉之令小说畅销,从而解决他的经济困境。

② Poulet-Malassis,出版《恶之花》的出版社。

③ Joseph de Maistre,18 世纪末的一位作家,书写有关死刑和刽子手的文章以支持死刑。

神圣是波德莱尔其中一项极强的信念,甚至变成了一种在"飞升"①,以及《我坦露的心》②时期的一种顽固信念:"死刑是一种神秘思想的产物,在今天仍未被人所理解。死刑的目的并非为了拯救社会,起码,这在物质上是不可能的。它的目的,是为了(在精神上)拯救社会和罪犯。为了令牺牲功德圆满,我们需要一种代表着受害者的认同与喜悦。向死囚赐予三氯甲烷是一种亵渎,因为这将摘去他的伟大意识,令他仿如一名受害者,而且还夺去了他进入天国的机会。"

无论我们认同或是谴责,这个极端的观点仍然值得我们认为波德莱尔具有跟他诗人身份相称的深刻的道德家气质:如果《恶之花》、《巴黎的忧郁》,乃至《人工的天国》都是一些欠缺说服力的证据,那么我们就可以回想一下《沙龙》的所有章节,想想《现代生活的画像》、《有关爱恋的安慰箴言选篇》,甚或是题为《玩具的道德》的章节,它们仿佛是为了能让瓦尔特·本雅明③日后读到并书写出来一样。

道德家波德莱尔(他强求我们长话短说,甚至为了更有效率而不惜将要说的话切断)除了令小说家波德莱尔感到气闷外什么都做不了;而如果《巴黎的忧郁》中的韵文始终都是那么简短易颂,归纳成一个或者两个场景:它的烟火在道德的天空中迸发出黑光之后便随即消退了。④

我们可以更深入地去探讨,为什么波德莱尔虽然没有放

---

① Fusée,取其快速直奔天堂之意。
② Mon coeur mis à nu,波德莱尔的一篇作品。
③ 20世纪德国评论家,曾写过有关波德莱尔和玩具的评论。
④ 《巴黎的忧郁》之中都是一些篇幅短小的韵文,它们的言说方式跟一般长篇大论的道德说教不同,这些有点离经叛道色彩的短文就像一记炮击,迸出了诡异的光芒,但它们主要以抒情为主而没有太多的说教,因此,在"道德的天空中"爆发之后,"烟火"就随即消退了。

弃创作小说的诱惑，但小说创作对他而言仍是不可能的原因：
这无疑是因为他所翻译的爱伦·坡小说已能充分满足他的叙
事想象，他通过翻译间接地参与到创作之中，从而创造了《不
可思议的故事》那令人神经紧绷的作者。又或者可以说，波德
莱尔在爱伦·坡这名不见经传的天才身上，重新发掘了自己
的另一个身份，这一切他都在 1864 年一封致提奥菲·托雷的
信中清楚地提及："您知道为什么我那么耐心地翻译爱伦·坡
吗？因为他跟我很相似。在我首次打开他的著作时，我以既
苦痛又雀跃的心情看到那些不仅我曾梦寐过的主题，还有我
思量过，却在二十年前已被他写了的句子。"

　　虽然"爱伦·坡是波德莱尔的先驱"的讲法过于夸张，甚
至带点阴谋论的色彩，但如果我们漠视这个观点，波德莱尔对
爱伦·坡的喜爱，就只会剩下一种因坦诚而表现出来的自恋，
而这正是一种小说创作的障碍：波德莱尔没能在自己之外想
象出另一个角色。

　　我们能在《娜·梵法乐》①中找到一个既早熟又确切的证
据。在这几乎是波德莱尔唯一能够妥善处理的叙事写作计划
中，主角写下了一些诗句：一本题为《白尾海雕》的十四行诗
集，用来献给诗人重新偶遇的青春时代的情人。但是，如果可
斯梅莉太太②在这些大概写于 1845 年的书页中对萨穆埃尔·
卡埃梅③的诗歌表示鄙视，那是为了侧身迎向病弱的花朵，
"这些被春天感染得如此欢愉的花朵！"

　　至少有一次，波德莱尔跟萨穆埃尔是那么地相像，白尾海

———————

①　波德莱尔写过的唯一一篇短篇小说，约三十多页，娜·梵法乐(la Fanfarlo)是
　　女主角的名字。
②　Mme de Cosmelly，小说中的一个角色。
③　Samuel Craemer，《娜·梵法乐》(*la Fanfarlo*) 中的男主角。

雕古时是一种带来吉兆的雀鸟，而波德莱尔则是他自己的先
驱者。

## 交换"切口"

　　风向已然转变，除了作品本身以及因时间消逝而产生的
力量外，就再没有别的了：在两三代之间，19 世纪下半叶的作
家，已经变成了今时今日的经典作家。对现在的高中生们而
言，《包法利夫人》和《恶之花》都被视为理所当然的经典，而且
跟上个世纪的《安德洛玛刻》①或者《熙德》②有着相同的地位。
然而，在上一个世纪，无论是《包法利夫人》或是《恶之花》，它
们都跟许多今日家传户晓的作品一起遭受过盲目的仲裁，且
被归入鄙俗之列。可是，对今日的所有法国人而言，无论是作
者或是读者，甚至是纯粹的文学爱好者，第二帝国以及当时刚
诞生的第三共和国的著作，都已经变成了引经据典时的巷里
参照。这些不是被刻意植入的往事，而是一个又一个的活生
生的记忆。

　　19 世纪的作品，它们今日就跟一句可以在任何情况下使
用的过去的成语，又或是曾经被视为华丽辞藻的拉丁谚语无
异；至于上世纪的作家，他们则像今日的文学巨匠，往往都能
将荷马、奥维德、或者维吉尔的文章倒背如流。这些先师的声
音在浪漫主义风景画的废墟中，在诗歌里，在 19 世纪下半叶
的小说中不住回响，成为我们今日解读书本标题、认识文章符
号、了解欢欣主题以及乡愁密码时不可或缺的钥匙，让我们可

① *Andromaque*，法国 17 世纪古典主义悲剧作家拉辛（Jean Racine）的代表作。
② *Cid*，法国 17 世纪另一位古典主义悲剧作家高乃依（Pierre Corneille）的代
表作。

以将以上的种种跟其他人一起分享。一些人的心灵曾被波德莱尔的《信天翁》撼动，另一些则在谛听福楼拜《纯洁心灵》中鹦鹉的鸣叫，又或者在倾听雨果的格律诗时沉沉入睡。洛特雷阿蒙（Lautréamont）敬畏的古老海洋，它吞噬了海员和雨果珍爱的船长，还有波德莱尔所钟爱的自由人。

由于我们提到的这些作家都曾不停地互相阅读和互相回馈，于是他们仿似在尽一切可能互相交换"切口"，并衍生出我们今日在阅读他们时所收集得到的遗产。奈瓦尔跨越过的阿格龙河已变成了一条浅浅的沟渠可以涉水而过，然而如果一起跨过去的是马拉美的话，我们则极可能一去不返了。至于马拉美那位在罗马街道上描绘上帝的智者，那位他认为永远都不能跨越的，不就正是波德莱尔那只不幸天鹅的化身吗？

在这一切仍未变成束缚人心的老调，一些令我们想起召魂魔法的诗咒片段之前，它们其实都是一些带有权威的公式：今天，所有人都知道兰波那句有名的"我是他者"（Je suis un autre），尽管我们并不一定真正知道诗人的意思，但这样的一句讲法，却曾经是极度摩登的。

就历史以及文学史的角度而言，这些今日变成了经典的作家，其实都是预言家，寓言的供应者，以及一些不自觉的神话创造者，他们的一切让我们得以创造并放大一些舞台以及人物的身影，于是前代一批经已疲惫且更久远的古典神话英雄便顺理成章地被取缔了。但我们并没有完全地任由这些英雄们消逝，只是让他们以另一种形象回归到我们的面前，就像在福楼拜脑海中以及他笔下一再因受到引诱而困惑的圣安东，又或者是马拉美极具个人风格的剧本里，那个既刚烈又冷漠的珥荷迪雅（Hérodiade）。

至于维吉尔，他无非是一抹略显苍白的阴影；荷马则是位大理石般的瞎子；奥维德扮演着流放者的形象……那些我们祖父辈的作家（兰波和马拉美在我外祖父出生的时候仍然在世，兰波更仿佛像是死于 1940 年）他们借着发现现代世界而开辟出一片传奇的新工地，一个全新的诗歌作坊，然后他们先后分别受到唾骂，继而成名。至于这些作家跟古代作家的差别仅在于，其一切为我们所熟知：我们可以跟随他们的足印旅行，分享他们少年时的梦，窥伺他们的爱情和阅读他们的草稿。我们更有优先权去追索他们身后的毁誉，索回当年因评论界的冷淡，以及他们的早逝而一度失之交臂的荣光。

在我们喜欢将事情神话化的记忆里，他们一个接一个地将薪火传承：在各地留下了不少足迹的兰波，他所跨越的巨大步伐就像赫耳墨斯拥有的乘风鞋垫一样，我们会记得"安居"这意念所产生的恐怖把波德莱尔逼得需要频频更换地址；还有奈瓦尔，他漫游的步伐让他的足迹踏遍了欧洲，仿佛就跟在巴黎市内自由穿行一样。从动物园里逃脱的天鹅，它跛行到骑兵竞技场，昭示着《追忆似水年华》叙事者在另外一边的盖尔蒙公馆庭院里的足音，以及稍后，在催生他那部杰作的图书馆室里所萌发的游丝。在这部经典著作里，往昔的生活、联想、声音以及香气，通通都成为了复见年华的征象。

一个像博纳图书室①，由一些稀罕却严肃的书本所构成的地方，其实是多亏那些既有经济能力，同时又拥有卓越品味的读者才能创建出来的，这些读者所具有的谦卑精神，最终更让散落四方的作品，能在收藏目录册或藏书票的编目字首页之间流传。

---

① 博纳（Bonna）图书室是瑞士一位富翁的书房。书室的主人收集了大量 19 世纪法国作家的手稿及第一手资料，2008 年夏天，图书室对外作了一次公开展览，而本文即为展览场刊的序言。

　　类似的收藏往往能丰富人们的回忆并展现出许多惊喜发现：阿尔弗雷德·雅利在《勒·浮士妥尔》中向马拉美致敬的皮提士之岛（L'île du Ptyx），莱昂·布洛瓦以书法抄录的巴比·多可维尔诗歌，洛特雷阿蒙以伊斯多·杜卡色的化名寄出的活泼的书信，魏尔仑虽身陷狱中，却仍不忘密切关注自己的诗集《没有说辞的短小故事》的初版印刷稿，仿似印刷艺术以及书中的精准诗艺可以赎回他混乱的一生……每个人都会因一个又一个的蛛丝马迹而联想到许许多多，但这些都不再重要，因为当中的一切意义已经变易了。

　　这些藏品同样也会是所有地质学家梦寐以求的数据，是一些能够辅助画家勾勒风景画的材料，是文学爱好者在波德莱尔尚未能跟奥古斯特·巴比耶①同日而语的时代，界线尚未细腻描画，等级亦未曾清楚建立划分时的参考数据。我之所以指出这一切，并非为了要指责任何人，亦不是要拯救那些平庸的著作，我只是希望能更深入地去认清一个时代的品味怎样向前进化，并同时避免细研天才们的哑谜，重点观察他们是怎样诞生的。在这种回顾里，无疑一定会涵盖了某些幻象，但这些幻象同时也将会是滋养创作的养分。

　　因着一段题辞，一些身影开始灵动，而一些人物亦开始苏醒，就像这个阿尔方斯·波特一样，他曾经从奈瓦尔的手上接过一册《东方游记》，但在书写他的回忆时却将奈瓦尔抛诸脑后。这位对自我有欠要求的作者虽然多产却十分平庸，他隶属于一个小圈子，这小圈子的成员都是些激烈的浪漫主义者，他们专门以浪漫主义的红背心去换取办工室雇员的亮泽夹里布，就像那些从先锋过渡到穿着绿衣衫的学院派一样。由于

---

①　Auguste Barbier，法国 19 世纪的著名作家，今日几乎已在文学界销声匿迹。

他认识奈瓦尔,加上如果他能估计到奈瓦尔的天才的话,他应该会听过某类作家苟延残喘的遭遇,例如像阿色连诺这位对波德莱尔忠贞不渝,并为之编撰遗稿的捍卫者一样,他以自己敬爱的诗人作榜样,结果让自己一直处于尴尬的位置。尽管龚古尔兄弟一贯刻薄地批评阿色连诺是个拥有"老小子的私心,以及比珍本收藏家多一倍的啰嗦"的人,但我们仍然会因为能够跟这样的一个人擦身而过而感到高兴。

在阿色连诺之外,在这并非每个逝者都必然出名的国度,仍有一个席位留了给提奥多·德·邦维尔。他在生的时候,人们已称他为像小人物般苍白的人,这无疑是因为他圆润而又不带半点胡须的脸庞,但另外也是由于他那本《走钢丝艺人的颂歌》——一本跟《恶之花》同年,而且还是出自同一个编辑的书——让人将之不自觉地与《恶之花》作对照而产生的印象所招致。然而,今时今日,我们又是否会想到,邦维尔的地位对他的同代人而言,原来是深具荣誉的,以至兰波曾从自己的家乡夏尔维勒向他毛遂自荐,并寄出了早期的诗作给他?

这些信件的回复对我们而言已经永远失落了,另外当然还包括邦维尔的知名度。现在,这只不过是个落满尘埃的陈旧姓名而已,但却曾为他同代人的知名度作出了贡献。

在这风景里没有怎样改变的,则是那无论光辉或是阴暗皆始终动人的维克多·雨果,所有人都希望从他身上得到一个署名、一封信或是一个认同,就像要得到一个共和国上帝的俗世祝福一样。

鲜有人提到装饰、道德和器材,这些在 20 世纪长足演进,实际却植根自 19 世纪的事物。铁建筑与乌托邦,忧郁和理想,睡眠和梦的探究,侵略诗歌艺术的散文诗描绘出一种全新的力量线:小说赢得了大众文体的地位,诗歌停留为一种贵族形式,它引伸出共和派理念以及君主派复辟的竞争。在一片躁动之中,艺术介入其中,它就像某种可以过分深入的力量和刀口,无时不挑战着墨守成规的迂腐思想,并对抗各方势力对书籍的查禁。就像同时代的画家一样不遗余力,马耐借着他画中的那只黑乌鸦肯定了他跟波德莱尔、马拉美,还有替他辩护的左拉的瓜葛。

热烈的政治引起了相反的反应:就像雨果的一首可说是在不情愿的情况下写下的抒情诗所说的一样,这是进步的方面;至于倒退的例子,则能从福楼拜对巴比的批评中看到,巴比针对下层群众还有印刷工人所争取的平等运动而作的漫骂,他拒绝跟社会进步精神妥协,他如同剑术家一样的画押,夸张的处事风格……件件都令福楼拜讪笑不已:"以无意识的怪诞行为而言,(巴比)可说是无人能及"。

正当诗人跟画家结为统一阵线,绘制出珍藏版书籍标记时,铁路书店宣布他们将会重新修订曾出版过的袋装版书籍,这两件事在当时都可谓是轰动一时的大事。然后摄影画集的出现改变了现实跟艺术的关系,而且还同时革新出新的艺术观念。被称为现代主义王子的波德莱尔,在"现实"的膺品和图像被大量传播的情况下,已经预言过事情发展到极至时的最坏情况,而当雨果在泽西岛上跟他的亲信一起过流亡的日子时,他曾叫人稍为挪动了一下家里大大小小的桌子,并设置了一间黑房以制作几本《沉思集》,作为对一种形式的开创:一本由相片作插画的诗集。

当时印出的其中一本,现在就在这里,它让人联想到:防波堤的影像,或是深夜的雪景,他们都拥有着一种巨大的诗意力量,跟那些以另外的方法将想法及意志延伸的绘画一样。

一切领域的非凡人物,多产的天才,雨果将自己的一生也变成了诗歌,并偷偷地跟上帝较劲,在众多的艺术名人之中,投下了一片巨大的身影。

然而,最动人的东西,却应该是那些一闪即逝的流星,因为他们往往是最难捉摸的:兰波和洛特雷阿蒙,他们的手稿见证了他们曾经涉足人间,同时亦提醒着我们,所有的图书馆,那怕仅仅是想象的,也应该为无名的杰作预留一个席位。

## 复仇的法则

致克里丝蒂亚娜·罗西

直到 60 年代中期(我所说的,当然是刚结束的那个世纪),一辆汽车从马约门①一直驶到亚当岛,其间经过了库贝法、哥伦比、阿让特伊、珊努瓦、安畿昂和堆尔②,然后转到左边那些我们从来不曾知道它们火车站站名的村落里行驶:贝掖、肖弗里、贝特蒙、维也-亚当,以及瓦兹山谷之后的麦里耶尔。就像一圈没有钮扣的领子,也像法兰西岛大区香颂③里的一串叠词,我的脑海里始终存留着这张"地区"名单,它按着地理位置排列,因为我曾经常顺着这些次序往返。

我仍记得站在蒸汽弥漫的车窗后面的邻人,记得那流逝的风景,那些夜里的灯光,以及将路人幻作幽灵的反射。如果从很久以前开始,旅人们就已经不再拥有任何面孔的话,那么我还是会记得,他们的身影,他们的行李,他们放在膝上的背包,以及那些太过狭窄的座椅,用绳子或皮带束起的旅行箱、

---

① Porte de Maillot,巴黎环城公路上,其中一个贯通市区与近郊的交汇口。

② 以上都是巴黎近郊地名。

③ 即 chanson(歌曲)的中文音译。

手提箱,或是需要劳烦司机搬上车顶的自行车。我还记得他们的对话,关于天气,关于生活总是太昂贵,关于政府对我们视而不见,他们的声音盖过了汽车马达缓慢的噪响。我尤其记得,当我需要拼凑一些小说以免陷于沉闷,又或者需要虚构一些脆弱得令人晕眩的将来时,公路的迂回和想象的曲折都会掀起我灵魂中的波涛,还有心底的阵痛,这都是早期旅行给我留下的印象。

随着窗外的景色由市郊变成乡郊,每一个被跨越的地区都因拥有一座城堡而自豪,但这些城堡,其实不过是些建有小塔和木筋墙的宽大住宅而已,至于高墙背后所隐藏的一切,我们更是无需耗费任何气力,就可以完全猜透。这些城堡有时甚至只是一片废墟和一阵气流,例如在肖弗里,那儿就仿佛从来没有任何城堡。今天依然如此,那些我们称作城堡的,都可概括为一度精心加工过,将一方公园隔开的大闸,而在这公园中,我们却永远看不到生息过的灵魂。至于入口左边的护卫室,更仿佛永远都空无一人。占据这护卫室的警卫应该会在里面计算着时日,一如那些死去的灵魂。时间的警卫——在一本有待书写的小说里面。

巴尔扎克的《生命之初》(*Un début dans la vie*),这本最初称作《公共马车之旅》(*Voyage en coucou*)的著作所讲述的就是这个地区。可是在 1822 年的巴黎,我们却得从小教堂门①和圣丹尼门出去,一直途经圣比斯和穆瓦舍尔,然后沿着当时称为英格兰公路的大道直走。今天这路已变成我们所熟识的第一国道,它将巴黎北部地区分割成两个在想象中异常

---

①　Porte de la Chapelle,巴黎环城公路上,另一个贯通巴黎市内与近郊的交汇口。

富饶的地带：右手边是拉瓦卢瓦①和法兰西的先王；厄岷农维勒和卢梭；沙亚利修道院、蒙特枫丹②以及奈瓦尔的回忆；左手边则是亚当岛森林和巴尔扎克所居住并且描写过的村落：蒙索特、马弗列耶、批列和涅维勒。

巴尔扎克在构思了《人间喜剧》中的瓦兹系列之后，对这片地区拥有了详尽的认识以及愉快的回忆，并且为之献上了他早期文学生涯的最后一本以贺拉斯·德·圣奥本作署名，故事发生在尚贝里的小说。在他的青年时期（1817 到 1819 年间），巴尔扎克曾有几次寄住在他父亲的一位朋友家里，那是一位还了俗，名叫维耶·拉费（Villers-La-Faye）的本堂神甫，而他亦是诱导巴尔扎克去读布封③的人；1829 年，巴尔扎克回到马弗列耶，尊诺将军的遗孀——阿邦帖公爵夫人的家，帮助整理她的回忆录。

而这一地区更为他提供了五十多个地名，让巴尔扎克在列举它们的时候同时流露出一种诗意的感性。这种跟地名相关的诗意，稍后在普鲁斯特的作品里同样可以找到；卡桑古堡和它的中式楼台都曾出现在几篇文章里。正是在这片地区，两个人物迷失在那篇令人吃惊的短篇小说《别了》的起首，巴尔扎克以一种超乎寻常的精确，构思了一段靠重现情景的方法来进行精神治疗的情节。在树林深入，一位法官和一位众议员与一个可以说是回到野蛮状态下的年轻女人相遇，她随情人到别列津纳河边后，便丧失了记忆和语言能力。两人中有一个是这女子的情人，然而她已经不记得了，于是她的情人便尝试在古塞纳-瓦兹的花园里重新布置出战役的场境，着装

---

① 奈瓦尔所居住过，以及不时提及的地方。
② 奈瓦尔的姨婆抚养他长大的地方。
③ Buffon，法国 17 世纪重要的自然学家，著有《自然史》。

的假人、着火的推车、冰冷的天气和冰冻的河流，什么也不缺，甚至还包括了当时的霰雪。从小说的这个场景中，我们已经能预见到后来的沙可对拉沙勒佩提耶医院的有组织催眠，以及后世的大制作电影的外景拍摄①。

写于 1842 年，《生命之初》始终紧系着从巴黎到亚当岛的路线。小说探索了这条路线的周边地区，或者可以说，探索了一条起码能为巴尔扎克提供一部火车站名表的路线。如果我们了解铁路对报章发展的重要性，还有报章发展对小说演变、小说章节分割的重要性的话，那么就需要在这些关系中补充，交通设备（狭窄的轨道和公路、铁路的路标）对叙事形式本身的影响。

还有众神的叱喝，冥冥中意想不到的决定，骑士小说的流浪，田园牧歌的拖沓，流浪汉小说的迟疑与蜿蜒，童话中的阴森树林，分岔小径以及错综的道路，遗产法和一切精心设计的罪行，命运的离乱连接着星状交叉的路口，还有人们用作等待约会见面的车站。

如果巴尔扎克对世界没有更深刻的想法，又或者对自己的野性抱有一分眷恋，那么他便会表现得跟左拉一样。他对不同领域的好奇心，他闪电般的阅读速度，令他避开了决定论的眼罩。尽管是受到了拉瓦泰尔和加尔，两位专门研究头骨面相跟人类性格关系的学者影响，巴尔扎克的人物角色始终还是来自于那片由无数生者和逝者所组成的浩瀚人群，从一个家族或者一个种族中来；这角色尽管也是一种被研究的对

---

① 让-马丁·沙可（Jean-Martin Charcot），法国 19 世纪末的心理学家、神经学家，在拉沙勒佩提耶医院（La Salpêtrière）工作并教学多年。他曾在医院搭出戏棚似的布景，藉以对精神病人实行情境治疗。这做法，就像巴尔扎克小说的角色为了让情人重拾记忆而布置起场景一样。而这些大型的布景，在热拉尔看来，就跟今日好莱坞大片的制作无异。

象,但他却始终不至于变成实验室的白老鼠,凭借对话之中的喜悦,还有当中东拉西扯以及不断的跑题,我们进入到一辆运载旅客犹如运载沙子的皮耶洛坦车里,从巴黎一直来到批列,心神一边被摇晃,一边被载往东方。

在小说的开端,我们总是像将车子定住的自行车选手一样稍作准备。然而那些缺乏耐性的,又或不喜欢巴尔扎克的读者会率先自行开始想象。但这故事却是一个例外,"等待"是其中一个组成部分,就像皮耶洛坦车必须先塞满乘客还有行李,司机的腰包才能鼓起来。在巴尔扎克不得不沉耽于思考利益的时候,我们终于见到了人物登场,他们依次登上了一辆"侧面曲线像丰满女人一般"的乌蓬马车。

当乌蓬车罩像捕鸟器一样落下后,马车终于可以出发了。由于众人早已认识旅程的终点(批列古堡本来就属于塞利锡伯爵),那么沿路的每一个旅站又有什么谈论的意义呢? 于是,车上众人剩下来可以做的,就不外乎是回到从前,讲述自己的人生,又或者,应该更确切地说,是凭空想象出一些经历,令自己的邻座吃惊,然后以他人的平凡来自我慰藉一番。于是每个人都开始高声造起白日梦来:一位充任公证人的教士,原来曾到过埃及和希腊,并在当地总督家里任职,他甚至还见过那位在滑铁卢战役中咀嚼烟草的皇帝;另一位平庸的装潢匠,则是从罗马归来的大画师,他之前曾在达尔马提亚海岸的一座专门出产马拉斯加酸樱桃酒的城市里,几乎因为一个女人而丧掉生命。简而言之,连载小说作者巴尔扎克为《人间喜剧》的作者①提供了不少章节。

---

① 这里的两个作者,其实都是指巴尔扎克,由于他文学事业的前期与后期有着截然不同的特点,于是热拉尔在此将之清楚划分,仿佛巴尔扎克的前后期作品本来就出自两位不同的作者之手。

　　然而,当我们是一个不太肯定自己将来的年轻人时,例如,像奥斯卡·胡生,在所有人面前为自己的母亲和她的叮咛而感到羞愧,并希望能像其他人一样变得举足轻重,我们就无可避免地成为了诳妄魔鬼的猎物——它让我们信口开河而忘记缄默。于是奥斯卡就以道听途说来的传言,一段以塞利锡伯爵的隐私为题材的故事:包括伯爵的贪婪以及性无能,他太太的轻浮,还有令她相貌扭曲的皮肤病等等。

　　伯爵因为正好在微服出行,自然就在车厢里面听到了一切。当时他化名为米斯提基①,这个名字对他很合适,因为在一种扑克游戏中,米斯提基是最大的王牌。

　　我们对这语言运用有点走火入魔的小说说三道四,并不单是因为人们在面对任何谎言时都不作退避,也不仅因为人们泄露了某些秘密(正如胡生太太对儿子奥斯卡说过的一样:没有任何事情比在公共车厢里跟别人闲谈更危险,可惜她的儿子却没有铭记于心),还由于故事中的名字,人与物之间的关联被割断了。伯爵先生变成了勒孔先生②,拉谢神父③是个农场主,他的体重最少也有一百二十公斤,而米斯提基则是一个非得把谚语拧把起来,方能说话的人。在作者将民族智慧转化成老态龙钟的胡话,或者一只耳背的鹦鹉所复述的语句之后,我们就能从巴尔扎克对法国君主制司法体系的回忆,以及对小讼师们所开的玩笑里,找到那灰谐幽默的脉络。可是巴尔扎克却把这文字游戏引伸到极至的宿命论,因此,相比之

---

①　Mistigris,扑克牌中的梅花 J,在某个扑克游戏里担当了王牌的角色。

②　勒孔(Lecomte)这名字拆开,可以变成 Le comte,也就是伯爵的意思。

③　拉谢(Léger)是法语"轻"的意思。

下，保罗·埃罗阿和本雅明·佩莱①所发表的《152个引起食欲的日常谚语》就可说是种精彩绝伦的表演。在米斯提基口中，巴黎并不是由"窑炉"打造出来的②，那些优秀的伯爵造就优秀的筛子③……

当然，我们未必能完全认真地看待个中幽默，一如超现实主义者，或者拉康以及他的追随者那样以庄严的态度看待它们。由于巴尔扎克式风格的缘故，我们始终停留在玩笑的语调之中，而通过不断重复，这语调却变得充满挖苦的味道。如果我们留意到有某种东西自皮耶洛坦车开出之后便渐渐变得一发不可收拾，那就是说我们已经察觉到，这些玩笑背后所编织的局促不安。如果米斯提基的语言不停地将话题岔开，实际上是为了和众人所吹的牛皮与谎言相协调一致；又或者可以说，和已经受到伤害的真理本身相协调一致，因此，只要留心聆听，我们最终就会在公共马车里听出刺耳的聒噪。

《生命之初》的灵感直接产生于劳拉·苏维勒的《公共马车之旅》，她是巴尔扎克所偏爱的妹妹。然而这两篇作品的关系对这对兄妹而言并非窃取，而是一种感同身受的坦率借鉴。小说的献辞就是最佳证明。二人的默契可以追溯到非常久远的，自襁褓中便朝夕与共并遭受母亲粗暴对待的童年岁月。在这种有利氛围下，两个同样充满想象力的个体相互竞争，于是，我们大概可以猜到事情之后的发展。无可否

---

① 埃罗阿（Paul Eluard）和佩莱（Benjamin Péret）都是超现实主义作家，他们经常将谚语拆开再重新创造。
② 典出"罗马并不由一日建成的"当中的"日"在法文中为 jour 和"窑炉"（four）是谐音字。
③ 典出"优秀的账目造就优秀的朋友"，"账目"（compte）和"朋友"（amis）与"伯爵"（comte）和"筛子"（tamis）谐音。

认,若要让一种像勃朗特或者卡罗式的家庭写作坊诞生,那么这个备受母亲宠爱的儿子,这个与包括沙谢(Saché)堡主在内的众多情人所生的私生子,恐怕必须要减少一些愚钝和懒惰。

巴尔扎克几乎保留了劳拉文章里的所有东西:小说的布局,部分的表达方式和某些完整句子,但在谚语方面,他却加上了一些文字游戏,并让当中的对话离题更远。至于结尾部分,则变得更丰富,更浑厚,在劳拉富有道德意味的寓言上,巴尔扎克打造出一篇更深刻无情的寓言。这并非因为他对审美和正直的美德毫无了解,而是因为他明白在小说之中,道德意味只会酝酿出烦闷!

最终的结果就是,当角色们耗尽了那些挖空心思、毫无根据的虚假说辞之后,现实最终还是响应并介入到虚构的故事中来。在谈论到那位从伯爵那里窃取了资本,然后又破了产的批列监管人后,这些大言不惭的人,最终只能眼睁睁地看着美梦成空。

至于奥斯卡,依然要付出代价:他为了让自己的举止表现得尽量高贵,以改变原来的形象,后来就在英国的某个战场上失去了一条手臂。战役成为了故事的背景装饰,同时亦为罗曼蒂克的东方美梦画上了句号。

在某种程度上,这可说是"善恶到头终有报":这种以身体的一部份所作的牺牲,就是他在众人面前泄露了塞利锡伯爵隐疾的赎价。由于灵感是从妹妹的文章中所取得的,巴尔扎克因此同样会记得复仇的法则。因为,潜意识绝不会将这套法则遗忘,起码,它的发生规律在现实世界里,并不见得就一定会比在小说里出现得更少。

## 失常的木偶

"首先,他非常丑陋。"

司汤达在他的《自恋回忆录》①里,在描写埃蒂安-让·德雷克鲁兹②"卑劣且低下的前额",并以"他拥有有钱人的一切短处"这致命的挖苦作结之前,开始了他对德雷克鲁兹的回想。圣伯夫③则以他的观点认为他是个"兴致勃勃的庸才,但始终还个庸才。"

在这并不讨好,结果却引人注目的画像里,还得补充,德雷克鲁兹是一个失败的画家,在放下画笔之前,他曾经常到戴维④的画室习画,希望为《箴言报》和《辩论报》⑤里平板且规矩的艺术编年史奉献自己的一生。表面上他并没有被任何对女性的激情所牵动,并于每个周日,邀一批被司汤达讪笑的朋友到家里聚会。

然而正是这个集各种短处和丑态于一身的人,在 1832 年发表了一篇其妙想堪比霍夫曼⑥,题为《机械王》的短篇小说。故事虽然简短,却不贫乏:简练的密度就和那些厚积薄发的虚

①  *Souvenir d'égotisme*,司汤达一部未完成的自传体作品,记录其本人在 1821 到 1830 年之间的生活,藉由文字中探索并认识作家自身。

②  Etienne-Jean Delécluze,1781—1863,法国 18 世纪末、19 世纪初的画家与评论家。跟着画家戴维习画数年。以历史题材为主,但鲜有作品保存下来。

③  Sainte-Beuve,1804—1869,法国 19 世纪著名评论家,后来小说家普鲁斯特著有《反对圣伯夫》来一阐自己的美学观。

④  雅克-路易·戴维,德雷克鲁兹的老师,法国画家,新古典主义画派的奠基人和杰出代表,画有《马拉之死》《贺拉斯的誓言》等作品。

⑤  《箴言报》(Le Moniteur) 和《辩论报》(Le Journal des débats),后者为德雷克鲁兹于 1822 年开始担任艺术评论家的一份报纸。于 1789 年创刊,发行直至 1944 年。

⑥  阿玛迪斯·霍夫曼(1766—1822),德国作家,风格奇幻浪漫,同时也是诗人、作曲家、音乐评论家、插画家与法学家。他在 1821 年将自己的中间名换成"阿玛迪斯",以纪念音乐家莫扎特。

幻寓言，以及某些诗歌的张力一样。

　　故事中的机械匠名叫米歇尔，他是位国家级的刀剪匠，天才的修理工，却承受着一种不能遏止，渴求变得伟大的狂乱，于是从另一方面而言：他就成为了拿破仑的对手（然而皇帝却到处置放他的起首字母，窃夺米歇尔的光荣①），米歇尔借着一种类似达盖尔照相术②的方法，发明了一面能吸噬映射的镜子，并同时作了孤寡一生的准备；后来他在美洲积累了一些财富，但是失败超越了成就，又或者可以说，这是被神秘机械牵引的定理：在一次灾难之后，人性从他的眼中消失。在一次将现实化作飞灰的爆炸后（爆炸的风暴还夺走了他的语言能力），除了齿轮圆圈、在水上行走的机械，以及仿佛由至上的人类和理智女神的爱所诞下的机械外，米歇尔就再也不能梦见其它东西了。在他的妄想中，他梦见一个依循欲望而重新由零开始的世界，一个没有瑕疵，人类未犯任何过失的世界，在那里他能将螺丝拧紧，不断以道德之名将它拧得更紧③。

　　叙事者面对他的角色，以治疗师的耐心和谨慎，犹如要将他带到理性面前又不将他打碎，又犹如另一个他在二十年以后拾回失去的记忆。在关于德雷克鲁兹极有限的记述中，一般都认为他这篇故事的灵感源自克劳德·涅斯这位曾参与兄弟涅塞弗尔④的事业，然后在英国因精神失常而死去的传奇

---

①　拿破仑的名字起首字母为 N，他在执政时期将 N 字作为官方机构的纹饰，而 N 在字母序中应排在 M，即米歇尔的名字之后，于是米歇尔觉得被侵犯了。

②　Daguerréotype，为一种早期的照相法。由法国歌剧布景画家达盖尔于 1839 年发明，利用汞蒸汽对曝光的银盐涂面进行显影。

③　这里指的是法国大革命，期间，人们发明了他们自己的上帝，理性变成了暴力，所以一切又得回到起点，从零开始。

④　Claude Niepce 和 Nicéphore，此二人于 1807 年发明了一种利用汽缸运行的内燃机。同年，利用一种天芥菜属植物进行拓印，开创出照相工艺中复制手法的先河。

人物,德雷克鲁兹很可能就在英国遇见过他。然而,寻找小说
人物的原型,其实就是竭力将他们带到人间世上,他们真正的
生命却发生在镜子的另一端,可是,如果没看透这点,就是我
们自己的过失,在《机械王》里,展示了一个临床的个案:沉陷
在一种囿于诠释的病态中,除了模仿角色的妄想外一无是处。

德雷克鲁兹并未刻意从更远的地方去寻找灵感:除对"法
国大革命"的一些恐怖事件的童年回忆,以及在杜勒丽公园对
一次爆炸的耳闻目睹之外,难道他不都是借着笔下人物的疯
劲来表达,天才为了委曲求全不得不遏抑一些令人感到不安
的表述? 而对更可悲的天才而言,他们不但不能将才华提升,
有时甚至需要将才华荼毒。德雷克鲁兹一定想过以上种种,
在他奇异的描述中,他坚持以《未来的夏娃》①和《孤地》②作展
开,于是我们便能读到一出个人悲剧的回响,其中一位角色被
消除而另一位则逆来顺受。

这些"罕见的完美篇章",它们是米歇尔重拾理智后的日
常工作,而另一方面,较之于那些巨大机械和他梦寐的完美世
界,在戴维画室绘画的另类"巨大机械"③,其实都是德雷克鲁
兹的艺术编年史。

一切细节都积聚在德雷克鲁兹的叙述中并带来厚重感。
在这些细里里,其中有一项散播着持续的不安而且为它另赋
新义:那就是故事里的工匠米歇尔跟笛卡儿④极为相似,他同
样拥有一头黑发,同样拥有苍白且深沉的外貌。笛卡儿希望

---

① *L'ève future*,法国象征主义作家利尔亚当于 1886 年发表的科幻小说。
② *Locus solus*,法国小说家胡塞尔在 1914 年写的科幻小说,该标题为拉丁文,
意为"远离人烟的地方"。此小说与前者《未来的夏娃》的故事内容皆与机器
人有关。
③ Grandes machines,法语引申义为"画室的大画作,巨幅历史主题绘画"。
④ 笛卡儿(1596－1650),法国理性主义哲学家,同时亦是数学家与物理学家。

以几何学演示出明晰的定律,论证形而上学的真理,然而他并没看到,在人类之中,倘若没有了判断的官能,帽子和大衣底下很可能藏着的是自动机器。

我们应该明白,机械王并非只是个酷似笛卡儿(认为世界是一台机械)的人:失去了理智,他不过是具失常的木偶。

## 金光璀璨之夏

致里夏尔·布兰

伊薛丝[①]在现实里真是一条奇妙的河,尤其 1862 年 7 月的那天,路易斯·卡罗[②]在里德尔姊妹的陪伴下,划来一艘小艇,在河上放下了手中的船桨,片刻之后,爱莉斯就被送到那后来称之为仙境的地底世界,仿佛神话时代,众神以人类的形象到水上去企图逮住一个仙子,或者掳走一个尘世的女孩。

我不知道伊薛丝到底是从哪个鲜为人知的山谷,哪个阴森的灌木林里得到了她的泉源,但我知道她和最倾心的斜坡结合后(仿佛心性使然,当她厌倦了自己的蜿蜒之后),就润泽了牛津和它的学院。

爱莉斯·里德尔[③]的父亲曾任基督教会的长老,当时查尔斯·道奇森,这可敬的牧师还未曾蜕变成路易斯·卡罗,他

---

① L'Isis,牛津大学校内的一条河,同时也是古埃及的神祇,希腊罗马时代被视为掌管耕作的女神。

② Lewis Carroll,1832—1898,原名为查尔斯-路德维希·道奇森(Charles Lutwidge Dodgson),《爱莉丝梦游仙境》作者的笔名。

③ 《爱莉斯梦游仙境》在现实世界的原型,里德尔家三姊妹中的一个小女孩。作者在其父亲担任院长的基督教会学院教书,同时亦担任里德尔姊妹的家庭教师。

只是在学院里教授数学，说话结巴而且手脚笨拙。他当时是一位逻辑学家和摄影师，凭着后面这项不容置疑的艺术，他得到了孩子们的爱戴，特别是那几位因失去了母亲而对他投以信任的小女孩。他曾一度拥有无数的朋友，一直到后来，有关他的谣言逐渐被夸大，他的社交圈子才逐渐收窄。这谣言就像是命运所作的一种巧妙安排，它们始终像影子一样紧随，令他必须结束学者生涯，并缔造出日后更璀璨的荣光。

为了吸引小孩，卡罗准备了一些诱饵：游戏、谜语、数字谜、故事，一种深具个性且充实的交往方式；尤其那一系列放在书房中央柜子里的玩具：有关节的熊宝宝、舞蹈木偶，甚至一只光秃秃的电动老鼠，以及其它各式各样以聪明才智构想出来的发明。

然而，最具吸引力的，应该就是那台摄影机了：首先，由于摄影技术所需要的物料难以用三言两语说清，所以对孩子们而言就成了一些奇妙的东西。那些瓶子和化学物质，明胶和玻璃底片，秤和尺，试管和漏斗，一切当时还被列为"化学道场"的工具；其次，由于当时设置布景和摆姿态所需的时间能容让摄影师跟模特儿作长时间的对话，这些喜不自禁的小女孩就浑然将维多利亚时代的矜持抛诸脑后，乔装成公主或蛮族，甚至像卡罗在日记里描述的一样，在公寓内裸奔。

爱莉斯在这欢快的日子里曾到访过魔法洞穴，她在那里听一些专门为她即兴创作的故事，"在一个金光璀璨的仲夏"，文学史上的一篇巨著由此诞生。毫无疑问，当卡罗在那奇妙的旅程中引领女主角的同时，一定也曾回忆过这一幕幕时光飞逝的场景，就像在书的起首，兔子不住地观看手表，让爱莉斯最终跟踪它走到了兔窟，又仿如我们堕入沉沉的睡梦，下坠到一个狭窄深邃的水井之中。

那水井真的十分狭长，又或者爱莉斯下坠得很慢，致使她有余裕来看清岩壁的长度，一如在卡罗的套房里，①那些她经常攀爬和躺卧的橱柜与书架，我们都会记得，一个装载香橙果酱的缸，爱莉斯当时竟仍然有时间自忖道猫儿黛娜是否会把光秃秃的老鼠吃掉，经过一翻折腾，她终于坠落到地上。然后，她得到了一个摄影用的小玻璃瓶，里面的东西可以帮她"回到原来的大小，功能就像一支望远镜"，然后，她夸张地成长，因为在那个她冒然进入的世界里，门扉与小女孩们，钥匙和门锁，永远都对不上号。

在路易斯·卡罗的许多愿望之中，他最渴望的无疑是为他的小友伴将时间停住，并令她们回到过去，避开成人的世界，以免变成卡罗想象中一个个被消去身体和切去头颅的国王与王后②。回溯过去，直到比青春期——这可悲时季——更早的年龄，"小河投身汇入大川"，日后他说起这句话时，也许想到了伊薛丝，想到了在河上泛舟，想到了有一个真实的爱莉斯细心倾听他一切话语的上帝赐予的日子。

## 梦之生理学

差不多有一个世纪，从我们习惯以诠释心理学的角度去看待我们的梦开始，影子的口舌就变得如此聒噪，而夜更加深沉，有时甚至带点造作。

---

① 原文中此处为斜体。

② 卡罗最初是一位逻辑学家和摄影师，这都是跟理性与科学有关的技术，他后来才开始文学创作，而在这些儿童故事当中，成人的角色大部份都模糊不清，所以他们都"被消去身体和切去头颅"。

　　然而，对梦迪亚戈①而言，他就从没有相信过，被掩埋或石化了的梦会就此不再期待考古学家的造访；在后期才参与超现实主义小组活动，且避免了与安德烈·布勒东②割席绝交的少数人物当中，梦迪亚戈是绝无仅有的一个怀疑者，亦是由于这原因，他得以避免陷入到"如此就是意味这般"的晦暗扼要模拟游戏里去。尽管梦迪亚戈对布勒东多有敬重，但没有什么能像《连通器》③的创作意图那样，能叫梦迪亚戈跟布勒东划清界线。然而却可以想象到，布勒东小说的人物，比他教条式的文章更让梦迪亚戈着迷：在他身上，我们找不到对布勒东小说的质疑，而对于布勒东的文学创作，以及其具有如诺迪耶④作品般优美和霍夫曼⑤作品般虚幻的超现实主义，梦迪亚戈更是鲜有作出过负面批评。

　　如果不是因为受到无限好奇心的驱使，这样的质疑态度甚至能一直引申为一种挑三拣四的偏见："压抑、歪曲，揉合大家所阐述的机械理论，这一切幼稚的，出于轻率且又被轻率接受的理由。事实上，这当中应该存在着另外的东西。"也就是说，一种因语言退化成符号而产生的反感，以及对一切机械诠释的拒绝。可是，这种会令评论家气馁的姿态，或是因为害怕泄漏梦的秘密而特地申明的立场，却正是由梦迪亚戈这位充满热情，企图另辟蹊径来认识梦之直观喜乐的寻梦者所提出的——没有任何事情，能比在梦醒时分将梦铸造成一堆象征更让人焦虑了。也就是说，梦迪亚戈更深刻地在造梦者身上，

①　Mandiargues，法国 20 世纪作家，同时亦是伊特鲁斯坎（Etruscans）文明的考古专家。
②　André Breton，法国 20 世纪作家，超现实主义的发起者和灵魂人物。
③　*Vases communicants*，布勒东一本有关梦境分析的著作。
④　Nodier，法国 19 世纪浪漫主义作家。
⑤　Hoffmann，见《失常的木偶》。

或是在他所记得的造梦者身上，看到了他们对欺瞒、谎言或狂欢节的趋骛，另外还看到这种偏重怎样将一个直率的人赤条条地展示出来。于梦迪亚戈而言，梦的真相并不如梦的形式重要（一如餐桌上众多的礼仪），而这想法更是有意向布里亚-沙法兰①，或赫尔维·德·圣-德尼②等人借鉴的。

正是在梦迪亚戈的叙述中，我们找到了真正的梦之生理学；它并没有为了要掩饰一只"臭名昭著的蘑菇"而作防腐保存，相反，这生理学对"自然的天堂"③所怀有的信念和兴味，其实是一种活水泉源。在生成梦的养分中，最滋养的既不是压抑也不是药物，而是野味、鲜鱼和香料，它们在消化过程中，不论轻重通通转化成美梦或者恶梦。现实，在最美味可口的形态下，其实就是美妙的食物："……意识，它会因进食过山珍、野猪火腿、加工过的猪头肉、浓香野味肉酱佐以丁香和姜末而降至半醒状态；萦绕在任何一种希腊岛屿葡萄酒上的摩卡咖啡的芳香；这在日间作了短暂运动的阴森运货车，幻觉自它的顶棚开始逐步被辗碎，犹如一只巨大的白蜘蛛在鸟蝇的骨架上跳舞。"以上是专门给冬天下午的；而每个季节，每个地点都有它们造梦的独特配方。就这样，《钻石》里的角色对我们说"睡眠按照人们的吞咽物而产生了不同的梦幻"。而当赫斯苔尔·阿尔热农④尝试为她自己以及我们去重新建构"一个无疑是由消化不良而诞生的鬼魅"之前，她稍稍修正道："没有别的东西能像这种败坏的饮食习惯一样令我生厌；咸的、甜

---

① Brillat-Savarin，法国 18 世纪的美食家，著有《味之生理学》一书。
② Hervey de Saint-Denys，法国 19 世纪作家，汉学家，著作《梦》尝试分析怎样以不同的技巧操纵梦。
③ 这里指的是梦。
④ Hester Algernon，《钻石》中的一个角色。

的、酸的、洒了胡椒的、夹了珍奇香料的；我喜欢摊凉并打开了
油腻包装纸的肉类、熏鱼、浓稠得犹如流淌着高浓度黄金的糕
点。"此外，我们在富含碘和磷的食物中(《大理石》中的费雷奥
尔·布克)，在有点撑肚子的干酪火锅中(《摩托车》里的丽伯
嘉)，又或者在一只以莴苣野兔酱伴烤的野禽中(《月晷仪》里
"艾丝·德·高丽塞"的结尾)①找到了梦的泉源。至于白日
梦，它最好以一些轻巧的材料烹调：那些蕾蓓卡出生时的樱桃
汽酒或多或少比较深沉(打从德国的浪漫主义和巴什拉尔②
起，我们就已经知道在酒精里震荡的是怎样的火焰)，然而造
梦者同样很少会感到高兴，因为梦是这样容易获得，所以大家
都说，肉身只以它自身的储备而存活。梦迪亚戈描述说，战争
期间，在蒙特卡洛，尽管和平但却没什么可吃，因此在那段时
间他造了比一生里其它所有时间还要多的梦。我们或可援引
布里亚-沙法兰，他在讨论禁食的礼仪、衰竭还有死亡之前，在
《味之生理学》一书里就着手探讨过"节食对休息、睡眠和联想
的影响"，而根据上千个观察证明："一般而言，一切带点轻微
刺激性的食物都有助梦的产生：例如鸽子、鸭肉和其它野味，
特别是野兔。我们亦能从芦笋、芹菜、黑松露菌、不同香味的
甜食，尤其是香子兰里面，找到这种特点。如果我们相信必须
从桌上摈除那些会令人昏昏欲睡的食物，这就大错特错了，因
为这些食物所生成的梦一般都具有舒坦、轻盈的特性，并在表
面上看似曳然止住的生理时刻里，延长我们的生命。"

　　当然，在这可以令食物转化成幻想的简单过程里，在这和
人体相连的幸福情感中，的确存在某种魔法。然而，超乎这现

---

① 《大理石》，*Marbre*；《摩托车》，*La motocyclette*；《月晷仪》，*Le cadran lunaire*。
② Bachelard，1884—1962，研究科学和诗歌的法国哲学家，著有四本关于梦的
书，分别为《火》、《水》、《气》和《土》。

象的真实性之外的是,竟然没有半点絮乱无序的肉欲会自梦中浮现。比方说,梦迪亚戈著作中的角色,他们凭借坚持和悦乐列出了一张菜单,当中几乎不沾半点红肉。至于荷兜莨①,就像她能预感到将会临到她身上的灾难一样:"她很少接受人们为她屠宰的一丁点鸡肉,对于鲜肉店的肉,她更是绝对不吃的。"而达米安,他母亲"每天都只为怎样令他能多吃点大块的肉而操心……他则不厌其烦地指责这血淋淋的食物是多么令人反胃"。然后,"在母亲的呵护之下,他眼睁睁看着桌上满载着一座金字塔般的红肉,而个中的索然无味已经溢到他的喉头"。一念及此,他就咳出血来。

当那些菜单不再带有任何文学性的参照时(跟《娜·梵法乐》、《包法利夫人》里的菜单不一样),它们一般都会由甲壳类或鱼类所组成,并让人产生一种打开或者剥皮的快感。仿佛这动作能让人免于去做出另一个:将肉块切开。另外,吞咽鲜鱼有一种魔力,因为这动作在《大理石》中以一种稚气令人联想到"意大利税警","它为鱼类、贝类,以及甲壳类的独有体制赋予一种超乎平常的男子气概",又或者借着象征,间接地表示,它并没有那么纯洁。我们可以重读一次《海百合》里,有关瓦妮娜捧着鳎目鱼的描写:"她是这么细小,仿佛可以让阳光穿透,皮层下的血管透出了玫瑰色的纹",又或是以下有关荷兜莨的鲻鱼头的描写:"她的双手浸到水里然后抽出……可是在青蓝色背部下面的雪白肚皮却被从肛门到鳃孔剖开了,鲜血都在女人的手上流淌②。"稍后又有几幕值得赞叹的描写,

①  Rodogune,梦迪亚戈著作中的一个女角色,与高乃依的一出悲剧同名。
②  这些动作都带有色情的意味,热拉尔引用这些描写,意欲指出梦迪亚戈跟弗洛依德一样看出了梦跟食与色的关系,然而他所探索的方法,却跟弗洛依德大相径庭。

如"清理死鱼的可憎行为"在荷兜莨的手中变成一种舞蹈。
"清理死鱼"四个字,仿似出自一本情色暗语字典,但无论如
何,特别值得指出的是,它和"吞咽无酱料的鱼"这含义较为露
骨的话语息息相关。在梦迪亚戈身上,可以明显地看出,为一
件事物命名,能有助克服传统的反感,一如他在早期的诗里所
陈述的一样:

> 脏如黑炭的小鬼你自我抚慰
> 谁要躺卧在死鱼之中?

　　在这联想中,评论的意味减淡了,而且更加肆无忌惮……
因为死鱼的气味能勾起童年的回忆,勾起潮汐、白垩,并其底
下的一切。白日梦的光芒也是两扇高窗的光芒,时间在两片
云的镜子上倒退到足以直接映出诺曼底各条瀑布的往昔,映
出"这全都是茅屋和白垩的美景……不久之前折腰跌落到一
间旅馆房间的地毯上。雪崩、崩塌、跪倒。尽管定义错了,但
在女性的皮肤和岩石细腻的板壁之间,这是有一定关系的。
谁不曾在一整天或更短的时刻里,幻想过要看一座山躺在他
的脚前?"就在这些温柔的山下,岩石的褶裥被沾湿成一条线,
而小孩带着一些章鱼回来,将它的肚子举在空中,让章鱼喷出
墨汁;就在这个既包含情爱肉欲①,也包含了侵蚀②的地带,潮
汐汹涌并激出一阵浑浊……
　　现在,小孩成为了书本里"黯淡镜子"③中的一个角色;而

---

① Eros,希腊语"爱"的意思。
② Erosion 这字来自"情欲"(ero)这个字根。
③ 而这里的镜子其实又是书本的比喻,小孩子不能看清镜子,因为他自己就在
　书本里面。

读者则乐意献出想象的钥匙,以换取下面这样的一句,可能是由石造的听众所故意念出的句子:

……梦的幻像遗留给眼睛,一种巨大的软弱。

## 穿迷彩服①的罗杰·盖华

像笛卡儿,像昆虫,有时又像非洲丛林中的巫师,罗杰·盖华(Roger Caillois)戴着面具前进。这无疑就是我们一直未能认清他的真面目及其思想的原因。一套严密、几近严厉的思想,其果敢被古典形式所掩饰,而它的刻板,虽然渴望营造出一片肃杀,却往往只是流于表面。盖华对人类和人类的游戏②,对虚幻文学或铭文的兴趣,是一种永不重复的诱饵,它们犹如某些动物身上的眼状纹,又如美杜莎投在古代英雄身上的目光:读者,受到一种无处不在的细节的迷惑,总是无暇去梳理出他的思想全貌。

盖华自己则迷恋于自然的统一:并非指逻辑上的"预期理由"③,这个虚空的贝壳,一切都能在当中发出空洞的回音;而是那充满生机的空间,那里有层出不穷的意外和日新月异的证据,那里不同的物界共生共依,屈从于恐惧同样也屈从于必然,欲求吸引同样也欲求怯懦,它们那些冗繁到极致从而也精确到极致的几何形态,最终仍然是有限的。

---

① Camouflage,意为迷彩军服,法语里 en tenue de camouflage 亦有"生存战略"之意。

② 盖华所涉猎的学问非常广泛,从生理学到人类学、哲学以及文学等等他都做过深入的探讨和译介,其中比较知名的著作有《人与游戏》和《人与神圣》。

③ La pétition de principe,又称"窃取论点"或"丐词",是证明中以本身尚待证明的判断作为论据的一种逻辑谬误。

被自然的统一迷住,因为盖华也同样是人类,这在偶然情况下出现的动物,这自以为出类拔萃自以为抵达了进化终点的自由的奴隶。然而,对盖华这位善于应用"对等科学"①的学者而言,在表面的模拟以外,在蝴蝶翅膀和现代绘画的不期而遇之外,在螳螂的行为和人类的性幻觉以外,在上世纪的海怪神话②与雨果、米歇莱③、凡尔纳还有洛特雷阿蒙④等人的作品之外,其实就没别的了。

从他早先对于螳螂的研究,到最后那些灵感源自石头的韵文,有几个不容忽略的事情始终值得我们去细心默想。从他作品的统一性之中,我们能看到,盖华从未放弃试图建立出一种完全建基于自然的诗意;一种科学或行为美学,由其它生物活动来指引人类的行为。两者尽管多有差异,但多亏一套完备的拟人论⑤,盖华从没有自我迷失过,他没有将性爱与污水坑还原为本源一体的泥沼,又或者将之与让人类得以操作工具的直立特点混为一谈;也没有将对机械定律的盲从和藉由意识而摸索得到的自由一概而论。

同样的观点阐明了他的写作及思考风格,在他笔下经常能找到,摹拟、掩饰、歪曲以及戏谑的观念,它们仿佛宰控了他所见的一切;一如那些他认为虚假的、无用的、奢靡的,用作讨论女性、自然色彩,乃至于人类产物的观点,还有那些有违神圣定律,企图将一切连系到纯粹满足欲求的观点:一种因马克

---

① Science Diagonal,一种将事物关系连接,却不以直接方式连接的思想。
② 盖华写过一本专门谈论海怪与文学作品的书。
③ Michelet,法国18世纪著名史学家。
④ Lautréamont,法国19世纪诗人。
⑤ Anthropomorphisme,将人类的形态、外观、特征、情感、性格特质套用到非人类的生物、物品、自然或超自然现象上去。拟人论常出现在对动物、自然力量或是所谓"命运的主宰"之描述或理解上。

思主义的专横而产生，向软弱妥协的理念（盖华曾将之应用到他的其中一部著作之中）①。

在罗杰·盖华的主观研究，以及他孜孜不倦思考的人类自由意志跟其它物种的关系里（此外，还有对自由意志跟生物奥妙的习性关系的思考），没有任何障碍足以阻挡盖华如此个人，并每次都能建立一种无可抗拒、深富诱惑力、丝丝相扣的表达方式。我们可以从中推论出他所行走过的路径（从乌林路到巴塔哥尼，从社会学院到联合国教科文组织，从超现实主义到法兰西学院），其间包含了他对死亡所作过的，然而却没有正式公开的研究；包含了他在生时所经验过，却未能将之克胜的死亡；包含了他在一切面貌之下，以一切可能的近距离，对死亡的觉察：在螳螂的例子中，可看到死亡连系着生命的冲动，在矿石中石化了的死亡②让我们得以读出人类自身的命运，就是在某些历史时刻，人类机制的石化硬度。

因此，他进入法兰西学院，便可视为是他去世前在一个小圈子中自我分解的一种死亡，在那个圈子里，个人价值比某些习俗的永存要来得卑贱，他所责承的是要令这圈子进一步生存，而不是令它变得微不足道。"不变的种姓③"这盖华套用在某些昆虫社会的词语，在另一方面则变成了一只手套，套住这个由四十位永垂不朽者组成的圈子④。

虚假的不朽，的确不应用这苍白的谎言来叫盖华不快：他在那里必定曾看过一些幻象的证明，人类像某些动物一样喜好伪装的证明——精神游戏、美学性的繁殖和从属这些东

---

① 书名为《马克斯主义描述》（*description du marxisme*）。
② 例如琥珀石中的标本。
③ 种姓（caste），指印度社会的种姓阶级，"贱民"永不得改变其阶级地位。
④ 指法兰西学院。

西以及自然定律的社会符号——尽管人的自由更加无穷无尽。

法兰西学院的院士袍就像一套迷彩军服，因为，假如我们乔装希望让别人看到，又同时将自己隐藏，那我们事实上是将自己的人格寄存在了衣帽间，以便让别人看到另一个自欺欺人的自己。

这种掩饰其实是完美的，以一点金色粉饰成甲虫的外貌，仿佛自然并不吝啬它的力量，在螳螂、变色龙、枯叶虫和蚱蜢之后，额外又增加了一个变种；自然仿如希望再次证明它对荒谬的东西无所畏惧，因此它甚至为人类增添他们的虚荣心（又或者是忠于盖华的思想）、装饰性、顺理成章的遗风：两角帽和配剑仿似虚浮的肿瘤，毫无用处地装备在某些阴阳怪气的物种身上①。

## 巨大的祖先

他的一切处境，都被印刷在他书本末尾的批注里面，被安置在无止尽的深渊之中，犹如在画框里的图画，又如正在放映的影像，甚或是正在舞台上演出的戏剧。于是，我们就这样以一套复杂的方法，开始阅读弗朗西斯·庞济②。然而，这些年来，我们到底又是从哪里觅得这孤僻的意愿，去为庞济"传奇的躯体"重新赋予内涵？评论家们仿佛一直都不懂得量体裁

---

① 这里所描写的服饰是法兰西学院的标准打扮，热拉尔藉此讽刺许多作家对此一文化权力机构的盲目趋鹜。
② Francis Ponge，法国 20 世纪诗人，主张向日常生活中的事物取材，崇尚简洁的诗歌语言。

衣①，他们活像一群利利普人②，竟胆敢去侵袭一位巨大的祖先。

　　一切事物之间的明晰（"首先于上然后在你挚友的看顾之下"，他在《牧地的生产》里写道③），庞济清楚地知道，在欠缺内心私密岸滨的时候，我们应该向"博学的沙石"求助。如果情况更糟的话，就只有向评论的卡车求救。我们不应阻止，物质主义、现象哲学、如是运动④等卡车，或其它更轻省的车辆，从我们身上辗过。然而，就像橘子，庞济能够"根据表达的样式来对所需的容量作重新吸纳"⑤。继一篇自称光明试验的评论之后，庞济的诗歌就以另一种方式开始闪放光彩，而且始终没有半点变质。尽管这种闪光，需要冒着陷入"力图描述一块石头，却作茧自缚"——这种庞济在《物之语》的结语中，以铿锵有力的声音所描述的处境。

　　《物之语》所辑录的作品将重心放在永恒这个主题上，它们在丈量过的段落中，首先，呈现出许多三维的实体，就像经过精准切割的石块，仿如卵石"由同一个巨大的祖先的分裂生殖而衍生"。如果诗集的第一首诗不是正好落下了〈雨点〉，庞济恐怕就真的可以跟太古的巨人，或是巨大的祖先相媲美⑥

---

① 评论弗朗西斯·庞济的人很多，但热拉尔却认为，能中肯地评价的人却很少。

② Lilliputien，乔纳森·斯威夫特（Jonathan Swift）的《格理弗游记》（*Gulliver's Travels*）中，小人国的矮人。

③ 《牧地的生产》（*La Fabrique du pré*），引文的意思指我们生时在牧地之上耕作，死后则葬在牧地之下，听由土地照看。

④ 如是运动（Tel Quel）由同名的前卫文学杂志发展出来的文学运动，杂志主张应该以前卫文学去取代传统，藉此重新为文学史衡量价值。

⑤ 庞济（Ponge）这名字跟法文的海棉（éponge）极为接近，这让人想到，他的创作，就像海棉吸水一样，在挤出了所需要表达的东西后，他又可以回复固有的形状，腾出原有的容量以作又一次的吐纳。

⑥ 这里借用了《圣经》挪亚方舟的典故。传说上帝曾落下豪雨，让洪水淹死太古之前的人类，只剩下挪亚一家。

了。一帘笔直的雨点,又或者一些书写的线条跨越书本,将身体分开、削片、再剁碎。从〈雨点〉到〈卵石〉,一沓叠好了的纸折在意识的滂沱大雨中兀自沾湿,或遗下了一点精神的沉淀。结果,只有蜡烛"在它的养份中兀自变成焦黑",香烟"脱屑成银色的碎片①",火焰"的整体被自己滚动的秩序所感染",而面包的"整体变得容易粉碎"。整个过程在庞济之后出版的书里逐渐完成,由于沉默世界的侵蚀,正好证明了我们不再需要倚靠言语的障碍,因为事物的外形仿佛都被溶掉,于是可以直接描述对象的本质。它也证明了我们毋须再停滞于"干涸的哑然",证明事物的躯体注定会被削开。为《创作的工地》②再重拾一条路径,而庞济这样写道:"从岩石直到水,草地。"

　　于弗朗西斯·庞济而言,简单的用词可以比作液体。《塞纳河》中流动的文字,由泉源到河口,都躺卧在诗歌的枕席上,他脱口这样承认:"噢！液体的存在是多么美好,而空陷和满盈乃至满足,包扎、润泽那些地上的自然裂口,以及我的躯体!"干涸,就是敌人,就是在缓慢的腐烂过程中重新分配原子,尽管必须接受讳莫如深却又时时存在的死亡——愿你们简单地把我安葬,以一种最微小的谨慎来关顾。树木归于腐朽的时间,石头将自粉化:这就是名副其实的时间,长度对我们而言刚好恰切。正当他的躯体被唾液、语言和精液所穿越、所洗涤、所唤醒,一种喜悦就此浮现(一如雀鸟消化一枚果实,从头部到屁股:"诗人,取一把智慧的谷粒")。庞济的作品是

――――――――――

①　庞济喜欢以能够同时体现生存和消亡的东西为咏叹对象,例如他曾在一首诗里,看出了面包跟人类皮肤的共性。

②　*Les sentiers de la création*,一套附有插图的系列丛书,由当代的著名作家、艺术家,例如毕加索、夏尔(René Char)讲述自己创作经验的丛书。

一种援用了太古洪水，援用了巴别塔，援用了寓言逻辑而非真理，和堆积在词语岸滨的三角洲而构成的文学。它同样也援用了西绪福斯①的传说：我们甚至可以说，悬崖是庞济每一本书的起点，然而它被吞噬，被咽下，直到变成完美的物质：海绵，这植物状的岩石，湿润且柔软。唯一的"故事"就是这躯体一旦被一小袋水充满，就不能再坚持挺立太长的时间。署名最后躺卧在一页末尾，躯体埋葬在草地之下，我们可准备在这土地上栽植一种遗世的花卉、茴香和木贼，就像在其他书页里开出了起首的字母一样：马勒伯②的"说法语"，一种精致的样式或是一种从语词生出的无花果③。

　　另外更由于我们这位作者能够让作品变得恒久，并为它们盖上（庞济制品）印鉴的机会，于是我们就开始疑心，自己是否经常犯有长篇大论的毛病。我们想逃避，而诱惑才刚被我们从前门驱走，却又从窗口溜了进来，因此如果我们敢于冒着牵动气流的危险，同时打开两本书，去读下面，〈门扉的喜乐〉④，这印在《物之语》上亲切的招牌韵文，以及依据通透的诗行静静躺在诗集《碎片》里的〈窗户〉两篇文评时，阅读就这样变成了件令人难以置信的事。第一篇文章迷恋空洞的存在，这寓言之王除了自我禁欲之外，就再没有存在的实体，而多亏围墙从它的其中一端生出了一个隐语：锁栓⑤，我

---

① Sisyphe，希腊神话中，被冥王处罚将石头搬到陡峭高山的悲剧人物，石头在被他搬到山顶，就会再次滚落山脚，于是他就得永远重复这差使。
② Malherbe，法国19世纪诗人，庞济写了一本有关他的书。
③ 庞济着有一本书名为《怎样并为何需要一株语词的无花果》（*Comment une figue de parole et pourquoi*）。
④ *Le plaisir de la porte*，一篇色情文章，文中的帝王对扭开一扇门不存有任何喜悦，因为对他们而言，门扉总是经常为其打开的。这里跟上面谈到的茴香、木贼两个意象，以及后面谈到的〈窗户〉，都含有性事的隐喻。
⑤ *Le pêne*，源自拉丁文"阳具"（*Penis*）。

们读至最后一段的时候,凭借揣度而得到的悦乐要比这词本身隐含的更大。至于窗户,它是"头盖下帝王们的配偶",然而所有诗歌都需要有情欲的氛围?闺房的隐喻和蓝胡子①的粗犷,也就是说橱柜里的尸体和一把沾血的钥匙,这一切他都没有提及。从近处到再近处并从一个幻想到另一个,两首诗绕着两个缺席的(人物)转圈,一个是父系的,另一个则是女性化的:前者是我们诬蔑的帝王,而后者是我们讨好的妓女。

庞济跟语言的关系是激烈的爱。一种类似于工匠和碑石之间的爱:"石墨印,的确。它曾被人以最细的心打磨,温柔地剥开。我们在它身上撒上种子,一种最细的种子——皮肤的花朵。我们使它敏感。也让一层黏膜敏感。以最人道的方式,摩擦。并或许应该再教它认识某种诗意的东西。"

语言也为碑石提供另一种暗喻:一副诱人的躯体,一个满布铭文的墓园;特别是一座纪念碑,坚硬又同时柔软,漫不经心而又同时气度恢宏。这碑能重现隐遁的痕迹,只要我们懂得怎样提起它,怎样以爱挤压它。它就这样活跃、停歇,再启动,翻腾并结结巴巴,然后任由记忆再现,但这只限于某些情况:"纸张必须跟它完美地结合,躺卧在它身上,就此停驻——在一种神圣的静默底下——一段时间。碑石不仅纯粹任由表面被复印,而且切实地将自己投身给纸张,并希冀把铭刻在自己身上的,都深深地献予它。"

庞济享用语言的同时也为语言注入记忆:马勒伯以及洛

---

① La Barbe Bleue,夏尔·佩罗(Charles Perrault)所编撰的童话故事人物。他将屋子里所有的钥匙都交予了年轻的妻子,并叮嘱她不可以开最小的那扇门。然而妻子没有守约,却竟在门后发现了蓝胡子前妻的尸体。

特雷阿蒙的记忆①，甚至更久远的卢克莱修②和伊比鸠鲁③的记忆。然而这些记忆将永远不至完备：因为它除了受到性欲高潮（这里是按照里帖的定义，即搓揉和沾湿的动作）的限制外，也同时受制于古老语言和它的十亿个盲点。古老的物质，它并没有保留任何它想说的 ："语言就这样归还给了哑然的世界，物质的世界。期间，庞济重写了一次《物性论》④，但同时在古老的目录上加增了一样东西：语言本身，一个白日梦中千疮百孔的物质（这梦的本源在庞济的概念里跟夜晚毫无瓜葛，对庞济而言，没有东西是阴暗的）。所以这并不完全是《物性论》，而是《论自然的记忆》⑤。"

　　真正的白日梦，这里所指的，是依循它一贯定义的白日梦。经过一轮清洗、磨光的操作，经过诗意的浮夸，以海绵和油墨的经营、知性的操作，而不是被无可名状的语词修饰，也不是根据学术谚语所释放出的操作。庞济藏起了一些证明（在"另一个场景"面前的滑稽证据），而借着"握有文字的计算"，这种证据却要比某种超现实的"松开一切"，更有效，更精准。

　　没什么好诧异的，如果庞济某天终于被逼要以人为题材，他当然会顺理成章地选择洗衣妇："洗衣妇常被联想成被一堆卑贱衣物所挤压的人，她经受的内在情绪、沸腾的怒气，涌向她身体优越的部份再倾落如雨，在这一堆激起她心灵的卑贱衣物上——而这怒气极可能会持续——并最终通向一种完

---

① 　马勒伯的诗歌柔婉，而洛特雷阿蒙的则相对自由。
② 　Lucrèce，公元前 1 世纪罗马诗人。
③ 　Epicure，公元前 3 世纪希腊哲学家、诗人，在诗作中谈论唯物主义，主张世界由某些基本的物质组成。
④ 　*De natura rerum*，卢克莱修的哲理长诗。
⑤ 　这只是一个热拉尔创造的名字，并无此书。

美。"早在《物之语》里面,庞济已表示要摘去语词"在众多败坏的口中,所缔结的"许多邋遢的习惯。而这举动在《肥皂》中再明显不过。语词在当中产生了许多气泡,结成了一束束藤蔓,"我们就这样为词语嵌入一些象征"。

　　练习,绝非毫无意义,因为它代表"知性的洁护",多亏一些以纯水清洗的段落,所以,还我们双手洁净的,既非静默,亦非"在最黝黯的泉源里自杀"①。而纯洁无非是一种空想,因为语言将我们"沾湿",掷入现实的水井之中。所以我们最好还是将手擦拭,弃掉肥皂而改用"喜造"②,例如热心积极、滔滔不绝、兴高采烈,写作的情欲高潮重拾它原来的本质:"一语贯之,回归到字面本身。"

　　物件、"玩物"、"喜造":从掩饰障碍的喜悦,直到让喜悦在自身之中自然流淌,是的,在由极多微细否定,极多零碎差异撞击的世界("这里指的当然是一种记忆的深度,一种内在,主题刻铭在表面的深刻重复,而非任何其它的深度。")。

　　在〈卵石〉之后,《塞纳河》③和《肥皂》:它们都是一些在自我废除之前,企图讲述一切,以运送不同变量尘埃的书本。它们是一具具准备好自我消解,以变成其它元素的躯体,它们宁可让自己高兴,也不甘于选择忍受一个了无意味的身份。

　　书写庞济将会变成"清洗"庞济。我们或许应该通过他的引见,接受最终的一课去抗拒潮流? 但庞济,由于他反对沉重

①　由于表达和生存处境的困难,所以缄默不言和自杀就成了逃避它们的方法,因为这是一种在面对世界时,所表现出的最纯粹缺席。
②　La morale de l'objoie,乃作者自创的词,指一种营造,或者获得喜悦的态度。objoie 跟 objet(对象)一词谐音,热拉尔实际上亦想藉此词指明,这种喜悦,乃是由对象而来。中译难以完全保留个中微妙涵义,姑且只能译为"喜造",取其与"肥皂"发音近似,以保留此词的文字游戏色彩。
③　庞济的另一本诗集。

的顽固品味是如此无处不在,于是他就像水一样,"逃避一切
的定义,却在我的心灵和这些纸上,留下一些水渍,一些不成
形的斑点。"

## 让·达笛尔①的发明执照

致玛丽·劳拉②

西拉诺·德·贝尔日拉克,但愿有一个酒瓶能够从地上
升起,它里面正好有玫瑰红酒在挥发;阿尔弗雷德·雅利,还
有《超汉子》里的自行车;洛特雷阿蒙③,还有他的解剖台:一
直以来,总有一些专写机械的作者,他们的作品,往往就像巴
洛克时期那些利用舞台道具机械令不少观众眼前一亮的
戏剧。

然而谈到让·达笛尔,他却唯一能够在一份圣埃蒂安的
地区栏目里,读出一个有关神和魔鬼的神秘故事,并多次向我
们证明,在玩笑以及教人忧心的怪事之中,语词不单能自我繁

---

① Jean Tardieu,短篇剧本作者,这些戏本多以文字游戏的方式写成,因为达笛
尔对文字的"整洁性"和用语的恰切性很感兴趣。他亦是弗朗西斯·庞济的
朋友,二人曾共事于 Hachette 出版社,但他感到工作非常沉闷,所以在当时
画下了很多素描。对达笛尔而言,语言亦是一种机械,他曾经用木头制造了
一种类似原始计算机的东西,作为查找数据之用(而诗人马拉美亦曾发明过
一种学习英语的机器,就此观点而言,二人有某种共通之处)。达笛尔亦是法
国音乐电台(France Musique)的创办人之一。

② Marie-Laure,达笛尔的太太,是一位植物学家、医生、自然科学家(是当时极
少数同时拥有三个博士头衔的人)她跟达笛尔在越南认识,当时达笛尔在服
兵役。

③ 西拉诺·德·贝尔日拉克(Cyrano de Bergerac);阿尔弗雷德·雅利(Alfred
Jarry);洛特雷阿蒙(Lautréamont)三人都写过跟机械有关的作品。《超汉子》
(Surmâle),则是雅利的一部小说。

衍出其它意思,而且还能孕育出一些难得的东西和岌岌可危的构想,在这众多例子之中,有两件发明,尤其能润泽我们的心灵。

第一件是马拉美的。通过亨利·蒙多曾经企图所作的描述,我们得以揣度到马拉美的一个想法:"马拉美曾以非凡的耐心,制造出一个能借着游戏和独处去学习英语的盒子,它由十二块复杂的机械板组成,这副机器能在学生的眼前,自动呈现问题、答案和彩色插画。"

至于第二件发明则是一圈线轴,它平板且呈星状,卡夫卡曾在一篇题目带点恶意,却又不无精确,名为《父亲和家族的忧虑》的文章中,为这件发明赐予了一个神经质的名字——奥大敌(Odradek)①。

一种继承了古怪战争②的散漫习气而发展出来的办公室的郁闷生活,个中的沉闷,弗朗西斯·庞济也曾经体会过③。而达笛尔,他则借着一件古怪的琐事来自我排遣,其中包含了爱好沉思的美德,它甚至比实事求是的工作态度更有益处。然而并没有妨碍他拜托一位多尔多涅省的工匠去为他制作出一个盒子,也没有妨碍他日后去为这个盒子申请一张发明执照:那是一个有双层底的盒子,借着三角和钻孔的机械结构,我们能以一个简单的动作将里面的空间分割(就像魔术师将一个女人分成两半一样),它能在有需要的时候为我们提供答案,或是方便我们拟订一些或实用或荒唐的窗体,比方说:生于闰年的诗人清单、经已落叶的树木清单、北欧神话的清单,

---

① 一件由卡夫卡想象出来的东西,但我们却不知道它到底是怎个样子。
② 指二战时法、德之间的战争。
③ 庞济和达笛尔都有参战的经历,后来他们巧合地在同一家出版社各自觅得了一个职位。据他们说,这些工作只是一些无聊的差使。

以及某某韵脚的清单①等等。这件"破弃小玩意"②的用途比我们所预期的更少,它的初步样版未曾为它的发明者带来任何财富就被注册了下来,并获发了一张专利证明,可是坦白说,它为我们保留下来的,不过是一些像白纸一样,叫我们感到昏眩的雪白而已。

大家都怀疑,达笛尔真正感兴趣的,其实是精神的操作而不是它的结果。我们在那称为"为建筑一种国际概念性语言的愚蠢研究"——换句话说,也就是世界语言的研究里,也能找到同类的魅力(它将他引向子虚乌有的陷阱,而非只是一种虚幻的认知)。可能是受到克诺③和皮库切④的启发,笛达儿继承了许多前人的步伐,他从速记员的书写方式里获得了灵感,然后创制出一些符号,又将这些符号和汉字渗合起来,这样的一个计划促成了几张速写的诞生,它们跟草稿以及画家在画作边缘的漫画有着异曲同工的特点。在这由一种概念,但却不能实际应用的语言组成的乌托邦世界里,这些符号自行缩小成一种漏洞百出的专业术语⑤(一些基本的意思和一些关联词),但这完全也可以说是一种诗艺的开端。

如果这两个奇特又枯燥的发明不是因为带有讽刺和焦虑的色彩,以致我们以逻辑的角度来将之看待时感到有点荒唐;如果这两个发明不是受到语法和韵律的约束,最终未能与语

---

① 达笛尔发现,我们对窗体、栏目怀有某种奇怪的迷恋,这种窗体癖甚至能体现在对待语言的态度上,我们甚至因此而发明了许多不必要的东西。

② aboli bibelot,马拉美发明的意象,指虚空的回响,声音的虚无。

③ Raymond Queneau,法国小说家,乌利普(Oulipo)文学运动的成员。

④ Pécuchet,法国小说家福楼拜笔下的人物,福楼拜藉他去指责那些只以数量去辨别轻重的人。

⑤ 因为语言的功能和价值只有在人们沟通时才能确定,而达笛尔所发明的世界语言,只是属于他自己,所以这充其量只可能是一种在别人眼里看来,错漏百出的专门术语,就像小孩子玩游戏时创造出只有他自己懂得的语言一样。

言挥之不去的阴影并存,以致笛达儿不能将它们再发扬而必须扬弃,那么我们今日也许能够以更具体的方式去谈论,而不是在这里纸上谈兵。

借着这两件发明,达笛尔再次作了一次自我投射。他以一个发明者的形象①,一个可笑的而不是胜利者的形象,将自己呈现在舞台,在一件损坏的家具旁边,那是一台比记忆本身更混乱的记忆提存机。在这样的舞台上,我们再次看到了达笛尔,他仿佛很乐于看着,文明的尺度在现代一切合乎规格的义肢中变得衰老。而达笛尔的傅埃培教授②正是如此,尽管他发现了很多事情,又或者应该说,恰恰是由于这些发现,他才会跟达笛尔一样被相同的伤痛所侵袭,这些发现包括:一种收藏在幄帷之中的私密语言,一些莫名的韵母,一些语词的重新定义,以及用来交给像奈瓦尔和兰波③这类少年天才所做的练习。

可是达笛尔的真正发明具有另一种特质,如果我们能认真对待这观点,一如对待他那些令人眼前一亮的发明,还有他的正规诗学,我们就可以在这些发明之中,重新谱出一套诗律学去翻译荷尔德林的《群岛》④,并以"节奏的基本单位"(cellules rythmiques),将德国的六言诗体重新转换成法国式,这样的转化,早在阿几帕·多比涅⑤的"制约诗句"(vers mesurés)中便能找到久远范例。这是一种无人发出的声音,它能寻索"一种在任何语言里都没有相同名词的回响";就像

---

① 这里是指达笛尔所写的一部剧本。
② le professeur Froeppel,达笛尔诗集的名字,也是他笔下的一个人物。
③ 他们都是以诗意的方式来响应问题,他们甚至不会提出任何问题。
④ 达笛尔发明了一套用作翻译德国 18 世纪诗人——荷尔德林(Friedrich Hölderlin)诗歌音节的系统。
⑤ Agrippa d'Aubigné,法国 16 世纪诗人。

《一字赠一字》①被转化成一种普及化的隐喻一样；也像马拉美所预视到的白日之中的阴暗，甚至因失眠而得以长寿的秘密等隐喻一样。然而，有一个疑问却同时诞生：由于让·达笛尔的发明天才并不止于此，所以应该在这清单上补上"石珊瑚或想象的建筑"；自然的魔法和愚蠢的逻辑；秘密的法院和无形的见证；一座不眠的城市和失去生命的联想；语言学上"属格"的瀑布（une cascade de génitif）；怪物身上的真理以及耳鸣后又再遇到的马蜂……以上等等贡献②。如果没有及时留意到达笛尔充满热情的发明，我们可以渐渐地为皮埃尔·梅纳尔③（或更低调地为先生先生④）复写一遍让·达迪尔的所有作品，这些作品并不需要任何发明执照，也没有被收藏在任何数理方程式中，而这，就是他的风格。

## 明暗让·达笛尔

"第一人称单数"：只要将这几个字以不同的字体印在一本书的封面上，就像达笛尔所做的一样，让句子中所牵涉到的代词不再是第一人称单数，而变成是一条语法公式里的第三人称单数，那么，就能造成某种距离感，并产生一种特别的幻象视点。

一无是处的孩子、配角、孤儿，借着他一部份韵文的标题，

---

① *un mot pour un autre*，达笛尔的一篇作品。

② 这些都是达笛尔在作品里自己发明出来的，搭配古怪的短句。

③ Pierre Ménard，阿根廷作家博尔赫斯（Borges）短篇小说中的人物，他重抄了一遍《堂吉诃德》。这人物后来用作指某些不会诠释，只会复写的人，然而他们在复写的过程中，对同一篇文章却有另一番领会。

④ 是达笛尔一本诗集的名称。

作者这样承认道:"我曾是一个(什么都不是的存在![①]),我曾是无尽的、叫大家摸不着头脑且目瞪口呆的、忧郁或是贪婪的,某种虚无的东西,所以我不应该再自称为"我",就像我今日以一种个人、独特而且自在的口吻去念出这个字一样。"然而这整整的一本书[②]其实就是一个不能实现的忏悔,大部份篇幅皆诙谐可笑,但偶有严肃慎重之语:总括而言,它是一段艰难的诞生宣言,因为当达笛尔不再乐意处在一种视觉和听觉还没有被截然划分,而孩提时代跟母腹记忆相混淆的缅怀状态中时,当他听到"一种由原初的完美表达所产生的寂静[③]"的时候,书的主题就开始跟一种不隶属于它的话语,一个它必须援用的名词,一种能穿透围墙和时代厚度的絮语搏斗。

这想法并不包含半点空泛的梦话成份,也不包含任何形而上的思辨,它只有一张记忆的外表,决定了幻想的精准程度。这幻想在一个精力充沛的再生童年,展开了《第一人称单数》:"在七、八岁的时候,每当母亲需要接待访客时,我都会被禁止走进客厅……"叙述立即趋向简短,同时亦带有仿作的戏笔[④]:我们将不会知道后来署名让·达笛尔的小孩是否经常睡得很早,然而却可以看到,一道借着语言体系裂缝转化而成的伤口,一条从一本书流落到另一本书的断线,自那时起已开始绽开,简而言之,空灵的回响在让·达笛尔的大部份诗歌中延伸,并造成了一些无声的对话。

---

① 因为达笛尔曾说过:"我已经在世上,但我什么也不是,因为我没有记忆。"
② 指达笛尔的作品《第一人称单数》。
③ 因为达笛尔认为,当世界还处于混沌的太初时,语言并不存在,因此亦没有所谓的"含意"、"错误",以及"误解",因此,当我们接受进入一套语系,也就是接受缺憾以及不完美的开端。
④ 这里的带有仿作普鲁斯特《追忆似水年华》起首的戏笔。

由于些许隔膜,以及一条"声学管道"(Tuyau acoustique)作为媒介,被放逐的小孩于是得以抓紧了语词,又或应该说,他最起码抓紧了对话的声音节奏——"话语的音色直涌向我:访客低沉的声调跟我母亲尖锐的低声歌唱相互交替,"他们并不真正地在谈什么,他们只是在假装说话!"①我一想到这里便乐透了。"

达笛尔的作品每每在语言被呈现出来之前,就已让人听到语言的色彩和音色,这说明我们可根据语言的声音来写作,而寂静对不同的作者而言,都不一定是指同样的东西。

书写,这种失眠症患者,又或者是白日梦游者的行为,它的本意实际就是"描画并使人听见",正如达笛尔在《白日的阴暗》中所说的一样,仿佛这行为可以追溯至艺术童年的古怪行径,仿佛它只是一个需要堵塞的缺口,甚或只是一个该怎样将一对伴侣维系的问题。在这本书的后部,形体和声音的渗合更被描绘成"某种诞生"。而在一首题为〈十万个维纳斯的诞生〉的诗中,我们能找到这三行:

> 在一种或另一种方向
> 长久踌躇于视线
> 的听觉通道

这诗有时能让"歌唱的影像和缄默的音乐"相结合(但不会拭去当中的矛盾)激起镶木地板的薄片,让它们闭嘴,并去倾听众神摒住的呼息,鬼怪们的絮语,又或者家具破裂的声音——它也让我们能细心倾听,障碍背后,一位母亲衣裙的窸

---

① 对达笛尔而言,关心"说的形式"要比关心"说什么内容"更有意思。

窨,我们会因此而自忖,这声音到底是来自大海还是来自母亲,但无论如何,它都是一种音乐。

依然是在《第一人称单数》里面(确切地说,是在书中第四章〈一个哑角的三段记忆〉里),我们甚至找到了一扇背后隐藏着大海的门:"就像一款不再流行的裙子,或一条满布花边和羽毛的衬裙上的轻微破损,一阵固执又拘泥的颤抖。然后声音逐渐扩大,仿佛现在不再只有一个女人,而是十个、百个、千个,她们一起脱去衣服,将之揉成一团并投向门板,令它们在冲击中摇撼。"在以这样一种倾向进行的同时,如果达笛尔的双重讽刺没有引起我们的注意,那么还可以援引《阴暗的故事》里,一首更具说明性的题为〈少年与海〉的诗,这故事里,傅埃培教授在他的日记中写道:"如果叙述一次乘船的旅程,我会写'大海波涛汹涌',那么很明显就能够看出,我的意识将海洋上的风暴,跟一个母亲因分娩之苦而产生的焦躁作了比较。而如果我将 la mort 写作 mouleuse,那么,我希望这美妙的头韵法①,会令人同时联想到海鸥的飞翔和覆盖着螺贝的岸石。"

凭借运气,语词有时轻盈得像张起的风帆,当达笛尔着手处理一个变项,他就自然回溯到四位自画像大师的镜子里去,他们分别是伦勃朗的"庄严"(Maestoso),柯洛②的"广板"(Largo),鲁本斯的"急速"(Allegro),以及梵·高的"激越"(Furioso)③……

然而这和弦并未能延续,于是不和谐音随即回到"将近失明的视力"和"撕裂耳膜的听觉"之中。达笛尔的所有作品仿

---

① 在同一文句里,有意重复字首相同音节或相同辅音的技巧)。

② Corot,法国 18 世纪巴比松派画家,是当时其中一位最出色的抒情风景画家。

③ Maestoso、Largo、Allegro 和 Furioso 为意大利文,乐谱上用来定节奏的术语,这句子的结构扣连了前文谈及文字的"色彩"跟"音色"的关系。

佛就在这断层和间距中诞生：他的剧本尤其运用到《无人语音》的空白布景上，谵妄地渗合了《一个给另一个语词的语词》，在一片纯然原始的舞台上自我演练。中产阶级的悲剧，表面上并无伤大雅，它为达笛尔大部份戏剧作品的基础提供了一张画布；它实际上是一幕非常实在且亲和的布景，而时代的常规在这里掩盖了幻觉和半虚构的记忆："我不能在透过一扇蒙上了他人话语的门聆听那人说话时，而不怀有半点无法承受的不安。"

正是由于这不安，达笛尔转向了荒谬，他用嬉笑来反抗不安，同时不再相信魔怪能被语言所浓缩。另外，他不停地告诉我们，以一切匿藏在障碍后的语调：她和他①，两个没有脸孔也没有名字的人，他们尽管不存在，但仍占去了许多空间，因为围绕在他们身边的奥秘不能被完全掩盖。她，她无形且无法触碰就像声音。他②，以造作的大写字母开头，有时甚至整个都用大写。人们常常因着他跟一位消逝了的神所拥有的相同名字，一个尾音不可能被念出的字，而将他跟另一位访客、一位陌生人、一个擅闯者、一位神一般的人物，一个杀手相混淆。③

如果现在我得在让·达笛尔所有朋友，以及他所有忠实读者对他的认识之外作点什么补充，那么我会说，他的父亲其实是一位画家，而母亲是一个音乐家，除此之外，我知道已经再无必要作深入补充了，因为他的家世既不是什么灵感的泉

---

① 这里是指《第一人称单数》中的人物。

② 原文作 Lui，法语语言学上，男性第三人称单数"他"的"与格"（Datif），这个"他"亦带有达笛尔的某些影子。

③ 在达笛尔（Tardieu）的名字里，也有"神"（dieu）这个字，但这却是个消失了意义的神。

源，也不是可以引导他航向浩瀚大海的河口——他所拥有的，不过是一张被白日所扰乱的床，以及流淌着一条隐蔽溪涧的想象的床单而已①。

　　隐蔽溪涧的图像，达笛尔曾亲自对我们说过，这张对他一生（于存在和虚无之间）有着莫大重要性的图像，可能是一幅中国式的图像，它以画的形式呈现出来，同时亦是一首诗。但愿我们都不至于盲目信奉智力的游戏、滥用的比喻，以及假意的殷勤，因为在达笛尔的作品中，有着许多中国式的精神②：我特别想谈一下他在语词中的留白③，推动世界动态二元调和论（天地往复并生，万物与我齐一），它以一种发挥着某种功能的"无"而存在，但它并不完全是"虚无"……

　　较之于同时期的诗人，达笛尔最藐视隐喻（它有时会为事物添上一种累赘和荒谬的圆满），亦藐视人们将隐喻跟幽默，或者跟严肃的笔法渗合使用，而不去为字词赋予半点现实的元素，那些人所感兴趣的，是已变成陈词滥调的字词，以及规范的脉络结构（好让别人在浏览的时候能一眼看出，并以此来自诩为行家）；他们又迷恋"可省略的删去字词"④（让它们从合约的边沿跑进了诗歌的核心），他们甚至迷恋连词（以产生

---

① 《隐蔽的溪涧》也是达笛尔第一本书的标题。

② 之前提及的几种审美标准只会令文章臃肿，而达笛尔的文章却有东方崇尚轻灵和留白的特点，盲目信奉上面几种审美标准，只会错过欣赏达笛尔文章的机会。

③ ［法文版注］在此我只能引用程抱一在《诗意的汉字》中谈到的中文称为"留白"的词语，它们不可能被别的词语取替，有点像句式中的语法工具，就像法语中的连词和介词（［译者注］另一个更明显的例子是法语冠词作阴性和阳性、单数和复数的现象一样，它们本身并不含有任何内容，但却在句子里发挥着某种语法功能），而达笛尔就懂得怎样突显出它们的价值。

④ mots rayé nuls，这是司法用语，指我们在合约里必须在旁署名才可删去的字。这里讽刺那些迷恋隐喻和冗言的作家，刻意留下一些无意义的字，以使之变成自己的某种风格记认，就像署名一样。

一种逻辑上的震撼），特别是那种并非纯粹和简单的连词（那种具有"悲剧甚至几近神圣成份"的连词）。就像那些被废弃的小玩意，它们不再具有任何闪亮的金属，可以为诗歌赋予一种无声的音乐，或是在书页上产生透明的震撼回响。当达笛尔承认他对马拉美《骰子一掷》的迷恋时，其实只是作了这样的总结："一个独一无二的夜晚闯入了书页，一些'留白'的语词"，而他在这话的前面又补充说："然而我亦想象到，那些对中国或日本诗歌的爱好者，在视觉、听觉和知性上都能称得上完满的东西。"

让·达笛尔的美丽标题，《白日的阴暗》，就像是对马拉美在《一个主题的变奏》里那句著名评注的延伸："在影子的旁边，迷朦、灰暗稍稍变深；在将白日对照成黑夜的败坏面前，音色却矛盾地，在这边转暗，却在那边变得明亮，那是多么令人沮丧。"然而达笛尔宁愿选择显示出指节的缺陷，并叫自己像一个走钢丝的杂技演员，在笑声与忧虑，光明与阴影之中，颤巍巍地走在那无形的牵扯着我们生命的钢丝上并尽量保持平衡。

达笛尔始终没有去寻找一个"酬报语言缺陷"的方法，也没有只是坐视矛盾在梦寐的隐喻和设计中消解，就像博尔赫斯和弗洛依德参照亚比（Abel）语言学研究中的"命名的善"①一样。

那些存在于寂静语言和晦涩事物中的叹息与寂静，是诗

---

① ［法文版注］"接照亚比谈及用语（langage）诞生的理论，借着组合规律的特点，相同的发音——从本源上而言——包括了一个相同理念的相反术语，二者同时表现于思想之中。"（博尔赫斯，《隐喻》）。
　"当我碰巧读到一本亚比的著作时，我被引导去体会这单一的张力，它不单占据了梦的设计，令梦的否定性变得抽象，也令梦的含义借着一些相反的事情表现出来。"（弗洛依德，《在原始语言中的相反含义》）。

歌核心里的虚空回响以及动态存在。可是诗歌中的否定式
（对次一层面的提问）也同样是达笛尔诗歌的惯用模式。于是
我们想到了他的诗歌和著作标题（几乎是一种巧合：〈无形的
见证〉、〈缺席的众神〉、〈我驱走一个我忽略的好处〉、〈不，并不
是这里〉、〈我们将不会走得更远〉、〈他甚至不再响应〉、〈非此
亦非彼〉、〈失物〉，等等。又或者是小女孩虚无（Néant）和先
生先生（monsieur Monsieur）①、"空洞的动词"或"某人"，这浓
缩成两个音节，并同时能包含了一个人的存在与消失②的字：
这个单词隶属于一个既无上帝也无信仰的世界，一种"虚空的
救世主"，"一切自虚空里重新开始"的意思。另外，又或者特
别应该补充，故事里那最少登场两次的拍卖官，要不是他在空
洞的冗谈之外没有判断出什么事情的话，那么达笛尔的幽默
感，就可能会沾上点道家的意味，就像雷蒙·克洛（Raymond
Queneau）不止一次所做的一样。

在永恒的刻铭和虚无的推移面前，在唯一的证明亦是一
个否定的证明面前，达笛尔所体会到的震撼，正好可以在《像
此亦像彼》里一个含意丰富的例子中看到：达笛尔在一篇讲述
庞贝古城新近挖掘情况的报导上获得了灵感，并写出了副题
为〈四部哀歌〉的《节庆与灰烬》一诗。那篇文章报导了两位
在庞贝新近发现的死者，从身上的印记，我们可以认出一对男
女的轮廓：震摄达笛尔的，并不完全是这对男女留在空洞形态
上的生命，而是他们留在石头与遗忘之间的存在。

因此，当看到这个对我们来说十分重要的名字③怎样出

---

① 很少人用否定词作标题，但达笛尔则常用。
② 在法语里 Personne 既解作"人"，但在否定句中亦可作否定词表示"不是谁"、
　 "不是任何人"，例如：他不爱任何人（Il n'aime personne）。
③ 指达笛尔的名字。

现在下面这句出自一本题为《重音》(1939)的集子的最后两行诗时,我们就不会感到半点意外了:

> 她们来得太迟并,沮丧,她们住嘴:
> 这甚至已不再是时候对他说永别!①

白日的暮色与阴暗,寡言的神祇都已经包括在这名字里:

**达笛尔②**

我们在此描写了他的正面,侧面还有四分之三面。

## 站不住脚的身份

### 回音与水仙③

学究,顽固,严厉,一本正经,慎重,能言善道,好用格言,

---

① 原文的印刷方式如下:
*elles sont venues trop* tard *et, désespérées, elles se taissent:*
> *il n'est même plus temps pour* LUI *dire* adieu!
当中没有被改为斜体和大写的两个字 :"迟"(tard)和"永别"(adieu),永别一字,字源则是(à dieu)到"神"那里去的意思,当中的"神"(dieu)跟前面的"迟"(tard)合起来正好就是达笛尔(Tardieu)的名字。
② 达笛尔的名字 TARDIEU 前部份的音节 TAR,跟法语形容词"沉默寡言"(taciturne)的第一个音节相近,而他的名字后半部份 DIEU,在法语则解作"神"。
③ 回音和水仙子(Echo et Narcisse),希腊神话中两个注定重复他人声音和影像的角色,由于他们只能重复别人的东西,所以其"自我"也须由他人定义,因此其身份就是一种站不住脚的。

欠缺坚定,站不住脚,惊惶如一个迷途的孩子。这就是保罗①
在"儿童的房间"所发出的一阵阵声音。对门后的偷听者而
言,这些声音难以辨明,只因这出暧昧话剧的主角是个闭口不
语的孩子,他不时担任着几个角色。简而言之,保罗扮演了雅
克②并把声音借给他,藉以更深地丑化学院的规条、成人的敲
诈,还有他们说辞里自命不凡的废话;虽然小孩的对话在摧毁
老师们装腔作势的权威时,远远谈不上天真无邪,但他们这样
做,到底也只是为了令自己免受奴役。

　　"描述一种声音",这就是路易-勒内·德·福黑③企图借
着书写几篇文章的机会揭竿起义。然而,朗诵之声跟说话声
是有分别的(这是我们唯一能有效定义的),它既不是歌唱声,
更不是释放出羞辱讪笑的声音。就此看来,声音就是一种站
不住脚的身份指标。因此,德·福黑最后一本短篇小说集中
的路易丝,她要是没有认出叙事者放在她面前的那面镜子的
话(也就是那些手稿,而不是其它我们能率先留意到其反射的
模糊物事),叙事者就不会随即这样向她解释:"你十分清楚,
我们不能辨认出自己的声音。"然后我们便能明白,为什么
德·福黑的叙述,老是会反复纠缠于一些人的说辞和另一些
人的缄默之间,以至作者能免于为这流动的语词赋予某种确

---

① 　保罗是《儿童的房间》里的其中一个孩子,故事讲述一个成人偷听孩子们在隔
壁的房间玩耍。
② 　法语中"扮演雅克"(faire le jacques)就是扮演成张三李四的意思,因为故事
中孩子的名字没有特别的象征和含意,所以他们的名字都很普通,就像命名
为 X 或者 Y 一样,因为连名字也不带有任何含意,所以他们的身份也是站不
住脚的。
③ 　Louis-René des Forêts,是一个创作量相对少的作家,作品有《野蛮人》(Le
Barbare)和《儿童的房间》(La chambre de l'enfant),晚年的他写得更少,大
部分作品都是些零落的回忆和诗歌。他对英国和音乐怀有很大的热情,这偏
好对他的作品有重要影响。

凿的意思。

许多话语的内容只能由句子里欠缺的部份来表达：这些话语取代了一些永不丢失的声音，我们只能在镜子里认出它们真正的映射。于是《错乱的记忆》的主角实际上是在追寻"一个小孩，他的记忆不知怎样恢复，因为他曾经遇见过它，曾听过它的声音。①"

总而言之，制约着德·福黑的，并不是"水仙子"的神话，而只是"回音仙女"（Echo）的故事。回音仙女因为多言而被禁言，因此，她就只能复述传到她耳朵里的音节。她不能示爱也不能以自己的名义说话，她所能说的仅有借来的语词。同样，当"那个小孩"（除此以外再没有更多描述的角色）因为歌唱而欢喜，他的声音到底仍旧属于他还是属于造物主？这种声音超乎常人，可惜言语无法表达，一如《歌手的伟大时刻》里的弗雷德里克·莫里哀里的声音。

而正是这难以谛听的，这"本世纪最美妙的"声音（凭什么能这样肯定呢？），它在读者的心中悠长地回响，并达到在记忆中自行挪移的程度：一阵朝三暮四的声音，我们最终将它归到了唐璜②的名下。

第二或者第三层的深度阅读是必要的，否则就不能领悟到，我们实际上只是幻象的受害者：莫里哀里的胜利实际是在一片寂静中完成的。

在文章里，就在看到他准备妥当，穿戴起"灯光的华装"以替代那蹩脚歌手的时候，我们立即在戏班领队的膀臂中再次认出了他。帷幕再次落下，于是那闻所未闻的歌声，就在两节

---

① 　这里指的小孩是故事中的杰克，主角遇上的，其实是另一个自己。

② 　因为故事里的莫里哀里后来在一出戏里演出了唐璜的角色。

短句中升起。尽管我们深藏在记忆中的是莫里哀里的功劳，然而与事实相违，他"那叫人毫不保留地表示赞赏的献祭"却只能在很久之后才得以详述。而叙事者向我们阐释他艺术的顶点，则是在卡尔-马利亚·冯·韦伯①的《魔弹射手》当中，而不是《唐璜》②。

然而该把这声音归于谁呢？给剧院乐池里的乐师？给丛林背后为个人喜乐而歌唱的爱好者？给节庆期间在舞台上演奏一整晚的乐者？给演绎唐璜的莫里哀里？还给是唐璜本人？一个独特而又个人的声音却分别属于几个不同的人物，莫里哀里的奇妙旅程，同样也被演绎成几种不同的版本。

## 邪灵与可怜的恶魔

莫里哀里的身份并不容易考证，即使我们重新校阅几次《歌手的伟大时刻》，所能确认的也只不过是他包含在一切行为中的复杂个性而已：他的父亲是意大利人，母亲是法国人，这种分裂的本质存留在他身上并成为了某种内在的踌躇，在机会来临的时候几次三番制约了他的选择。他放弃了最初的爱好——戏剧——因为他确立了这喜好的地位，然后跟随制造弦乐器的叔叔学习双簧管和小提琴，反复交替演奏。在法兰克福时，他隶属一支交替演出《唐璜》和《魔笛》的乐团，而在他生命里最重大的日子将要来临的前一天，乐团的一位乐师在公园里听到他偷偷歌唱，当时他竟自如地在分别演绎唐璜

---

① Carl-Maria von Weber，德国 19 世纪作曲家，《魔弹射手》(*Freischütz*) 是他最成功的歌剧。

② Don Giovanni，这里指的是莫扎特的歌剧。唐璜是欧洲文艺传统里一个传说中的轻浮公子，有很多文艺作品亦以他为主角，在莫扎特的歌剧以外，浪漫主义代表诗人拜伦(Lord Bayron) 亦写过一部名为《唐璜》的长诗。

和尼奥培罗,主人和仆从,受害者和刽子手,这样的才华让偷听的乐师感叹不已。

人们都流传,他每次做决定,一定有某个人暗中帮助:因此当他的声带表现得登峰造极时,肯定不是他自己的意愿。当然,我们绝对有权质疑,在他悲叹的时候,是否已表现得不再强烈:他停止了歌唱,仿佛希望割断一种华丽,一种平实的华丽。早在第一场表演结束后,他就已经对别人提出的合约避而不答,正如叙事者补充道,都怪那"可谅解的谨慎所引起的踌躇:试问我们又怎样能向别人保证一些不完全属于自己的东西呢? 而谁又能允许你在审讯的时候违抗传唤呢?①"。在后面的叙述里,我们坚持要将公众角色与隐密角色之间的对立元素呈现出来:他一方面是改头换面的歌手,另一方面又是穿着睡衣,声音中性且没有生命力的侏儒。最后的演出可以视为一次绝望的、注定要失败的尝试,因为在这次表演中,莫里哀里既是天才的演员,同时又拖带了他那凡人的身份以及凡人那糟糕的躯壳同时登场。

那邪灵不过是一只可怜的魔鬼,然而不久之后跟叙事者相遇的,也正是这可怜的魔鬼,他是为了替叙事者解开迷团而尽力紧抓一段对话的"被剥夺的人"②。

不过,莫里哀里的邪灵附身曾被数次强调过,特别是当他在冯·韦伯的《魔弹射手》中担任卡斯柏一角的时候。正是在扮演这个配角时,莫里哀里的技艺得以发挥到极至,以至叙事

---

① 这里是指莫里哀里也不明白自己为什么会拥有这样一副声音和演唱的才能。这里的审讯是指登台表演。

② 即,莫里哀里。

者这样说:"你本来就是卡斯柏",就像威尔第①的《奥泰罗》一样,他的歌声完全变成了一套嫉妒的语言。

如果我们还记得《魔弹射手》的故事是关于一位向魔鬼出卖自己的守林人的话,我们就能看到,莫里哀里的角色实际是被包裹在浮士德式的阴影之中(为了避免任何有关"狼峡谷"②,这对我们而言能同时想起一点浪漫和弗洛依德式忌讳的名字)。但是那"被诅咒的猎人"对莫里哀里而言,却无非只是个"次等邪灵",他为他的论调补充道:"……远远不及唐璜的破坏力,而唐璜实际上也并不那么坏"。然后他抱怨在整个剧目中找不到一个同时既是害人者又是受害者的角色。

这就是莫里哀里个性的混杂之处,就像在括号中注明所有格代词的身份:只有两个角色是他梦寐以求的,那就是卡门和阿尔班·贝尔格所创作的露露③。"演绎"另一个人,为什么没有变成最荒谬的经验呢?安娜·费尔瑟维茨④的挖苦在这时尽一切可能预示了他后来的反省⑤:如果我们不能以一个"有机的躁动"来诠释莫里哀里的个案,那么就只能将之视为一个"丢失了男子气概"的人来看待了。

### 无所不见,无人得见

另一个邪灵则在叙述中着手工作,那是爱伦·坡在《穆尔

---

① 朱塞佩·威尔第(Giuseppe Verdi),意大利19世纪作曲家,《奥泰罗》是他的其中一部代表作。
② 歌剧中阴暗并令人觉得不安的地方。
③ 《露露》(*Lulu*)是奥地利作曲家阿尔班·贝尔格(Alban Berg)一部未完成的歌剧。这是一部由十二音序写成的名作。
④ 故事中莫里哀里的朋友。
⑤ 莫里哀里在最后一次演出里突然失去了他动人的歌声,其原因是他没有自信去掌管未来,他决定结束自己的事业,所以就刻意唱坏了。

格街双重谋杀案》开端所说的广义的堕落邪灵：莫里哀里看来
很顺从这个以不恰当的理由促使我们犯错的力量。

然而读者却能看出他在忙于重新整列迷题的时候，实则
是在作茧自缚，又或者说，这样的努力不过只能提供一些粗劣
的诠释而已：牺牲、自我惩罚、双重人格、奸诈的堕落、对一个
阳刚角色的阉割、一个没有影子的人的离奇焦虑，这些由叙事
者提供，却又随即被驳回的不确定答案，并没有使我们错过故
事，亦没有让我们在翻开书本时被"这布景背面的虚假之地"
的魅力所吸引。以上面的分析，我们会觉得自己在"一位歌手
的伟大时刻"跟自然打过私密的交道，这是因为叙事者非但没
有要将这私密关系透露出来的意思，而且还将借着他自己的
诠释，借着说服我们只满足于这唯一的解释——因为其它都
不作数——从而阻止我们走得更远。免去了其它诠释的可
能，这或许可以说明，在莫里哀里——这以第一人称说话的角
色（他既是叙事者，也是一个角色）——和安娜之间——这名
字既联系着歌剧和叙述的故事，也联系着舞台和个人生
命——无论如何，他们的关系都不至于透明，从而因受到莫
里哀里的魅惑以及舞台脚灯的影响而变得盲目（鲜有其它叙
述能有这样的变调），我们于是不能在阴暗之中完全看见三位
角色——其中一位由隐形的鬼魅扮演。简而言之，一个哑谜
掩盖了另一个，而如果它的面纱被一个未被提及的角色悄悄
掀开，这实际上是一张丧葬的面纱。

剧目和角色当中的无止境分裂叫我们跟一出与己无涉的
戏剧保持距离，而叙事者自身则处于一个模棱两可的位置。
就此而言，叙事者可谓跟莫里哀里完全相似：他就像莫里哀里
一样抓住了机会，并随着形势变化而寻回了安娜，她能汇集起
莫里哀里的故事，并向我们叙述他那不可思议的事业。这些

故事要么可被视为大胆冒险的见证，否则就可被视为冒失。莫里哀里对安娜而言，是活生生的记忆，于是，她为他戴上的黑纱。

　　然而叙事者却被限制了，因为不能触及女性的观点，于是整个叙述面貌就这样在沉默中进行：视点的变换并未能向我们展示一切描述背后的意义，而摄人心魄的细节在故事中并非没有意味。至于在其它短篇中造成问题的，例如"默然"，在此却得以被默许，且被我们授予一切权力。

　　鉴于几个不同的原因，我们毋须对最后一个涉及到叙事者和德·福黑本人之间关系的问号苦苦思量。尤其是透过最后那段餐厅中的对话，预言已被叙述中的沉默呈现，而一切暗喻亦由是被拆穿。假如莫里哀里不曾遇上过歌唱的契机，德·福黑说不定也不会真正地写作，而只能一直停留在"无所不见，无人得见"的处境，在幕后吹奏单簧管并偶尔替换别人的位置？

## 魔鬼的趾爪

　　怎么会是一本关于童年记忆的书？在《玛塔与狂犬病患者》(Marthe et l'enragé)初版时，安多南·阿尔图（Antonin Artaud）①曾这样问自己，然而，他又以应答的口吻自我安慰道："我们终有一天会遗忘自己的生命，谁不曾被这样的想法惊吓过"。

　　让·德·博斯谢尔（Jean de Boschère）作品的开首，事实

---

① 法国20世纪上半叶作家，是本文所谈到的让·德·博斯谢尔的一位朋友，德·博斯谢尔留下了许多他自己绘画的人像给安多南·阿尔图。

上就像一种忏悔："我的名字叫皮埃尔·毕欧·达典（Pierre Bioulx d'Ardennes），我出生于……"，但这却是一种戛然而止的忏悔。这段独白，这第一人称的叙述引起了叙事者的一种窘迫，他并不相信顺理成章的伪装（faux naturel）①，并在重新以第三人称叙述自己之前，抽身离弃了原初的计划（同时借着认同他自己笨拙地过渡）："我并非想为玛塔和皮埃尔辩护以还他们一个清白，更无意试图以一些亘古未有的道德观去认同乱伦。"于是，皮埃尔就不仅是一个活生生的人，也是一个角色，而两个身份却很少重迭在一起：记忆在这里就等同一种医学上不能治愈的斜视症……博斯谢尔，事实上像他非常敬佩的中世纪画家那样，终将图像与记忆混淆，而他在这混淆的过程中是那样有条不紊地行事，以至还能向我们同时显示上苍与尘世，房间的内部与一望无际的田园；又或者像近代的画家那样，在同一张画布上同时向我们展现一张正脸和同一张脸的侧面。同样在《撒旦阴暗》（Satan l'obscur）里面，我们不住地从"他"过渡到"我"：模特儿无休止地走出画布，以取缔作者的位置。

博斯谢尔的艺术造诣并不单只有透视法，以及借着透视法流露出的技巧，而是在这些技巧之外的东西。我们尤其能在他那篇关于热罗姆·波希（Jérôme Bosch，几乎与 Boschère

---

① 对阅读经验较少的读者而言，作者和叙事者常被看作同一人，但在现代小说中，许多作者尝试用作品提醒读者，叙事者并不等于作者。例如，一直以来，许多读者都认为《追忆似水年华》的叙事者就是普鲁斯特本人，然而只要细读文本，我们就会发现叙事者只是一个跟作者很相似的角色，却不等于他。然而，由于许多现代小说家故意在作品中强调叙事者及作者之间的分离关系，致使他们在使用第一人称来书写自己时，亦会被误认为文章中的"我"乃是故事中的叙事者而非作者。热拉尔引用德·博斯谢尔的例子，就是为了呈现这种在文学发展上，由一个极端走到另一个极端的现象，就像《玻璃与松鼠皮》一文，读者因极端的理性主义而拒绝接受一套较富想象色彩的版本一样。

是同音字）的散文中，了解到他的艺术。我们应该特别留意，
他对这位弗拉芒大师自画像的用心（然后，是对画家所有怪物
造型的同等激情）：他这样对我们说，到处都是一些"没有焦点
的眼睛"。因为受制于身体其它部份没有出现视觉：我们并不
能懂得怎样同时观看两只眼睛，而在一张忠实的自画像里，每
只眼睛都有一个独立的眼神。"如果画家曾非常忠实地以轮
廓和面部起伏作为描绘的首要对象，然后再过渡到另一只眼
睛的轮廓线，这眼睛，借着整体的分布，借着眼睑的反光，甚至
借着眉睫的分布，更重要的是，借着眼睑间的光斓变幻，展现
出一只左眼沉潜在这同一只左眼眶中的眼神①。"自画像的所
有目光于是就变成了某种引诱观者目光的饵食，而如果其中
的一些眼睛使人觉得在追索我们，那它们就是在遵从博斯谢
尔的意愿，企图逃避错觉法则："几乎所有人物的头部姿态，都
跟眼睑的姿态相悖逆。那些眼眶并不属于那些面孔，张开的
眼睑并不按照它们应该投射出的目光而折合。"作为画家的博
斯谢尔将会记得这些，至于作为小说家的他则当然也不会忘
记，因为拥有一种偏离重心的视觉，于是就有了这种斜视的生
理经验，甚至一种心理上内在的斜视经验（而在他那张由 W
·利维所作的画像中，他更干脆将不再面对我们）。

看来仿如博斯谢尔这样转动眼睛，是因为他不能忍受另
一个来自更高且更远的目光，同样也是在那篇关于热罗姆·
波希的文章里，他回忆起这样的一个童年印象，"在一条半明
半暗的街巷中，在一间鲜被造访的房间里，一幅迷离而黝暗的
人像仿似无止境地等待着我们。它的目光伴随着太多的好
奇，伴随着狡黠，伴随着恶意的恫吓紧随我们。我们谈论到它

① 　就像一个人站在两面镜子中间，反映出无限个相同的人物。

的存在,在那里,在半明半暗之中,伴随着迷信的恐惧,而我们却并不感到局促。"那里于是就有了最原初的目光(应否在这地方念出一个父亲或一位神灵的名字?)。基于这名字,博斯谢尔就需要自卫,撇弃以免变成异教徒?贱民或犹太人。撇弃并任由撒旦的阴暗所支配,为自己戴上一张面具,这面具将会令祖儿·布斯克①说道,没有人敢在他身上认出他自己。

记忆与图画(弗拉芒画家们,尤其是布勒哲尔在回想小城的残酷童年岁月时,依然不免自相混淆:绪贝河(Le Rupel)②看起来仿如梦幻,叙事者让我们预知到:"它藏匿着中世纪的风俗和习惯,藏匿到那种程度。"梦幻,我们需要这样补充,因为绪贝河或许就是博斯谢尔被别人:不怀好意的成人或是残忍的孩子,伤害了整个童年的地方。博斯谢尔最主要的两篇小说都植根于同一个地点,在《玛塔》里是一个弗拉芒小村,而在《撒旦》则是伦敦,这地点会变成"一个海港,热闹,富有异国情调",伦敦,皮埃尔在那里蹀步于"市街的海盗"之中,并和菲纳(Fryne)组成了搭档对抗自然,自称为"群众的双子星"(Jumeaux des foules)。还有第三个地点,没那么不祥(然而他们的旅程总是受到延误):托斯卡纳(Toscane)郊外③,锡耶纳(Sienne),以及这地区几乎晴朗的天空。

然而博斯谢尔的故事一般较少被后面的情节所牵引,而是被一种当精神拒绝向肉体屈膝,两者的张力达到顶点,教读者感到昏眩和极其痛苦的时刻所拉扯(大部份都是极端的个案,例如姊妹和情人,母亲和女儿都被皮埃尔以一种同等强烈的爱意所眷慕着,这爱恋的程度令他分裂,发展成一些不可能

---

① Joë Bousquet,法国 20 世纪初诗人。

② 今比利时境内的一条河。

③ 意大利北部以佛罗伦萨为首府的一个省份,锡耶纳是那里的大城市。

的关系），正如他在〈可怜人约伯〉（Job Le pauvre）这启示的诗歌里所获得的教诲一样。

> 然后，终于，一个下午肚子空空
> 思想兀自破裂并张开

《马德与狂犬症患者》中角色的彻夜失败和罪孽，嫉妒的祸害，《撒旦阴暗》中癫痫病的威胁，以及随处可见的愤怒与痉挛（然而叙事者却希望能静下来），令我们处于惊骇与狂喜的混合境界之中，一如"强加于感官的冬夏至"。

由于《马德》和《撒旦》都是跟欲望有关的小说，也就是说，涉及到叙述者或者应该说皮埃尔的诡计——叙述的进程仿佛受到一种孕育出苦痛的无能所羁绊——的感官局限，和叙事者贪婪的追寻相扣连，在一个自身逐渐变得陌生的躯体之中——思想并不能成就什么，在这结茧且冰冷的皮囊中，伙伴被拖引步向失败。皮埃尔，他自信撒旦终将成就他的事业；刽子手，同时也是受害者，他是人类生存苦难的猎物，也是个遭受个人想象折磨的牺牲品。于是，皮埃尔在《马德与狂犬病患者》中犯罪，并或许在这瞬间觉悟到他就是宰杀自己的元凶。

博斯谢尔并没有在这点上犯错，因为，在《撒旦阴暗》当中，他描述到一个夭折的小孩，这描述就像"皮埃尔的写照……在他快到六十岁的时候。这是个缩小版的老头，一个红与白的浅薄解剖。那是同一具头颅，与那整个细小的头颅相比可说是奇大无比，一样的高。圆熟的前额不带半点诙谐"。可怕的画像，令我们得以明白安多南·阿尔图的感叹："让·德·博斯谢尔造就了我。"然而这当中的萎靡与血腥都可以在其它较少自传色彩的著作中找到：就这样，在他《自然之书》的其中一册，《斑尾林鸽与白鸽》中，他反感地描写（这反感同时也生成出一种"在不久之前才刚刚克制住的"残暴）刚孵化出来的几只鸽子，尚未开眼，无脊椎而且柔软得甚至连布勒哲尔和戈雅都无法想象或虚构。

博斯谢尔是个"孤独的反叛者"：他在人群之中被删除出来，而在这之前，他先被自己"跟官能器官游戏扣连得最直接"的部份所删除。内心视野跟对象之间的落差：他完美地证明，在几次的接续，这些血肉之躯在亲吻时的冰冷机械的动作，它们令我们联想到马德，还有她妹妹的嘴：一张被伤疤加工过的嘴，一道兔唇的痕迹，在那，皮埃尔认出了魔鬼的趾爪。

正是这张深受喜爱而畸形的嘴巴（掩盖在一张和他皮肤紧黏的面具下），让·德·博斯谢尔念出了整句对白：他的小说并非借着一般的才华而诞生，而是源自一种深层需要的释放。

## 岁时①的形象

穿戴像国王，端坐如教宗，这就是皮埃尔·米松（Pierre Michon）②看到梵·高笔下的约瑟夫·胡兰（Joseph Roulin）③时所作的描述。他在一篇文章的起首指出，我们以为自己已经认出了胡兰的轮廓，一如我们能轻易认出路易十四在任何

---

①　日历的祖先，通书（在广东地区又称"通胜"），年鉴的一种。在欧洲除了记录年月日外，主要还收录不同的节期和宗教节日。
②　法国当代作家。
③　梵·高一幅画的人物，米松写了一本关于绘画，名为《约瑟夫·胡兰的一生》的书。

年龄的画像，又或教皇诺森十世（Innocent X）①于 1650 年的画像一样。然后满脸鬓须的胡兰让自己看似东正教圣像中的圣徒，又像俄国小说中的角色，但是身着邮政制服的他仿佛一位共和国王子，其中乌托邦式的腥红更让他看似能够承受日常生活的折磨，特别是当漫夜的色彩和苦艾酒混合的时候。对梵·高而言，他其实就是自己所希冀在明黄中找到的绝对葡萄酒红，他无意中为未来的传记作家和商人制造了传奇和黄金——他从天空中看到的旋风将变换成拍卖时的许多个零。皮埃尔其实是在和一个尚未被麦堆埋葬的梵·高比赛为邮差画像，然而这个过程中有一件我们更应该了解的事，那就是在画家和模特儿的单独对话外，我们还能看到一种完全建立在人类不确定性之上的交流，一如"风向和时势"。

　　在给提奥的信里（当论及这些书信时，米松采用了那种顽固缠人以及特别"悲痛"的语调来引用文森特②所偏爱的字。米松选用它们是因为梵·高并非是用法语书写这些书件的），胡兰既是一个彻头彻尾的村夫，一只可怜的魔鬼，也是一个卑微的雇员，他"不尖酸、不悲伤、不完美、不快乐，而且并不一定永远无可指责"。在他那音色"离奇地纯净与动人"的声音里，梵·高在 1889 年 1 月的某天，听到了"一段温柔且悲伤的哺育歌声，但它同时也像在革命时期遥相呼应的法国军号"。从它的"寂默的引力"以及它的对话中，梵·高牢牢记住了这粗犷且简约的一课，于是"路途在他推进生命的同时变得不再舒坦"。

---

① 诺森十世有一张非常有名的画像，它先后被不少西方画家按自己的风格重新演译，最知名的是弗兰西斯·培根（Francis Bacon）的那张，端坐在画中的诺森十世被演译成仿如坐在电椅上的囚犯。

② Vicent，即梵·高的名字。

　　米松出色地扩大了这些描述,他在这个基础上加以烘托或暗化,改变最多的是将约瑟夫·胡兰最终塑造成跟《卑微生命》①的主角们一样,来自同一个家族的人:安德烈·杜弗诺在他的日子得以成就之时②离开法国到非洲去;安托万·佩鲁切,这"永恒的",且"永远在成长的孩子",他将他珍贵的圣物转交给叙事者;又或是那变成"年轻死者"③的姐姐,仿佛诗歌就是为了给小说家一列荷马式的修饰语索引。

　　胡兰像是按照一种传统风格的祖宗像(un portrait d'ancêtre)④而画的,不过,他在画中的岁时形象,就像他的名字一样,因着它们的世俗气和激昂给予了叙事者不少灵感。这名字跟"虚空的、专制的、充耳不闻的,支持我们写作的言语断续症"相渗混,甚至更与马勒维(Melville)⑤小说中的船艇横摇,还有水手们在操控帆缆索具时所发出的歌声相渗混。这名字卷起了停泊船舰的帆布,以及文森特为他弟弟速写的那幅《微速》(petite vitesse),我们在米松的韵文中听到的,实际就是这名字,它既形象又叫人陶醉,文章从头到尾都满载着一种对事物价值的沉思,就像船只的压舱物一样。

　　为一个单纯的灵魂而缔造一种卓越的死亡,这种死亡可以在不加任何诠释的情况下解读出梵·高的信笺。米松曾进行过考查,但并不是以忠于历史的传记书写方法,而是以一种

---

① 《卑微生命》(*Vies Minuscules*)是米松的第一本书,当中写了许多小人物的一生。

② "他的日子得以成就"(sa journée est faite),这句子典出兰波,原文为"我的日子得以成就"(ma journée est faite)。《卑微生命》中的角色多取材自真实的人物,而在安德烈·杜弗诺的故事里,读者将发现,他是一个跟兰波有着许多共通点的人物。

③ 这也跟兰波的背景很相似。

④ 在城堡和古宅中的画

⑤ 美国早期作家,重要著作包括《元比敌》。

古典却又新颖，就像那些相信显圣的人，又或者像那些信仰圣光会在他们的道上留下一点不确定之光辉的人那样。况且他还能在这真确的故事上，这围绕一个太真实的人性的神奇叙述里，虚构出章节的所有片段：一个来自巴黎的商人抵达胡兰的住所，这人与其说是有钱的坏蛋，不如说是玩世不恭的公子哥儿，胡兰任由这商人欺骗自己，以自己的头像换取一点傲慢以及几块钱，这笔钱原可赎回一个最终能感动他的生命，但可惜来得太迟。

正是因为未尽全力，而不是由于缺乏动机，米松在信里援用了马塞尔·施沃布（Marcel Schwob）①的建议，恳求我们为一位可怜演员的生命赋予和莎士比亚生命同等的价值，而他更以下面这个句子为《传记艺术》（*L'art de la biographie*）作结："我们无疑不应该精细地描述一个时代最伟大的人物，或者记录下他过去最享负盛名的特征，相反，我们应该以同样的忧虑去讲述人类独一的存在，它可能曾经神圣、平庸、甚或带有罪孽。"

## 向日葵宗教②

致 F. X. J.

今天我们在重读圣博鲁（Saint-Pol-Roux）③的时候无法不重新赋予他荣耀。这是一种真正的荣耀，单在字面上念出

---

① 19 世纪末法国作家，他写了一本《幻想的生命》（*Vies imaginaires*），这跟《卑微的生命》（*Vies minuscules*）正好能产生共鸣。
② 文章的标题原为圣博鲁（Saint-Pol-Roux）的一首诗。
③ 象征主义诗人，热拉尔的硕士论文主题。

的时候，就能为这响亮的音节唤回一个失落的涵义。这在今天并不是一种被收银台拒绝的假币①，而是从前上帝在那些印有彩色字母和小彩饰的书中——看似——向真福者和傻瓜，当然同样也向学生们应许过，而今日已被遗忘的金帛。

这是否会是一个在父亲的制砖厂（在圣博鲁出生的马赛近郊）的火炉中铸造出的，跟火的记忆有关的白泥砖块？抑或纯粹只是普罗旺斯②式的星宿，在对他而言感情洋溢的天空中所显现过的一些色彩？圣博鲁是否仍然会孜孜不倦地仰望太阳，而它的沉沦却只能被诗意赎买？在此，我们想到了马拉美，在《一个主题的变奏》（*Variation sur un sujet*）中他写道："……无庸置疑，在作家身上，由于缺乏抽象地闪烁的钱币，于是才产生了天赋，它以一些词语大声疾呼，从而堆积起绚丽灿烂的真与美的光明。"

趁着马拉美在世的时候，圣博鲁于 1893 年出版了第一版《教仪队伍的临时祭坛》（*Reposoirs de la procession*），借着一篇〈卷首语〉明确表明他对象征主义的极为个人的使用，还有如何驾驭——他将在书中，以另一些字眼道出的，超卓的艺术以及理想主义。遵照一天的日程编排，以〈云雀〉开始，直到〈孔雀〉作结，这册诗集，根据一首中心诗歌的标题，从头到尾都安插着一个"向日葵宗教"的符号。

在这些绝世诗歌中，我们能重新辨认它们的段节，偶尔能在诗歌每节结尾找到的副歌，以及一篇字里行间仿佛诗句的

---

① 在西方的传统，荣光（Gloire）是一种来自上天的东西，所以地上的荣光就是假钱币；古典宗教画的圣人头上有光环，也像一种金币，然而今天金币已不再像往昔一样流通了。热拉尔以荣光和钱币之间的联想暗示世代的价值观已经转易。

② 普罗旺斯是法国南部风光秀丽的地区，而马赛则是这一区域中最大的城市。

散文，而这诗句能减弱任何修辞效果（连祷文、迭韵法、连续隐喻、巴洛克式的堆砌，被华丽语词掩盖的象征等等），古语与新词同样闯进了带有爱情标记的韵文当中，它们令圣博鲁从一个世纪跨越到另一个世纪（他生于 1861 年，卒于 1940 年），无论是怪物、神迹甚至科学发明，统统都一样入时。

　　1893 年的诗集让"后面的几部集子"毋须紧接着头一部出版：由于头一部受到了纯诗意萌芽的提升，所以当它跟之后三本分别面世于 1901 年（《道上的玫瑰与刺》）、1904 年（《从鸽子过渡到孔雀然后到乌鸦》）①以及 1907 年（《内在的仙境》）的诗集相比时，后三部总显得散乱无章，而后来，为了让这部集子里的诗歌能更好地呼应，并着上圣博鲁这段时期的诗歌色彩，人们曾再编排过它们。这些诗歌的成功，就像太阳般的光辉，然而辉煌雄健的顶点肯定会留下些许暗纹；圣博鲁，为了发明一种更真实的戏剧而戴上巴黎的时尚面具，他曾在阿登省的森林里渡过一段阴暗的日子，在那里写下了《握镰刀的妇人》（*La Dame à la faux*，1899）。在后来的三册书中，白天并不再缩减为日晷的棱角，也不是灯火的魅影；就地理而言，那里经常都是黑夜，蝙蝠和乌鸦盖过了孔雀，而生命之轮最终陷入了泥沼。这位诗人，借着他内在的努力，应该能减去法厄同②的不少负担；人们稍后将扶着他满载金光财宝的灵柩，掩盖着一具因发声而失足的躯体。

　　伊卡诺斯（Icare）③因受到黑夜的恫吓而丧失了生存的理

---

①　Saint-Pol-Roux 的诗经常受白日光影循环的意念影响。
②　Phaeton，在希腊神话里，据说太阳是由一辆马车每天载上天去的，而驾驶这辆马车的就是法厄同。
③　希腊神话中，伊卡诺斯曾用蜡造的翅膀与父逃亡，最后却因飞得太近太阳双双堕海而死。

性,在圣博鲁的全部作品中,伊卡诺斯从未曾被提及到与基督一起翱翔,圣博鲁像所有现代诗人一样,将自己塑造得平庸且无个性,直到在闹市喧嚣的寂静中觅得一种近乎祷文的诗歌,他才将碎散的动词聚集,就像我们在平原上捡拾破碎的手稿。由于声音的停顿遍及尘世(直到最具悲剧性的苦难降临)①,它为临时祭坛画出了一条弧线,从灿烂的地中海到家乡布列塔尼,圣博鲁希冀这孤线能延续他身后的生命,伺候他梦想着的那个,尽可能原始的将来。

　　这了不起的"是",在一个天才的人生中是否也选定了他去作受害者呢? 沉醉与粗野在他身上都表现得合乎情理,戴光环的老头,超现实主义艺术家都来到他的面前屈膝,崇拜者以安德烈·布勒东为首,因他能"叫自己遗忘而从中获得奇妙的乐趣"②。

## 缺席的诗学③

　　加布里埃尔·布诺(Gabriel Brounoure)④:没有一部作品的名字,空白处,歌句的征兆,关于诗歌的小句以及低沉的回

---

① 这悲剧是指圣博鲁之死。圣博鲁于 1940 年被德军虐杀。当时三个醉酒的德国军人闯入他的居地,摧毁了他的家园,烧毁了他的手稿。

② 布勒东在诗集《大地之亮泽》中(*Clair de terre*)题词道:"献给圣博鲁师,献给所有像他一样借着叫自己遗忘而从中获得奇妙乐趣的人(Au grand poète SAINT-POL-ROUX à ceux qui comme lui s'offrent LE MAGNIFIQUE plaisir de se faire oublier)。

③ 本文是热拉尔阅读评论家加布里埃尔·布诺作品的感想,布诺从没有写过诗,却写过不少诗评,在这些评论中,他发展了一套很个人的诗学。

④ 布诺只出版过一本书名为《教堂广场上的造房子游戏》的著作,他是第一个早在 20 年代,就向读者介绍米肖(Henri Michaux)的评论家,当时米肖只二十多岁,但布诺已经能洞悉到他在创作领域所将会得到的成就。

响——一个不愿被铭刻在任何碑石上，但依然存留一个仿佛
重要记号的名字，尽管这碑石并没有确切的地点，尽管它化作
一切形式的诱饵①。

对于那些未曾有机会认识他，只是偶尔在杂志上，借着他
的文章、他的研究、他的遗稿（通过他跟夏尔、乌夫、米肖②的
深厚关系）来认识布诺的读者来说，他那散落的文字立即就变
成了诗学的窃窃私语，而他更无时不将自己的诗学热情放在
首要位置。如果从很久以前，他那唯一的，仿如，甚至几乎取
代了他本人身影的著作已难见踪影：首先是因为布诺在写作
《教堂广场上的造房子游戏》(*Marelles sur le parvis*)时，感到
朋友的压力而最终没有让著作得见天日，其次是因为这著作
的份量远远不能凑成一个合适的总数去结集，这书最终虽然
在布诺去世后由友人楚希庸编撰出版，但却始终未能尽收布
诺最好的篇章。书的标题于他而言已足以阐明他对诗歌的观
点：在天地之间，由一只笨拙的手以粉笔写下的几个数字，在
虚空的声音以及最深沉的奥秘之间的划痕。

在《教堂广场上的造房子游戏》那篇从头到尾都令人叹为
观止的长篇序言里，布诺不时重新提出一个问题，然而他却始
终没有找到完满的答案：他的语调加强了震撼力，他对定义的
怀疑，他热情的严谨，认识到信心或是赏析的界线。他提醒我
们必须摒除一切规条来讨论诗歌，且必须召唤起灵性的一切
泉源以超越充斥匠气的知性，以及超越那种缺乏诗意的人文
主义。

---

① 兰波曾说："我一直寻找某个地点和某个形式"，对热拉尔而言，所有法国现代
　　诗歌都是对这追寻的响应，这即使对只通过评论来表达个人诗观，而从没写
　　过一首诗的布诺亦不例外。
② 三位都是法国现代诗人。

因此布诺和我们一般称为评论家的人没有任何共通之处：就像某天他在一封未发表的，致埃德蒙·雅比（Edmond Jabès）的信里答应将自己的观点写下来时所说的一样——他只是一个纯粹的读者，或一个"温顺的童生"。

在书本的题词里，布诺因受到一个他的谦逊所不能接受的，一个他认为过誉的词的惊吓，不得不首次谈论自己，当然并不是以吐露深情的语调，而是以一种不矫揉造作的姿态，在撕碎第一封信之后，向埃德蒙·雅比描绘出一幅自画像。

在第二天重读题词的时候，我感到很不快。我实在不能接受您题词中一个太殷切的词，我，这样愚昧，这样鄙薄，犹如盲人摸象，在我荒凉的世界中一无所得，这世界实际应是一块祖母绿或是一件珍宝（抑或是我们两个孤独的旅人在一次悲伤的踱步间，在金字塔平原上找到的，荷鲁斯用火石制作的假眼①）。这唯一的种子令一切都变得奇妙地协调，而这协调正是我欠缺的。说实在的，我真不能接受您所给予我的，这样的一个丰饶、高尚且光芒四射的词……我觉得自己完全还是个童生，一个温顺的童生，无时不被偶然，被物相，被世界给我的征兆授予教诲。我经常感到那么散乱，坦露在一种慈爱之中，我将自己观照成一只荡失的蜜蜂，一如一个达到无

---

① 布诺的句子，荷鲁斯（Horus）是埃及神，他的眼睛是太阳和月亮。当新月出现时，他就成了一个瞎子。瞎眼时的荷鲁斯有时会将朋友误认为敌人并发起攻击。至于火石，它既是原始人用以生火、煮食及自我保护的工具，但同时亦用作制成矛头，因此它就像荷鲁斯一样具有既是保护，但同时亦是伤害的矛盾特点。

我境界的佛教信徒，一分钟的集合体，由朝生暮死的物质在一眨眼间构成，一语贯之，就是没有任何权威可以在一个充满真理的宇宙里建立秩序。正是这个原因，我才能这么快，成为您那超卓"拉比"①的门徒。经常，我总是听任脚步（在意识里）将我引领向这我只见过一次，如此纯净的采法特②：你们在我的两旁，在这美丽得如同天空和沙丘的风景中，在一株纯洁却备受磨难（一如我们）的橄榄树下，我们倾听几个披发的老师父的话语，这些"停止撒谎，献给生命的话语"，那些没有编进《问题之书》③的话语。④

当布诺书写这些句子的时候，他跟雅比的对话早已展开了，而如果雅比"在讲厅的最后一列"听到过拉比们的讲话，那是因为，他曾以第一位读者的身份阅读过《问题之书》，在他一册又一册的阅读中，《问题之书》对布诺而言，已变成了一本真正的智慧之书，雅比曾这样写道："我不时在我焦虑的摸索中碰巧将它翻开，一如我们翻开那些我们称为约的圣书"。

自从布诺在黎巴嫩居住过很长一段时间而变成了"东方通"以后，雅比就不时被布诺的文章所震摄。他们二人皆算不上是对方的导师，但二人都明白，担当这样一个角色所能招致的虚荣心。然而布诺对雅比而言始终是一位理想的读者，他的话从真实的生命中提炼出不定的语词、飘忽的声音，还有想

---

① Rabbin，对犹太教教士的称呼。
② Safed，犹太人的四座圣城之一，位于今日的以色列境内。
③ *Livre des Questions*，雅比的著作。
④ [法文版注]这引文和本文其它的引文一样，均摘自埃德蒙·雅比曾经发表，允许我们阅读，却未曾编撰出版的书信。

象的角色。于是,在借着读者与作者的书信互动,布诺的主动阅读方式终镶嵌到正在完成的作品中,并变成了一种读本的水印。

通过持续从邮局收到的手稿,布诺对雅比的敬意与日俱增,而对这些手稿和书籍的一套亲切认知和个人理解也就不断地延伸与推前了。当布诺写信给雅比,说道"你的沙漠也是我的"时,他一定也会提及我们同样可能会遇上的,内在的心灵飘泊以及流浪,当然,同样会提到他俩一起踏足过的埃及的沙石。自从被迫离开黎巴嫩后,布诺曾在开罗任职,他在那里每天都接受雅比的拜访(书信,以及直接到他的个人居所。这些都会令人想象到,二人在这段流离时期的不断对话,以及尼罗河畔的踱步),而当雅比被迫到巴黎定居后,两人的交流依然不断。这段书信往来,甚至在布诺移居摩洛哥首都拉巴特之后仍持续不断。

沙漠,如果它真的是某种诗意的现实以及一个为思辨哲学划定界线的处所,那么它同样应该也是布诺和雅比二人之间的珍贵回忆,于是,布诺的阅读经验就有了一种独特的价值:通过雅比的一本本著作,我们便能知道,这些价值是怎样被安置的。因此,雅比想起了"在阿特拉斯①的南边,在沙漠的边沿,在陶乌黑特(Taourirt)的卡斯巴(La Kasbah)②,那凄凉而渺小的犹太教堂(隶属于一批低下的,为数不多的犹太人),它的墙壁是穹苍的一角"。对布诺而言,让他度过了大半生的中东,跟每个夏天他都会回去,并最终在那里离开人世的布列塔尼③是一样的,他曾经是个无地域界限的向往者,就像

---

① Altas,摩洛哥最高的山。
② 旧城区。
③ 法国西北部地区。

他始终向往沙漠的天空和"芬尼丝·提剌叶"①，书本的空白边沿以及字词之间的寂静一样。布诺甚至在雅比出版《问题之书》之前的一些诗歌里面，已经找到这所有的"零落的沙土"②，因为他在 1959 年出版的《我建造我的处所》（*Je bâtis ma demeure*）③的序言里，用了几页的篇幅描绘了马克斯·雅各布的赞助人形象，而他也谈到了雅比："他在这些因我们滥用其形象而急速消逝的湖畔，以水鹭的步伐踱步。"

在埃德蒙·雅比见证着"黄沙、狮身人面兽的虚空目光、沙漠的干风以及人类的冷漠等事物"的流浪诗歌里，布诺看到了在《问题之书》中，以一种巨大的强度去将雅比抑制的东西：创世纪的精神以及俳句的精炼，一种避开智力的明确，以及故作典雅的双重暗礁。另外，他同样出色地领会到，诗歌是"思辨哲学——这套他一直以来就被游说接受的谬误价值观——的姊妹"。因为他比任何人都有更充分的准备去接受一部永远在继续撰写，"既不凭借信念，亦非虚无主义，既非沙，亦非石"的作品，这部作品既不满足于"一种空泛的美学安慰"，也不向迷信意象折腰。这作品之所以独特，或许是由于它诞生地的气候跟我们的"偶像城邦"不同，又或者是由于我们西方人的"头脑迟钝"。

在一个以标榜"摧毁一切"为符号的世纪，一个标榜上帝已死的消极的世纪，布诺为雅比那些从未将历史的凶残，以及"真实生命的噩梦"遗忘的著作作了准确的评价。由于个体的

---

① Finis Terrae，拉丁语，指大地的尽处，也是布列塔尼的一个地名。

② La part de sable，［法文版注］我们可以说，埃德蒙·雅比选择在开罗印刷小册子是基于一些社会因素。当中还编入了马克斯·雅各布（Max Jacob）的一些书信以及加布里埃尔·布诺一篇有关兰波的"寂静"的短文。

③ 布诺的著作。

忧虑和民族的悲剧可能会跟一切不安相渗合：

> 成为一个犹太人，听好，事实上，就是体验一切
> 人类的命运，因为我们都是被放逐的，在我们无止境
> 的匮乏以及被迫前行的脚步中，只有语言的阴暗而
> 没有半点光明，只有欠缺答案的问题，而没有半个向
> 导。于是语言就变成了我们的国土，我们的王国。
> 至于问题，则借着隔开我们心灵和嘴唇的空间自我
> 倍增，最终一切问题将几乎由一个答案去作结。可
> 以说，如此斩钉截铁又如此敏锐的疑问，最后，将在
> 它无尽的回响中，获得一个能够解答的神秘位置。
> 提问，也许，就是认识，就是已经认识……。

## 在奥秘的门槛上

在战争的疲惫和耻辱当中，在一个阿拉伯城市的摇晃的
电车里面，在东方的黄沙之下，斯芬克斯正沉默着。从贝鲁
特①然后到拉巴特，在那里，加布里埃尔·布诺肩负启蒙的职
责并拥有正直体贴的个性，却不让学生变成他的盲目信徒。
在勒崆尼②，在他每个夏天即用作避暑的谷仓里面，在一条碎
石以及海浪的地平线前面，他沉思。他曾四出寻索同一个谜
团，而诗艺却已经舍他而去。诗艺，这里所指的是说那种能在
一首诗的字里行间，犹如在一张面孔上，被读出的奥秘。

他提问的东西比他未曾留下的作品，特别是诗歌作品，更

---

① Beyrouth，黎巴嫩的首都。

② Lesconil，布诺在布列塔尼拥有房子的一个村庄。

为大胆;更令人不安。这提问比他因未确定个人风格而产生的焦虑更刻薄,于是最终出版他作品的并不是布诺自己,而是他的爱好者,他们将四散在 N. R. F 及不同杂志里的文章集合起来,并编成了《教堂广场上的造房子游戏》。

因此,西奥琅(Cioran)实在应该在普龙(Plon)出版社建立一套丛书,一套短暂的,题为《渐进》(*Cheminements*)的丛书,并在当中刊登鲁道夫·卡斯耐(Rudolf Kassner)、奥特伽·依·伽舍(Ortega y Gasset)①和莱昂·切斯托(Léon Chstor)的著作。如果西奥琅曾经考虑要怂恿布诺参与其中,那是因为,在一个人数有限,又皆怀有杰出思想的圈子里,布诺最能担任好导师的角色。他并不是一位左右他人思考的导师,而是一位聆听者,他亲切慎密的关顾能协助所有人去完善自己。在十年间,从《我曾经是谁》②到《我建造我的居所》③,从内在的远方到疑问之沙,布诺往往是第一个懂得去发掘灵光初现的人。

为了令《教堂广场上的造房子游戏》得见天日,他需要获得萨拉赫·斯忒西耶(Salah Stétié)④深具影响力的友谊,从而可以叫自己企图忘记的书页得以重新聚合。那是一种全然需要动用一切运气的遗忘,因为在一开始,作品就是一部已经缺失了四百页的集子,而在整个过程里,斯忒西耶竟先后收集到不少布诺在三十年间发表过的文章。

一篇重新寻回的文章的标题是否曾令西奥琅感到惶惑呢("教堂广场上的造房子游戏",这标题暗示道,评论家经常驻足在奥秘的门槛之上,而他们往往在企图描画一闪即逝的灵

---

① 　20 世纪上半叶西班牙社会学家、散文家、报业家和政治家。
② 　*Qui je fus*,米肖第一本著作
③ 　*Je bâtis ma demeure*,雅比的第一本着作,跟米肖的那本相差了三十年的时间。
④ 　一位原籍黎巴嫩却用法文写作的诗人,布诺当大学教授时的学生。

光时与企图描画的对象失之交臂，然而这并不一定是徒然的，因为在此过程中，评论家偶尔还是会为童心腾出一个位置）？难怪西奥琅会突然渴望撰写一篇绵长而重要的引言。这引言，对西奥琅来说除了是一个阐述自己世界观的机会，是否还是一个提出疑问的机会呢？另外，布诺本人到底是否也会同意把他的经年之作加以筛选，并出版一本他已能预知命运的书呢？书本的沉默被莫里斯·纳铎①的一篇文章轻轻划破了，而印刷版也未能阻隔口耳相传的声音，于是印版的回音最终就传到了我们面前。

诗艺率先从他的作品中活了过来。虽然布诺未曾将之忽略，然而他却明白关键的元素实际上在别的地方：在长着翅膀的精神生命里，这双翅膀并没有因信条和自负的理性而变得沉重，它将我们引领到一个叫人眩晕的属地，在那里，美不再是珠宝和纹章的冰冷装饰。

当我们今日重读《教堂广场上的造房子游戏》的引言时，最令人意外的，是布诺献给能让他深入辩解和诠释的文章的热情，然而他始终坚持行动，因为栖身在魔幻之下的这种幸福并未能使他的警惕沉睡。

四十年后，我们都说热情已经减退；当代诗歌，跟加布里埃尔·布诺所描画的诗歌相比，已经变成了一道荒凉的风景，上面漂浮着一朵希冀着不会破裂的乌云，一种附加给灵魂的恐怖。

当然，这并不完全叫人感到意外，他，重新高举瓦莱里（Valéry）的"俗气"以及他评论精神中的冷静，他悲叹克洛岱尔（Claudel）"你的教堂执事"（ton bedeau）还有他"运煤人—

---

① Maurice Nadeau 是第一个介绍《教堂广场上的造房子游戏》的人。

外交官"(charbonnier-ambassadeur)的信仰①;他,在马拉美的连发枪炮面前备受一切惊吓的磨难,这连发枪炮当中对虚无的颂歌将它的追随者引入一条小巷,又或者借着兰波微弱的精神引领到一种仅具雏型的品味面前。

　　当缺点日益昭著,而现代诗歌已从一个暗礁航向另一个暗礁。在自我发展经营的专横的花哨意象里,在废话连篇的超现实主义灵感中,这些自我积累出的简陋神秘的色彩,人造的惊恐,哲学性的奢望等等冗言中,寂静的颂辞以及疯人自创的语句,如同用作遮盖旧衣服用的外衣般的刻意排版,一种企图挪移出重音位置的句式切割,消失的颂读声在许多的诗作中制造出一种令人备受折磨的方言,由一些聋子诠释出来,还未算上敏感懦弱的哀歌以及如同呼噜的自由句式,它们令人联想到往昔百花诗赛(Jeux floraux)的新学院气②,甚或今天日本的俳句俱乐部。在人工呼息的庇荫下,诗歌已变成了一种避难所,一种打发时间的工具,它跟政府津贴、大学研讨会、相互吹嘘,以及公开朗诵会相挂钩,在这些朗诵会里,里奥柏提在马提亚里斯③的许多个世纪之后,看到了一种"折磨人性的额外刑罚"……一言蔽之,诗歌是一位已故的王储,在它身边我们趾高气昂地等待它复活。

　　然而诗歌的病症不过是其它文体弊病的其中一项,在一

---

① 　保罗·克洛岱尔(Paul Claudel),法国 20 世纪诗人、天主教徒、外交官,曾先后出任驻中国及日本大使,是法国跟远东国家交流的拓荒者。布诺曾嘲笑克洛岱尔的信仰是"运煤工信仰"——意指诚朴人的朴实信仰,此话语带双关,因为它亦指"要看见才相信的信仰",所以这实际是对克洛岱尔的嘲笑。

② 　一种上流社会附庸风雅的诗会。

③ 　里奥柏提(Leopardi),意大利 18 世纪诗人;马提亚里斯(Martial),古罗马诗人。二人都有卓越的诗歌成就。由于在过去诗人一般都需要积极参与社交活动以觅得生活赞助,所以两位诗人也是一些附庸风雅的贵族朗诵会的常客。

种"未曾开发的文明"中。布诺因为他未能平伏自己的躁动而开始反省今天的艺术是否"变成了一种如同指向一个不存在的省份的路标"？他在一座"改变了用途的庙宇"面前，提出了这个我们不敢猜想答案的问题："艺术变成了艺术的唯一主题，这是否意味着生命中的某些发条已经断裂，而某些重要的东西，在我们的时代已经无可救药地被淹没？这是否证明艺术在今天跟生命一样，同样丢失了所应该符合的特质？"

可是，埋怨世界的人就像埋怨语言的人；如果诗歌的断层不幸过于显眼，谁又能断定它的没落是必然的呢？诗歌在过去曾多次成为过这种隐蔽的暗流，它的地下泉涌往往出人意料；这泉涌或许以一种看不见的形式存在，或许也是那位藏在挂毡后的仙子（她让人昏睡百年却没有禁止人们自梦寐中惊醒，也没有阻止一位王子拨开灌木丛去造访城堡）。

由于这仙子有一双轻灵的腿，她将以白鸽的步伐再次到临，就像尼采所说的"真理"一样。她越过了一位为自己创造出道路的隐者，一些聚集在星宿十字路口上的迷路者，甚或是一些为桂冠争辩不休的文艺先驱，然而，受到感召而替她传话的读者也是必需的；就像加布里埃尔·布诺受到感召一样，他总为自己需要以一双太沉重的手去推开奥秘之门而感到恐惧。

## 话语与吐息

在谈到罗柯那特·布哈塔查亚①的时候，我们总会由折

---

① Lokenath Bhattacharya，20 世纪印度诗人。早年在巴黎求学，并于索邦大学取得博士学位。共出版了十五部著作，全部都已被译成法文，然而，却只有《巴布格的处女鱼》(The Virgin Fish of Babughat)被译成英语。另外，布哈塔查亚亦是最早将兰波及米肖诗歌译成孟加拉语的译者。

服开始,这是因着一个来自远方并带有花纹装饰的尊贵名字,因着一种语言的魅力,孟加拉语。这是一种色彩和音色相应和的语言,因为它是以一种雀鸟来命名的。可是,据布封①所讲,这是一种不会歌唱的雀鸟。因此,我们可以摒除这些深富魅力,却误导我们的符号,使我们不久之后,能在布哈塔查亚的作品中,重新觅得另一种声音和色彩:在将诗歌以散文诗的方式创作之后,布哈塔查亚作品的中心形象便轮流担任了炫耀性表演的观众与演员,以及被一幕喜宴舞蹈所迷惑的观众。②

布哈塔查亚实际上是个奇异的诗人,而不是一位异国诗人,这完全有赖于他的译者对他的赏识,另外也有赖于他经常选用的寓言形式,这形式,并非普通的轶闻或小故事所能企及,而令人毛骨悚然的"地方色彩"就更加毋庸多提。当然,一个人摆放冥想用的莲花的位置,又或者一些不可翻译的字,例如 vīnā 和 sarod,dilruba 和 tabor 乃至 bauls,仿佛不属于任何宗派的云游僧,会令我们想起布哈塔查亚并非在我们的河畔长大,而他留在书本内、封面内页的字迹,同样亦提醒了我们不可能在其它地方找到跟他一样,仿似执行一种诗歌仪式的笔触。可是,就算我们忘记了布哈塔查亚对法语的熟识,还有他的"启迪",他爱过的"地狱"般的折磨,他不幸的深渊以及他"悲惨的奇迹"③。由于布哈塔查亚是兰波

---

① Buffon,18 世纪法国自然学家,着有《自然史》(*Hisotires naturelle*),对现代生态学有重要影响。

② 像印度予人的印象一样,布哈塔查亚的作品中,也经常有一种舞蹈和表演感。

③ 热拉尔在此刻意造了一句包含兰波及米肖诗集名称的句子《启迪》,又称《彩画集》(*Illuminataion*),是兰波的一本诗集,"地狱"则出自他的《地狱一季》(*Une Saison en Enfer*),至于《悲惨的奇迹》则是米肖的著作。热拉尔既借此来总结布哈塔查亚多年的流亡生涯,也提醒读者,布哈塔查亚选择　(转下页)

和米肖的孟加拉语译者，所以只要我们愿意发现，那么在他的著作里，到处都可以看到一个所谓具有异国情调的星球，以及一个世界性的领域，因为那已不单纯是文字性的，而是上升到一种精神领域。在这里，我们遨游在一条被屏障的公路上，在这样的一个风景中，它最高的塔楼比教堂拱顶和清真寺的尖塔更加高耸，而在高塔的大理石阶梯上，攀援着许多杰出的瞎子。盛戴着蜂蜜与尘埃的风在那吹拂，往复十方（居间的方向当然引领着我们的步伐，至于高处与底处亦同样吸引着我们的视线）。在这里，只要一首歌、一束电光便能令季节更迭，令一头黄鹿在花园里出现，尽管，并没有人有充分的心理准备去相信这一切。我们在这里经常发现自己停留在一个房间的门前，在一抹叫我们将情色与祭品相混淆的阴影之中。①

布哈塔查亚的散文诗在今天所带给我们的（在一个别离的时刻，一个回归的时刻，一个仪仗的时刻，一个寻找他的字词却不带半点牵强，犹如摆出一种预设姿态的时刻），正是那些我们所欠缺而又应该懂得言说的：某种谦逊又宽宏的东西？克服内在焦躁的一份宁静，以及学养上的偏执品味。至于他那些纷繁复杂的视野和观点，都道出了世界和意识在无止境变易中产生的把戏，而非忧郁的西方文化藉以孤芳自赏所投射出的阴影。总之，诗歌必要的寂静并不在巨大的间距或是震耳欲聋的雪白扉页上展开，它并不带半点失败或愤懑的苦涩，而是一阵吹拂，一种吐纳的方法，就像音乐家或智者一样。

---

（接上页注③）翻译兰波及米肖的诗歌为孟加拉语，实际是因为布哈塔查亚在两位法国作家的作品中，找到了生命的共鸣。

## 巴洛克式的中国①

对马可波罗而言，闲聊已经是一种翻译，然而奇妙伟大的事物，往往需要拥有一个确凿的名字，我们必须挖空心思，以所有代语，去描述这样一个真实的世界，而它的名字却不曾在西方出现过。

除了谢阁兰（Segalen）的文章外，其他旅人给予我们有关中国的描写，都是一种寓言般的认识。照理说，我们应该丰富意大利语，甚至法语，以便去描述那个跟我们分流了许多个世纪的浩瀚世界——这土地所编织出的成语数目就如它的疆土一般辽阔。尽管一点基础的汉语知识能比今日的旅行方式更有效地让我们去想象这个失落的帝国，然而，学习那些永恒且极具价值的成语——那些或许并不存在于我们的瘦削字母之间的巨大寂静——我们始终还是会无可避免地感到痛苦。

省城和乡镇的影像随着名字而改变（这符合不断誊写的意向），国是一个被误译了的国度，又或者可以说，由于书写和翻译两者几乎在同时进行，有关中国的翻译也无时无刻不在重新开始——当翻译的材料不为译者提供任何数字，想象的印记也将会比原来的更深。

17 至 18 整整一个世纪，耶稣会士的书信还有他们之间的联系，为这个翻译和书写现象提供了不少独特的例子。可是当中最奇怪的，无疑应该是丹尼埃罗·巴托利（Daniello Bartoli）这位耶稣会的史官，他在一本 1663 年出版的著作中确切地向我们汇报了一切我们所能知道有关中国的东西——尽

①　原文为意大利文 Cina barocca。

管，他根本从未踏足过片土地。

1608 出生在费拉利（Ferrare），巴托利时常梦想能参与一些戏剧性的传教工作，例如冒险到远方传教。然而事与愿违，他最后只到过一些意大利的城镇，唯一一次出海的经历，就只是在卡庇利①外海。自从有人把他的热忱与一丝不苟安排在历史文档上后，"殉道者的光荣神性"便将他感召并塑造成一位自此足不出户的苦工，誊抄枯燥的文章。犹如将自己钉在抄写室一样，巴托利没有再离开过罗马，他就像上帝阴沉的苦工，以及早生了几个世纪的博尔赫斯②小说里的人物。他的散文诗，借着苦心的雕琢而深富感染力，借着今日时间的距离而呈现出巴洛克的色彩，印证了我们所说的"耶稣会风格"。而中国在他的笔下——尽管他并没有捏造什么——却跟一座横跨一条河流的巨大别墅，一个先被自己塑造，再受到人为加工的花园相差无几。

甚至，连"中国"这个名字，据巴托利在他的著作开端所解释，也是"一个奇怪的名字"：一种近似或完全空想的假借，因为中国人都称他们自己的国家为 Ciumhoa③，又或是 Ciun-quo。而利马窦则对这些名字（它们对我们来说就像是意大利语跟葡萄牙语的混合！）作出补充，指出 Ciumhoa 或是 Ciun-quo 皆解作"世界中央的花园"或是"世界中央的花"④。但我们对此并不会惊讶，因为在翻阅了巴托利著作的几页之后，我们就会发现，书本所关心的，本来就是中国的土地是否肥沃，

---

① Capri，靠近意大利南部城市拿波里（Napoli）的海湾。
② Borges，20 世纪阿根廷传奇作家，博学多才，于各类文体皆有卓越的成就。他小说的主人公往往是一些孤独的、默默耕耘的智者。
③ 相信是"中华"的音译。
④ 即"中华"。

花果是否丰足,文化是否繁盛发达等问题。

同样,扬子江,并不单单满足于"川中之川"的衔头,它同样也(因着耶稣会士金尼阁在传译一些汉字时的谬误)而变成了"海的儿子"。而黄河实际上在更早之前已遭受到同样的灾难:在马可波罗的书中,它的蒙古名字变成了"黑河"。一个国家的形象,对那些未曾踏足过这国家的人而言,其实就是一个被地图绘制者的幻想所左右,涉及到诠释问题的梦。

就像"未知的土地"(Terra incognita)①其余的地方一样,巴托利被广漠死寂的沙漠深深吸引,它在西藏的边界以外绵延,变成了一种天然的屏障(在沙尘暴里,它能令发狂的指南针在二十四小时内不住地划圈)。对利马窦而言,中国本来就是一个备受"天然屏障以及艺术"所保护的国度。同样也被想象的力量所守护。

在阻隔开中国的海洋以及重新将它跟欧洲大陆连接的文章之外,巴托利就像被一个巨大甚至传奇国度的纹章②所囚困:一个调换了序列却没有被重新整合的中国,一个将会被提埃坡罗③绘画在瓦勒玛拉拿别墅④,备受威胁的伊甸园。

如果"世界中央的花园"是一个率先的文学创造(它看起来很文艺),那么圆明园则是在一个世纪间的一片巴洛克式的,被别国领土围住的土地⑤:跟改信天主教相比,中国的达

---

① 原文为意大利文。
② Blason,纹章乃欧洲封建时期各王国为自己所设计的徽号,是王国家族的标志。
③ 乔安多明尼可·提埃坡罗(Giandomenico Tiepolo),一位具中国风格的威尼斯画家。
④ Valmarana,威尼斯一所由许多著名画家作装饰的别墅。
⑤ 因为对欧洲人而言,圆明园的欧洲风格是一种亲切熟悉的风格,反倒是圆明园以外的整个中国,对欧洲人而言则具有异国情调。

官贵人在接受耶稣会风格的能力倒是更高。一些昔日的图谱仍然能让我们枚举出圆明园的楼房与花园：在其它不同或是相同的围墙里，方壶胜境、蓬岛瑶台、武陵春色、上下天光、杏花春馆、西洋楼、大水法、观水法……

当时的版画，许多摄下了圆明园遗迹的照片（欧洲部队在1860年的洗劫后摄下的）证实了这横跨两种文化的风格：我们看到了一种中国化了的巴洛克风格，其中，皇后的厢房带着一种完美的形象："房间的墙壁，回廊都由上至下装上壁架子，架子上面逐一摆放了，犹如诉讼代理人一箱箱研究文件般的，许多红色的京式漆盒，许多精心剪裁的衣物，项链手镯，珍珠、翡翠、宝石制的，专供妇女小指配戴的小巧指环，以及男士们专门戴在姆指以作拉弓之用的巨大玉扳指。

同一位观察者在花园的整体中看到了一些凡尔赛宫的"独特记忆"，他补充："这圆明园包含了一切，独立的宫殿、庙堂、厢房、塔楼、锥塔、柱廊、列柱、假山、洞穴、湖泊、渠道、小岛、树丛、迷宫、观星台以及亭子。用贝壳和碎石砌成假山的造园风格，从几十年前起就流行于巴黎近郊的园林，而这种造园风格在圆明园中实际是一种大气、庄严、宏伟和奇特的装饰。例如，这里的一座人工嵌制的假山。它的侧面都被一种吓人的神圣所挖掘和装饰，在一些不知名的灌木丛中扭曲而变得扑朔迷离。"

对于圆明园所遭受的掠劫以及焚烧，我们那位或许尚算忠于记忆的传诠者也会这样说："那是，吃鸦片①者的一个大梦"。至于我们谈到的那个陌生的中国，我们或者可以借着它的译名来自问，它是否也不过是一种幻听，就像西奥琅所说的

---

① 　Haschich，鸦片大麻类的的一种毒品。

上帝一样。

## 形式的异国情调

随着他未曾发表的文章相继出版，以及我们所阅读到的，他依然未获出版的笔记？书信，乃至手稿残卷，《砖与瓦》(*Briques et tuiles*)，或是《道上的落叶》(*Feuilles de route*)①，我们就能一头栽进谢阁兰(Segalen)的创作过程②，并对他的美学作进一步的了解：对谢阁兰而言，日复一日的写作(多亏"实时转换"的概念，这些文章幸免于被视为散乱的草稿)跟经过编撰、装订甚或准备付诸出版之作品的分别，毋庸置疑，就是它们的形式——"这个既人工，又神妙，为艺术赋予一个理由的元素"。同样也是因着形式，最成功的作品往往会变成最让人感到奇怪陌生，最具距离感且最富异国情调的作品。

1903 年 9 月 24 日，在他那本前往塔希提时就开始记录的日记里，维克托·谢阁兰写下了几行句子："感官中有关异国情调的相对性，是最确切真实的③。这无疑是一种空间的距离，一种遥远的感觉，又或者，是一种消除了的距离感，一种在眨眼间获得第一印象的惊喜。"

然而到了 1904 年 10 月，在回法国途中，谢阁兰看到了爪哇岛——这个他曾发愿要为它写下一本关于"岛屿异国情调"的书——一个已经开启却永不能完成的档案：于是，在 1918

---

① 谢阁兰手稿笔记的标题。
② 对热拉尔而言，谢阁兰的作品是一种持续修正而得出的结晶，就像画家在画室经年累月创作一样。
③ 异国情调是一种因应个人习惯而产生的经验，因此每个人感受异国情调的方法与程度也不一样。

年 10 月 2 日，就在他去世前的六个月，他撰写了一篇共两页，题为《异域情调，一种"多异"美学》的文章。《异域情调论》（L'Essai sur l'exotisme）的写作计划于是就这样开始，而《岛屿日记》（le Journal des îles）①的计划亦由是将日记变成了一篇论文，谢阁兰需要退却到充足的距离，以令波利尼西亚②（以及欧洲）变得更富异国情调，成为"一个将要回归，以及再次临别的地方"。

中国正是他再次临别的地方，就在五年之后（在出版了《远古人》之后）；然而，1911 年 10 月，辛亥革命爆发，为了哀悼那"世上最令人仰慕的小说之一：皇帝，天子"的终结，谢阁兰于是怀有了这样坚定的想法："我应该离开这片土地③以免看到后来……"这种在洞悉事情上的转向将以复杂的方式呈现出来（以至后来变成了海市蜃楼的，是欧洲，而不是谢阁兰，它将"别离"与"回归"两个词的含义互换，并开始影响了谢阁兰之后的生命），我们在阅读那些最终得以整合结集，有关异国情调的笔记时，或许将能更深入地了解这决定背后的原因：面对着异国情调中跟空间一样重要的时间，谢阁兰不忘强调"过去"才是促成异国情调的真正元素，"未来"偶尔亦然，但"当下"却永远不。

然而，在谢阁兰抵达波利尼西亚时，却是毛利人以及他们的传奇几乎消失的时候了；后来，他造访了马克萨斯群岛（Les Marquises）④，而高更（Gauguin）不久前刚在这岛上去世⑤；最

---

① 这些书都是谢阁兰死后才出版的。在开始撰写这些文章的过程中，谢阁兰已由书写私密的日记，变成撰写笔记论文。
② Polynésie，指法属太平洋岛屿地区。
③ 指中国。
④ 法属波利尼西亚的岛屿之一。
⑤ 谢阁兰当时是船上的医生，在岛上参加了高更遗物的拍卖，谢阁兰用自己的工资买下了不少高更的作品。

后,他到了中国去见证一个皇朝,一部绵延了数千年的小说的完结。而在其它地方(美国以及锡兰),他只不过是个过客,仿佛他抵达得太早,或太迟。事实上,他紧系着那些能满足他口味的所在,而他的确也走遍了四海去遍寻这些地方:一些随时准备转变成另一个时代的地方或世界。在这种文明的消亡或巨变之中,谢阁兰尝到了一种神秘的时刻,在这时刻里诞生出一种"双重张弛"(在时间和空间上)的异国情调,建立在一种永远不能填塞的距离之上。

我们可以怀疑,谢阁兰所面对的异国情调(他亦发现这样一个词包含了令人惧怕的暧昧),跟游客的走马看花或婴孩的稚嫩印象毫不相干,亦跟在他之前的艺术家:洛蒂(Loti),圣博鲁(Saint Pol-Roux),以及克洛岱尔(Claudel)的"艺术"印象不同,正如他在书起首向我们所说的一样:"异国情调并不是一种吸纳改编;不是一种外在自我对内在自我作拥抱时的完美理解①,而是对永恒的一种莫可名状的尖锐,实时的感知。"是"怀有另一个'自我'的力量",谢阁兰曾两次这样强调。

借着谢阁兰的讲法,我们将对异国情调拥有一个更精确的概念,只要我们能意识到所谓"回归的震撼"②,也就是说,旅人借着所见的一切而产生的自我影响。这再次确切地回到所观察的问题上,因为这就是将自我定义为"异国情调的爱好者"③,以归来的旅人身份来看待自己,并同时破坏一种可能是不确定的平衡:"这种平衡是否会因旅人的态度而产生敌意、欢容,因他的揣度或他的魅力而不在旅人身边发挥影响

① 真正的异国情调,是在他人身上发现"非我",而非在他人身上发现"自我"。
② 这是谢阁兰对"异国情调"的一种更深入的理解,指我们借着外在的经验而发现自己改变,例如旅行。
③ Exote,谢阁兰很爱用的一个词,指异国情调的爱好者。

呢？这一切，并不是由旅人内在的反应产生，而是在旅人所生存的空间中产生的①，我企图为毛利这个种族表达的，也就是这种平衡。而正是在这一点上，我回归到自我。因此，为什么我不能为之后我看到的东西：一座庙宇、一群中国人、一位鸦片吸食者、一次对先人的祭祀、一座百万人居住的大城，采取相同的做法？为一切可被视为陈腐的异国情调，而它们实际上，亦可以换上一张崭新的脸。"

　　1908 年，当谢阁兰写下这些句子时，他还未曾踏足过中国的土地，但我们可以说他已经预感到中国，尽管这只是通过一些不地道的替代物：在旅途中，中途着陆时观看过的中国戏曲，还有纽约和旧金山的唐人街。谈到美国，谢阁兰，他在那里对"他人"，"他方"和"梦寐的父系亲属"的追寻是那么典型，他没有忘记记下当中的荒谬，特别是当中的残酷，在美国人身上的对于过去的烦扰："这就是一个'进口'的民族，不值一提的百年，没有过去，没有传统，它砸坏了其民族上的亲属关系，它以一切模式的合法破坏？排挤，吞噬了原住民，而现在它试图让他们重生，这些古老的民族，谦恭地采集他们留下的，已然木乃伊化的一切，缓慢地重新建造他们的原始信仰和他们的传奇，再次重新创造他们的本土祖先，一种土著式的祖传意识，一份备忘录。"

　　《岛屿日记》收录了谢阁兰从 1902 年 10 月到 1905 年 2 月的笔记：从布雷斯特到……土伦，经过这些地方到纽约和旧金山，绕过锡兰，回到开罗，吉布提②，有幸对佛教，对古埃及，以及对兰波那引发他写下几句奇妙诗句的旅程作深刻的思

---

①　因为当旅人到了一个地方时，他所观察到的已不是他不在时的那个状况。

②　Djibouti，位于东非的国家，诗人兰波曾浪迹此地。

考。我们看到,这日记正是一次关于变化的勘探,一个扣上了的钮扣,让我们在今天得以验证谢阁兰文章的思考痕迹,并看到他怎样在当中与自我对质。另外,这旅程让他完成了,《远古人》和《高更在他最后的布景中》(*Gauguin dans son dernier décor*)两部有关波利尼西亚居留期间思考过程的著作。在这些著作里,我们看到谢阁兰贪婪又热心地去探索岛上的景致,包括毛利人(可是他对中国人的观察却反而没有在他日后的著作中出现);就在他那反叛的感情中(针对那些带去酒精、梅毒……和宗教的白人),谢阁兰跟我们分享了一种实时的喜乐:假如谢阁兰没有重返塔希提,我们将不能感受到,那股在1911 年,在他的字里行间,令他在描写天津,这不"值得他生活和体验"的地方时,所感到的震撼,和肉体上的沉醉。不能回归到一个地方,以及不可能重拾的造访形式,令谢阁兰日后的中国之旅同样变得无限迂回,另外也为他造就了一种自现实中重新开始的试验。

## 洞观者和旅人

所有为谢阁兰和兰波所作的对照都是徒劳①。强调他们之间的共通点将冲淡他们二人各自的特点。相反,枚举他们的相异之处,凸显二人生命的深长意味并不一定就是呆板乏味,或是过于明显而不值一提。

谢阁兰本身就不断地追寻另一个兰波,他作过许多对照,但几乎统统都只是流于平面:高更和兰波(都从自己的社会出

---

① 谢阁兰写过一篇题为〈两个兰波〉的短论,本文是该书再版时热拉尔所写的序。

走），克洛岱尔和兰波（先知和洞观者），艾瓦利斯特·加罗华①和兰波。谢阁兰，他每次都以过于轻率的猜测来作为结论：兰波的两种存在，实际就在兰波自己的身上，援引他人作对照根本就是徒劳。因此在投射出一个"悲情兰波"的时候，他就在俄耳甫斯和悉达多②之间刻铭下雅努斯③的名字，并附上这样的说明："一如作为新生者的雅努斯，这样的一个兰波，这样的一个自我"（北京，1909 年 7 月）。

　　在这里令我们产生兴趣的，正是一种相遇的震撼：一种兰波从未曾完全叫人止息过的联想，这同时也是谢阁兰在此前题下发现自我而感到的震撼。在十五年间，他从未停止过阅读兰波，更将自己的旅程跟兰波的相混淆，也就是说，他未曾停止过在兰波的土地上行走：沙漠以及诗歌，韵文还有买卖，童年以及归途。

　　谢阁兰的考查毫无疑问是由〈元音〉（*Voyelle*）这首十四行诗开始的，在谢阁兰正对一些特别现象，例如听觉的色彩学，产生兴趣的时期，他以"联觉"（synesthésies）一词将他的

---

①　Evariste Galois，19 世纪的法国数学家，一个数学天才。

②　根据希腊神话传统，俄耳甫斯（Orphée）是世上第一位诗人，他的歌声能让木石生悲，猛兽驯服，然而就在人生最高峰的时候，他的命运发生了极大改变，先是在婚宴上妻子因受毒蛇噬足而亡，及后俄耳甫斯虽然成功赢得了冥王批准将妻子带离冥界，却在即将脱险之际回望妻子而令其堕入永死。及后他虽然隐遁尘世，却在山中漂泊时被一群醉里痴狂的色雷士女人杀死。
　　悉达多（Siddahartha），佛陀出家前的名字。佛陀出家前贵为王子，尽享尘世的荣华富贵，但却因在出游时发现人间生、老、病、死各种苦难而决心出家。
　　热拉尔在此引用这两位人物，是因为兰波跟二人一样，前后半生拥有着两种截然不同的生命。兰波年少成名，其天才备受时人推崇，但后来却莫名其妙地出走，完全放弃诗歌创作，辗转到北非经商，特别是军火买卖活动，而他唯一从事的文字活动，就是一些北非的地理描述。

③　一个双面的罗马神祇，他同时凝视过去与未来，往昔欧洲的城门都置有他的头像，一方面守望城外，一方面守护城内。而他亦象征新开始，一月 January 正是由他的名字而来。

考查概括，并以之作为他首篇发表文章的题目。可是不久之后，〈醉舟〉(Le Bateau ivre)一诗却引起了他的注意，而这诗吸引谢阁兰的时间比〈元音〉更长：这一方面固然是由于诗歌本身的高度，它完美的形式，但另一方面，则主要是由于这诗歌所引申的问题，以及它最重要的矛盾之处，兰波在未曾见过海的情况下，竟写出了这样一首诗，真可说是一个陆地居住者的杰作！旅人和有预视能力的人，洞观者和流浪汉，统统都在诗歌铿锵有力的音节中变得一致，因为他们消除了谢阁兰作品的核心问题：该如何述说出我们所看到的一切？又或者该怎样借着文字去观看？现实或者语言，哪一个该作优先考虑？哪一个该予以更深的肯定？最后，当我们将诗歌和现实混淆时，那诗歌到底又是由什么东西演变出来的呢？它是否也能同样延伸到文字以外呢？这都是谢阁兰稍后在《出征》(Equipée)整本书里回应的；另外，正是为了将这些问题在《出征》的手稿中凸显出来，谢阁兰在销毁他的日记前，从中抄出了一个包含下面几个句子的段落："亚丁(Aden)驱使了一只苦痛且带着一种模棱两可征兆的鬼魅来到我的跟前：阿蒂尔·兰波"(1909 年 5 月)。而之后，当他给海伦·伊勒碧(Hélène Hilpert)①寄出〈醉舟〉的"强力音节"时，谢阁兰向她承认道："我盼望它们(强力音节)不会令你感到失望：这就是困扰了我整整七年的东西……"(1918 年 9 月 9 日)。最后，是因着《醉舟》，谢阁兰才自我质疑有关看见兰波的一切。克洛岱尔同样也曾自我质疑过这问题，但谢阁兰藉此机会以更明确的方式作出了解答，以回避一切过于天主教式的诠释：

---

① 谢阁兰太太的朋友，后来也变成了谢阁兰的朋友。在谢阁兰去世前的几年，跟他有不少书信来往。

"兰波,我相信他曾经以他个人的认识,来表达出大多数人类,最无以名状的焦虑。试问我们又怎样能称这种焦虑为,一种对被如此准确定义并且教条化的上帝的亲近呢?"(1915 年 3 月 15 日的信函)。

兰波的散文诗,《彩画集》(*Illuminations*)和《地狱一季》(*Une saison en enfer*),都勾起了谢阁兰的童年回忆和感觉(尽管短暂,但却无庸置疑地精确,并教人难以抗拒),而且还让他认清了一种威胁:过去的回响并不单单属于本人,它同时铭刻了一种对旁人而言极个人的,甚至可能是难以听见的符码。另一方面,谢阁兰在兰波身上看到了一些危机,这令他因此对之警惕回避:首先是对抛弃,以及一种对绝对挫败的迷恋。谢阁兰意欲驯服那些镜中的野兽,跟猛虎、蛟龙,甚至先后吞噬了夏尔维勒①的少年时代,以及哈勒尔②沙漠旅团的现实和想象,保持一段平衡的距离③。由于他几乎立即意识到,兰波所能够迷惑住我们的现象:除了是因为兰波对诗歌的拒绝;他两段表面上看来截然不同的生命;和谢阁兰定义为"双重道德"的价值观外,还包括谢阁兰在抵达吉布提后所谈到的:"我企图在这里,对那几份发现的档案做出想象,它们可以变成探险者。因为诗人,还有其他人都是这样说的。我们是否最终都不能在诗人那两个相隔甚远的生命中找到一致性?还是,这两个矛盾揭示了人性上一种更高层次,而且时至今日亦未曾为人所表现过的统一性?"我们看到,谢阁兰一头撞上

---

① Charleville,兰波长大的城市
② Harrar,兰波到过的一个埃塞俄比亚城市。
③ 在《出征》的最后一段里,谢阁兰说道,中国的龙与虎对他而言,前者是想象的象征,后者则是现实的象征,它们互相争持,和天与地一样,而人在这些事物之间处于一种不能定义的姿态。

了这座只刻铭了一面,而铭文却同时被他的作者所否认的墓碑:我们从这段谢阁兰在考查完该地后写下的文字可以体会到,"这真的很痛"。

事实上,由于他小心考查过诗人兰波藉写作而留下的蛛丝马迹,谢阁兰发现了兰波作为地理学者所留下的线索。在他抵达吉布提之后的几天,谢阁兰因为等候转乘航船而于1905 年 1 月 6 日到 14 日逗留了短短几天,他跟一些目击者,一些仍然在生的人会面(特别是里加兄弟①),他更特地走遍了兰波为追逐飘渺幻象而走过的著名沙漠。就像认识中国一样,谢阁兰总希望身体力行去体验这个国度,穿越狭道与隘路,跨越江河与山陵,而为了明白兰波,他同样也需要经验兰波在旅途中所走过的土地。谢阁兰这位论者因此在兰波身上又发现了一位占土师②,并藉此契机提醒我们,兰波的全部文章,实际上全都是由于跟一个地方相遇而诞生的。至于兰波对沙漠的描述,只要能够在那么一瞬间,让我们在他身上找到他作为天才儿童和早衰老人的一致性,那么这些描述也就能具体地让我们瞥见一位既是诗人,亦是地理学者的兰波。起码,在这一页里,我们应避免提前去尝试读出,谢阁兰任何希望实践"中国式"散文的企图……谢阁兰无论如何亦没有忽略,兰波可能是为了寻索某些东西而到达该地的;而正是在亚丁,当四年后谢阁兰从此地出发去中国时,他对妻子这样写道:"兰波是一个不时回归到我路途上的永恒幻象。"

〈两个兰波〉,这讲法可以让人理解到一切的可能含意:双重性的怪物,但同样也是另一个定期地临到我们身上,缠绕我

---

① Rhigas,和兰波一起工作过的商人。
② 占土术(géomancie),是一种占卜的方法。占土师在地上或纸上做一些标记,然后用线将之连起,从而分析当中的数字或者形势。

们的另一个自我,又或是一只质问我们的魍魉,以及不为我们提供任何答案,跟我们长得极其相似的人。

谢阁兰与兰波:他们远走他乡的旅途,当中相隔了多少年的间距,两段旅程曾相互交错了两次(1905 年在吉布提,1909 年在亚丁),但这两段旅程对我们而言,在精神上仍继续相交,到了今天,它们已不能离开或停止对我们发声。它们甚至让我们自当下逃离……

## 一种美感的道德

既是旅行家也是医生,让身体备受煎熬乃至死于四十岁的壮年。内行的音乐家,拥有能为自己谱写一首挽歌的能力。既是语言学家也是考古学家,深入中国和时间的边界探险。既是书法家也是鸦片吸食者、绘画家、摄影家、骑师,以及煽动人心者,谢阁兰曾经拥有上述一切身份,而且还没有算上所有人都知道的:诗人,过早诞生的人种志学者,以及以一双肯定之手将车轭套在行动与梦想之上的人。

这样仿佛仍未足够,他还曾经是北京的《朝鲜系列》(*La Collection Coréenne*)杂志的编辑。为乔治·克莱(Georges Crès)代劳的编订者,但这个身份却是实至名归,他总把握着机会去将他对书籍艺术的认识应用出来,而这应用,在他身上则造就了一种风格,同时亦阐述了一种跟世界对话的美学关系。

借着所有计划所激起的"冲劲"与"喜悦"——谢阁兰确实用了这两个词——他于 1913 年 8 月 8 日,向让·拉迪戈①讲

---

① Jean Lartigue,跟谢阁兰一起到中国的朋友。

述了他的近况:"通过雷米·德·古尔蒙①,我发现了,那位无人能及的编辑,乔治·克莱,他向我提出,向我建议,向我的脑海撒下了这样的一个想法:在北京建立一些'朝鲜出版物'(这个词是我想出来的),让我们可以从中觅得所有费用,并摆放广告。这将会孕育出一个系列的书,它们基本上可以按照我的选择出版,而它们将根据《碑》(Stèles)的印刷方法,用高丽纸印成一千册。每本书上都会将我的名字放在'印刷匠'栏,而乔治·克莱的名字则会被冠以'西方蛮夷销售大师'的名衔。"

之后的一切当然没有想象中那样美好:除了由于一战爆发而导致的营运困难外,谢阁兰亦发现,克莱就像其它精于计算的出版商一样,无论我们将什么账单交给他,他都会尖声抱怨。就在静观其变的时候,1914 年竟变成了大吉之年,我们终于能得见三本册子的面世:谢阁兰自己的《碑》(在这第二版里附加了十六首诗歌),克洛岱尔的《认识东方》(谢阁兰更在抵达北京的当日跟克洛岱尔会了面),马德卢斯②最新出版的《阿拉丁与神灯》(Aladin et la lampe magique),毫无疑问,这本书是译自中国的穆斯林版本。

从新西兰毛利人(Maoris)的动词辫子到中华帝国的书本艺术,谢阁兰在任何地方都十分留心一套文化传统所能造就的精粹:这种关注并非是为了要窃夺它们,而是为了向它们重新注入生命。三部作品关心的并不是一个文明的记忆,也不是宝藏里值得提取的主题,而是在一次真正的,或是所谓命中注定的交流中诞生的三个主题。在这前题下,西方文人与中

---

① Remy de Gourmont,跟谢阁兰同时代的法国散文家,由于他在出版社工作,所以对当时的文坛挺有影响力。

② Mardrus,法国《一千零一夜》第二个版本的翻译者。

国人珍爱典籍的传统终于得以首次相遇。

在每一册的末尾都印有一个没有署名的"检订"字样，但事实上这字样并没有存在的必要，因为即使没有这个字样，我们还是可以认出，书本的设计是出自谢阁兰之手：在一种坚实，却又永远不会转化成戒律的写作风格中，只要凭借其中几段，就能认出谢阁兰的每一种取舍。一片片写有字样的波纹织物纸片被裁切在书页的白边，谢阁兰从不会让任何能使书籍整体变得和谐，以及让版面比重更精准的元素流于沉默：一语贯之，谢阁兰的设计既能为对象赋予魅力，同时又具现实的重量，在内容和外貌上拥有一种恰如其份的一致性。

一张广告单就能将这所有的原则归纳起来，又或者应该说是一种"西方文人"的机智，他必须读过一切，不是单单懂得摹写那些专门的词汇，而是以心灵将这些词汇再作阐发。谢阁兰希望能一下子从高丽纸上得到满足（它结合了日本纸的光滑柔韧和中国纸善于吸水的特点）；他急于从石碑比例的布局格式里产生灵感；在"掀开一页就能扯起另一页"的文件套折迭法中；在印鉴、图章、章节起首的大写字体中，在这些能为文章动感赋予节奏而不带任何阐述功能的装饰部件上以及最终，在书本的封面上获得满足：例如两块刚硬的樟木板（它有驱除驻虫的优点），又或是一些由一枚象牙扣子封起的丝质套盒。

中美出版社，或者新韩国出版社并没有机会等待到战争结束，然而三本已面世的作品却或多或少地延长了出版社的残存寿命，从少数谢阁兰留下让我们知道的数据看来，在1916年曾有过一个名为"书籍"的计划，而当中除了排版付印外，谢阁兰基本上已经把一切所需都转向了马拉美。由于这涉及到在一个行动中同时做出"把握时机"、"集结稿子"和"驾驭工作"三个动作，也就是说，牵涉到风格、句子、辞藻、字体、留白、纸张、印章和封页等元素。不过，在谢阁兰的构想中，这样的行动实际是由一种强有力的意愿，以及将文学篇章置于"时间规律以外"的欲望而获得灵感的。

至于谢阁兰对尼采的参照亦不会叫人感到意外，这首先是因为在谢阁兰笔下，尼采远远并非唯一一个参照，其次是因为这参照能让我们明白（假如这还不是事实的话）谢阁兰对书籍的执虑，并不是一种作者刻意的搔首弄姿，也不是我们平庸（和负面）的审美苛求。道德与美学对他而言不单不是一些割裂的领域，相反，它们相互渗合，就像谢阁兰在一份笔记里以世上最明白的方式指出的一样。在这笔记里，谢阁兰先谈及了一种美学上不含善恶的道德，这种道德"毫无疑问比一种关于善的拘束道德学更恒久自然"，然后他引用尼采（于1886年再版）的《悲剧的诞生》（*L'origine de la tragédie*）继续道："这个世界的存在，只能够介定为一种美学现象。事实上，这本著作，骨子里所能够探究到的，是艺术家的一种想法，以及引发他这套想法的隐含思考——假如我们必须要给它一个称谓的话——我们或许可以称之为"上帝"，而它绝对是一位缺乏认真和道德的"上帝"，对它而言，创造或者破坏，善或者恶，都不过是它冷漠无情的无常个性，以及它大能力量的表现……"

我需要反复重读几遍谢阁兰的这份题为〈越界者〉（*Les hors-la-loi*）的手稿笔记，以看清那些引号到底是由哪里开始的。事实上，诗人谢阁兰，考古学者谢阁兰，编辑谢阁兰他们肯定都借用过尼采称为挑衅的命题：

> 正如人类会将形而上活动所表现出来的称之为
> 艺术，而不是道德。

# 风 水

　　克洛岱尔的读者，又或者特别是谢阁兰的读者，都曾到过一个想象且陈封了的中国旅行。借着打开他们的作品，读者走进北京，仿佛京城的城门依然耸立；他们在城里蹓跶，仿佛星罗棋布的胡同依然未曾变质。

　　然而谢阁兰却看到一个正在解体的现实，他见证了一个景致日渐败坏的过程，以至他在一封 1917 年 6 月 26 日写给妻子的信中叹息道："北京并不是在 1912 年 2 月 29 日的晚上一口气地被烧毁的"。

　　他在毁坏的皇宫和败瓦之上看到的，是一个地方正在消失的精神，更确切地说，应该是一个地方的"风水"①，一种非常地道的中国概念，它将"风"和"水"两个中文字联系起来，而利氏汉法辞典为这个词下了这样的一个定义："风和流水：堪舆；一个地方对吉凶的影响结果（例如包括了怎样去选择墓冢、屋宅等等）。"

---

① 在文章的引文里，我们可以看到，谢阁兰和克洛岱尔对"风水"所下的定义跟我们所认知的有一点出入。两位作者无疑都明白"风水"在传统的观念中，有着趋吉避凶的功能，然而谢阁兰在这里所谈到的风水，却亦包含了"城市精神"和"时代精神"的观念，所以他才会得出"消失"的结论；至于克洛岱尔，他所谈到的"风水"，则带有点生态学的意味，所以他在向日本学生演讲时说到："如果我们扭曲，如果我们打破自然当中的形式和定律，这片被毁坏了的土地上的居民将无助地暴露在一切不祥的业报面前。"克洛岱概念中的"风水"，是一种人与自然相处的结果，在这种关系中，人努力扮演着很重要的角色，然而这只是"风水"的部分概念。无疑"风水"是一套关心人与自然关系的理论，但在个中的关系里，人只是尽可能地适应自然，人的努力并没有决定性的力量。在传统的概念中，自然对人所产生的吉凶例如"阴宅"、"吉位"和"太岁"等等，大部份都是一种客观的存在，而不是人类行为所生成的结果，人类在"风水"的世界里，并不是一位制造者或者控制员，而主要是一位观察者、一位使用者、一位适应者，以及知其不可为而勉力为之的实践者。

谢阁兰在一份未曾发表的,《中国伟大的雕塑》①原稿的一部份笔记里,向我们更深入地阐述了这个概念。这份笔记的记录日期为 1912 年 1 月 1 日,地点是天津。

> 我在对北京的"描述"中,阐述了风水巨大且确切的重要性。西方人将会这样说:一座城市的灵魂。然后我们会想象到圣灵的怜悯,一种"气息",一个"守护神灵",一种圣灵……当中,一些扩散的、轻柔的、零星的气流在流动;某些力偶②和某些力量;某些大气中如矿脉般的运势,某些脉搏,有时纤弱,有时可怖。流动的水,如果它因顺流而变得静默,抽刀亦不能将之截断:它犹如一道网栅般延续。这就是一座城市的风水:我就这样如一根指南针般被牵引且转动。这就是一致主义(L'unanimisme);但却省去了许多的无病呻吟。北京啊,无垠而且方正!风水的重要性。许多关于北京的长篇著作,作者在述说过众星和十二星相之后,都描绘了堪舆学上的祥瑞。深入且秘密地重作或改写这一套堪舆学。

我们在《勒内・莱斯》(René Leys)乃至《碑》当中找到了这深入又隐密的"改写"痕迹,简单来说,其实就是个中的诗意与修辞;谢阁兰又一次验证了回归到风水上的需要,且以之作为对正要回到北京去的妻子的响应。这主要是为了指出正在发生的消逝,但同时,也是为了指出,就像在任何时候一样,失

---

① *La Grande statuaire*,是一本关于中国考古学的书。
② 数理机械工程用语。

落了的东西往往都被视为至关重要："天空明显仍是的同一片天，又或者应该说此地自我和无我同样神圣——北京的风水正兀自散碎、蒸发、一去不返。"

至于克洛岱尔，在〈日本灵魂一瞥〉(*Un coup d'oeil sur l'âme japonaise*)①的末部，也套用了几乎相同的概念，但在应用上却更广泛，更具普遍性。在叹息到法国香槟区和普罗旺斯区屋顶有流水槽的平瓦后，他以"一种比葡萄根瘤蚜虫祸害更甚"的比喻，跟日本学生听众这样说："有一种称为风水的中国古老迷信，它企图令我们相信破坏自然的和谐会受到业报，如果我们扭曲，如果我们打破自然当中的形式和定律，住这片毁坏了的土地上的居民将无助地暴露在一切不祥的业报面前。我祝愿这样的一日终不会临到日本，并希望，就像你们国歌的歌词所说的一样，人民跟延续的土地将和谐地融合，直到以后的所有世纪'一如岩石上的苔藓'。"

中国因此就封盖住了克洛岱尔和谢阁兰的相遇，尽管他们并不知道。仿佛让他们文章灵动起来的风和水，都是在那里涉取泉源……

## 皮面精装书②

致布鲁诺·罗伊

在公寓里，或者应该说，是在杂物间或仓库里，在我所知

---

① 克洛岱尔的一篇文章。
② 伽里玛出版社(Gallimard)要求热拉尔为他们的出版目录年鉴写一篇引言，于是热拉尔就写了这篇文章。文中的人物是虚构的，借着这篇介乎评论和小小说的文章，热拉尔希望读者明白评论与小说在本质上有时有许多相似的地方。

道藏品最完备的珍本收藏家家里（我们只是匆匆相遇，而当时他的生命已步入尾声），他唯一能称得上我们所说的"书"的，就是他从居所附近图书馆借来的，一口气读完就立刻归还的书。然而在他家的书架上、抽屉里，甚至堆栈着的皮箱中，却都塞满了书商的目录册：最高成交率的，或是长于搜罗最希罕书籍的。邮政局就这样每天或近乎每天为他送上最珍贵的藏书列表，他往往狂热地查看这些列表上的存货，或者是这些列表上面经过细心处理，精心描述的产品编号和简介，仿佛字母的排列次序能征服混乱的记忆和四散的遗产。

我在这里谈到的友人（他比任何人都懂得耕耘所谓遗忘的乐趣）深谙收藏家们的贪婪和嫉妒，但他很早就已经放弃了盲目的占有欲，以便获得更个人和更强烈的喜乐。精装书的皮面对他而言已变成一种无形的吉祥物，就像驴皮①衣物或情侣的护符，它们，按照巴尔扎克的讲法，能让主人得到一种置身绸缎的感觉，一种穿戴东方滑嫩布料的经验，在大部份时间里，我们只能在病榻上才能拥有的东西②。自从他的双手出现了第一道衰老的痕迹，皮面书脊磨损了的角，水渍和霉斑便让他的双眼获得了一种几近物理的存在。朋友间的闲谈，他往往喜欢以一些想象的对话作结，就像马拉美某天能跟他那所谓"结巴"的对象说话一样，他也能和他神秘的"话语主人"保持联系。多亏赠书题辞的游戏③，文学于他而言已变成

---

① 典出夏尔·佩罗（Charles Perrault）的寓言故事。佩罗是著名的寓言故事作家，现存的其中一个《灰姑娘》的版本，就是由他根据从前口耳相传的版本编撰而成的。

② 热拉尔希望借着这段文字让我们看到，我们对书的喜爱，有时甚至是肉欲的，书本有时就像一个我们可以用手抚摸的躯体。

③ 这种作者在赠书时互赠题辞所能引起的趣事，热拉尔在《交换"切口"》一文中有更详细的叙述。

了一种收藏活动,专门收集那些经常相遇而不相识的鬼魅、传递者和获赠书者,还有那些乐于将自己置身人前的人物。我们所说的文学史,实际是一部比长篇小说更浩瀚、更繁杂的著作。它往往能让读者无止境地去收集堆栈在当中的留白,借着一个修饰语去想象出一些角色,借着一句句子去虚构一些对白;尽管他们心知自己观察到的,是只有几个人,甚至是只有他自己,才偷窥到的场景。

很久以前,他曾萌生过研习笔迹学的念头。这并不是为了要去撰写那些小家子气的论文,而是为了让自己得以在文字的废墟中得见一具受虐的躯体阴影,又或者是一套思想的残骸。这样,他就能够管窥圣琼·佩斯(Saint-John Perse)最高的直竖笔划,谢阁兰带傲气的大楷,亨利·米肖的蝇头小字……

至于他的案头,永远都堆积着不同颜色的墨水、钢笔和各式各样的文具。这位藏书家将自己变成了一个炼金术士,由于他依然不时购买一些罕见的珍本,不时处于他的"原始状态",并为了令自己投身于最后的热情,他为自己激发出灵魂中最高级的嘲讽:这并不是通过偷盗这种徒劳的窃取行为,而是通过在所有的书中,加上一些虚假的赠书题辞,以及虚构的作者亲笔题字:阿波利奈尔(Apollinaire)致贝当(Pétain)元帅的;安德烈·布勒东(André Breton)致无名士兵的;米歇尔·莱里斯(Michel Leiris)致约瑟芬·贝克(Joséphine Baker)[①]的题辞等等……然而我们却应该将几首他以皮埃尔·莫里昂(Pierre Morion)[②]之名写下淫秽四行诗,还有以让·泊浪

① 20 世纪在法国红极一时的美藉黑人女歌手。

② 皮依赫·梦迪亚戈(Pieyre Mandiargue)的别名。

(Jean Paulhan)之名引用老子的几句引文归到他的名下，而这正好支持了一些收藏家(甚至是大学研究人员)认为让·泊浪不可能转抄这些句子的观点。

除非他"虚构"了一些真正的书籍，否则在他去世的时候，他真的会将他的"游戏"当真而相信自己真的是所有书的作者。

## 海市蜃楼的定律

所有的作家都没有尤利西斯般的能耐，所有的读者亦不能。①

从很久以前起，一部份作家以及读者就已经因一条美人鱼的魅力而折腰，一种水中的神灵，它的身体被奇妙地分开，成为了一家出版社的标记②，这标记于是借着一种无形又奇迹般的灵感泉源，为一堆表面上滔滔不绝的话语四出张贴它所喜爱的品味，而后来我们就将之称为文学。

事实上 Fata Morgana③ 的第一层意思，是指一种与海市蜃楼性质相同的气象学现象，座落在梅西纳④海峡，跟尤利西

---

① 在荷马史诗中，奥德赛(即，尤利西斯)曾躲开过"人鱼"(Sirène)的侵袭。在希腊神话里，"人鱼"实质是指一种人首鸟身的神话生物，但后来因受到其它地方，尤其是北欧神话的影响，"人鱼"就变成了专指今日人所共知的人首鱼身形象。这篇文章将会提到以人鱼为标志的法国"海市蜃楼出版社"，所以作者才以此句起首。
② 指法国"海市蜃楼出版社"(Fata Morgana)的标记，出版社以人鱼作为标记，而这人鱼的上半身是个完整的女性，而下身鱼尾部份则一分为二。
③ "海市蜃楼"(Fata Morgana)一词原来是指寓言故事中的一种仙子，而这个字，德文里面，则从这个字源上发展出"海市蜃楼"的意思。
④ Messine，西西里岛与意大利大陆之间的海峡，在《奥德赛》的故事里，尤利西斯就在这地方遇上了人首鸟身的"人鱼"。

斯选择保持失聪的走道近在咫尺①。

> 这现象,总在一些平静的白昼出现。每当海浪
> 处于最平静状态,而太阳自卡拉布里亚(Calabre)群
> 山后升起,以四十五度角袭向地中海海天合一的表
> 面时,这现象就会顺应而生。热力在停滞不前的空
> 气中活跃起来,而大气的地层,夹杂着迟缓,在群山
> 背后投出的辐射状阴影中,现出了一系列的镜子,镜
> 面上反映并过度地放大座落于西西里海岸的对象。
> 在这画面中,我们看到了一张仿如置于暗室的白纸,
> 剪裁着人物和马匹的巨大体型。有时大气的蒸汽饱
> 和了,于是事物都镀上了一圈绚丽的色彩。

记述上面这段文字的《19 世纪大百科辞典》(*Le Grand dictionnaire universel du XIX siècle*) 还补充道,这现象并不会持续太长时间,而根据我们所得到的活跃想象和基本的视觉经验,它的魔力却多多少少有些力量。我们可以对众多读者讲述,或是在许多书籍里写下这根据出乎意料的变形以及有时令人惊叹的轮廓,反映现实却又只能昙花一现的镜子。然后,再补充道,怎样的一种定律更能比海市蜃楼去让我们领悟出文学的定律。

可是我们清楚地知道,Fata Morgana 同样也是布勒东一首诗的题目、一种阿雾里克②的仙子,也是默林③的门生,它在

---

① 人首鸟身的"人鱼"一般会以叫声令水手发疯投海自尽,只有听不见它们声音的人才可以逃过一死。

② Armorique,即法国西北部,布列塔尼(Bretagne)省的古称。

③ Merlin,默林是亚瑟王传奇中的预言家与魔法师,亚瑟王传奇是现存一部可考的、最早的布列塔尼地区的文学作品。

河川岸滨流浪,而一位 1 世纪的地理学家庞普尼乌斯·梅拿①,在被包围的高卢地区遇见了九个女祭司:"他谨慎地承认,她们领受了一种超自然的力量,犹如被咒语、浪涛和风举起;能够按她们的意愿变成一切形体的动物;能够治愈令人闻风丧胆的不治之症;能够穿越并预言未来,但她们的法力仅能影响航海的人,又或者是她们事先已占卜过的相关对象。"我们不会企图在书中探求相同甚至远谈不上类似的东西,但今天将 Fata Morgana 的名字传播出去的(始终如此忠实地,以一种传奇式的地理气质,以及如果可能的话,以一种如奈瓦尔所说的"代价沉重的仙女叫喊"②),仍然能完全怀着某些美德,例如对比例的探求,对印刷的疑惑等等,一语蔽之,就是一种渴慕平凡的美,一种被无形数字所控制的,倾注到散文诗中的诗学之美……

为了追寻虚幻完美的一致性,"海市蜃楼"出版社就像玩家被牵引着,以致在一瞬间被发到最理想的牌。它又像词源学家或是算手指的小孩③,使旗下的书籍跟一种难以定义的文学体裁渗合得愈来愈深——尽管,它有着非明文规定的以及独特的格式:这种体裁既不能归类为小说,也不应被视为累赘的专论(它有着另一种功能,借着短小的形式,读者能漫游在另一种阅读的喜悦之中),在文学的边

---

① Pomponius Mela,活跃于公元 43 年左右的罗马地理学家,也是现时可考证到的,最早的一位罗马地理学家。

② 奈瓦尔有一首诗以此句作结。

③ 阿根廷作家博尔赫斯在一首名为〈裁判〉(*Les Juges*)的诗中描述到一群企图为世界找出完美组合以拯救世界的牌局玩家。热拉尔挪用这概念,创造了上文词源学家以及算手指小孩的意象。因为上至词源学家,下至一个算手指的小孩,他们的目的,其实也是企图去找出一种恰当的序列。

缘,我们找到了这种体裁,我们能为这个体裁冠以一个马拉美式的"离题"衔头,这体裁同样拥有散文、赠文、游记,以及诗歌的外貌,而这外貌的典型将可能是辛格里亚(Cingria)的《真江藻亚纲》(*Les Florides helvètes*)、朱利安·格拉克(Julien Gracq)的《狭涧》(*Les eaux étroites*)、曼德尔斯塔姆(Mandelstam)的亚美尼亚游记(*Le voyage en Arménie*),我们甚至还可以把兰波的《欧加登报告》(*Rapport sur l'Ogadine*)①也算上,以避免只引用一些未能完全代表书册内容的标题。

最后,由于"书册目录"一词仿佛是用来针对珍本收藏家的用语,而我们希望提醒那些未敢将书页剪开,又或是那些忘记阅读它们的读者,Fata Morgana 其实是最早出版普鲁斯特作品的出版社——出版社,姑不论它的规模如何,借着它,我们得以阅读一本从未印刊的书。就一切角度而言,如果一本书排版得宜,它就是一本漂亮的书,换句话说,出版实际上就是成功地以一种只有在积累一定错误后才能发现的"深层简洁",也就是说,以最有限的坚实,以一种耽于奢侈——一种只能迷惑虚假灵魂的奢侈——来重新包装书本。至于作者,他将因发现自己盲目依赖那些宽阔书页周边的留白而感到内疚,而他们这种对风格的误解,或者能借着一个"保东尼"②的恩典而获得救赎。③

---

① 一本有关埃塞俄比亚的报告著作。
② Bodoni,一种印刷字体。
③ 有时作者会误以为印刷美丽的书能令文章的内容变得更优越。

## 普洛斯彼罗的王国①

在一个临海的城市②,一座由海员操作,拥有蓝天作布景的剧场:一只队伍回到陆地,带着热病和海市蜃楼的记忆,试图将满帆缩到最少幅度,拉扯缆索,在主帆正上方悬吊起一轮纸版造月亮,或者将缆绳收放在舞台悬挂布景的位置,以支撑直立的爱丽儿(Ariel),但在演员朗读以及以夸张的动作模仿现实生活时,却不说半句渎神的或粗鄙的话,仿佛他们在一位惧怕记忆的深渊如同过去一阵风一样的吹拂者面前,自海平面上接过某些包裹……

我是在一座空荡的剧场,在一些如同甲板般狭窄的舞台上,想象到这幕《暴风雨》的演出,那代表雷声的三击、搁浅和电光,然后普洛斯彼罗的声音紧接在平息了的风声后出现:"我真可怜,一间书房于我而言就如同一个王国般巨大。"

这怨怼形式的剖白,所有的读者,只要将自己封闭起来,按着自己兴味和任性忘我阅读,并同时将世界拒于门外,就将能自行找到这句话的个中意思;然而没有任何人会丢失一个王国的,因为谁也不会像普洛斯彼罗那样被他的弟弟拉下王位,放逐到一张木筏上随着河川漂流,独剩他的女儿和几本幸免于难的书——几本由一个宽厚的心灵放在救生筏深处的书

---

① Prospero,莎士比亚名剧《暴风雨》中的一位国王,因为过份沉迷在自己的阅读世界而把国家丢失了。热拉尔谈这个角色,是因为他跟堂吉诃德一样,在阅读以及现实的世界徘徊最终迷失了方向,他们的故事对读书人而言,具有一种警惕性的讽刺。对热拉尔而言,普洛斯彼罗的国土既是图书馆,也是现实世界,热拉尔觉得两者应该要取得一个平衡。

② 罗什弗尔(Rochefort),有一个由船匠建造的剧场,热拉尔觉得这是一个很适合上演《暴风雨》的地方。

籍——陪伴左右。

多亏这些被海水蘸湿了的书，魔法书的秘密没有显而易见地泄露出来，而普洛斯彼罗，在他那幻想统辖的岛上，将战胜凯列班①，这发育不全的怪物，这普洛斯彼罗从未见过，于是将之称为"来自善妒的月亮的牛犊"；亏得他在气流方面的奇技，风流动起来，遭他下了妖术而隐形的爱丽尔，更在他再次现身的时刻拯救了木筏。她激起了风暴，将岸滨都吹弯了，吸引了所有变节者的船只在海湾里充塞，然后搁浅，为普洛斯彼罗报了昔日背叛之仇。

一番转折之后，普洛斯彼罗因预感到想象的终结以及幻象的消散，觉悟到星宿徒劳的转动以及地球的末日，于是他放弃了阅读，将书本交托给深邃的海洋，以便肯定自己将不会再涉足其中。

今天我梦见了那本昔日在伊斯坦布尔买下的账本②，这本子里的日和月都由一种陌生的语言书写，因此我不知道该怎样去破译这同样也属于普洛斯彼罗藏书的其中一本命运之书。

---

① 凯列班(Caliban)是一头由普洛斯彼罗的魔法师所操控的怪物。
② 指热拉尔自己在《道上的图书馆》一文中提及到的那本黑色账本。

图　像

昔日的行脚商在运送书本和小饰物之余，同时运送了图像，这些图像方便了人们对想象的描述，以及对真实世界的认识。

这里谈到的几幅图像，也包含了相同的精神（但愿文字能把它们的精神彰显出来），而拣选的动机，除了基于它们对作者所产生的吸引力以外，就没有其它了。作者主要是受到它们的魅力的吸引，但有时亦是由于某些图像的暧昧性。

由于这些图像皆取自绘画、相片和电影，而每次它们都能唤醒某些忆记，于是亨利·卡蒂尔-布列松①可以与希区柯克相对照，海关关员卢梭②也可以跟拉斐尔对照，战争囚犯可以跟女猎神对照，而共产主义的害群之马当中的朽坏信念，也可跟理想的锡耶纳③政府相对照。

---

① Henri Cartier-Bresson，20 世纪法国著名摄影家。
② Le Douanier Rousseau，法国 19 世纪画家亨利·卢梭（Henri Rousseau）的别名。
③ Siena，意大利北部托斯卡纳省（Toscana）的一座著名城市。

## 金　面

传说中国古代有个皇帝想替一位圣人画像,但在作画的时候,圣人却忽然打断了那三位由皇帝委派来的画师,并请他们给予一点时间:他竟以拇指指甲割开了前额的皮肤。而当他剥开皮肤的时候,画师们竟看到了一张观音菩萨的金面。

我们渴望凝视的,往往就是每个人那张金灿灿的面庞,同时亦希望呈献出自己的那张。然而我们的皮肤却比那圣人的坚韧,又或者,我们的指甲不及那圣人的尖细。我们喜爱更平庸的图像,尽管佛教诲说不要轻信它们,因为真言的价值只停留在谜团之中,而遁走于神圣的经文。不向图像求助,隐藏在文字之中的奥义将不可能被揭穿,更不可能依靠一代又一代的口耳相传。

这可能就是惠果大师①的基本想法,借着这个想法他肯定了图像乃至跟图像相连的幻象的价值。在日本,这些概念被弘法大师②在他的《文境秘府论》之中转述,时为公元806 年。

## 巨镜旅馆③

就像布拉塞依镜头前的亨利·米肖引用过那句"黑奴与打字员",我们因人数众多,从而产生了对脸孔的热情:那些我

---

① 惠果大师(746—805),唐代僧人。
② 弘法大师(774—835),原称空海,弘法为醍醐天皇所赠之谥号,为日本真言宗的开山祖师。
③ 布鲁塞尔一家有一面大镜子的旅馆,波德莱尔曾旅居其中。

们擦身而过并寻索他们目光的;那些我们刻意回避以免正视他们苦痛的;那些我们以为能在其剩余的童年时间,或是不久的将来猜透他们故事的;那些我们在梦寐中虚构的,仿佛我们能在白日底下钻进他们睡眠的。当所有这一张张面孔的幻象消逝或互相渗合,当我们厌倦了自己的面容,又或者过份热衷于出席所有的约会,就会开始观看照片:那些上世纪的照片,在上面还未曾闭上眼睛的亡者,他们永远地成为了镜子的另一端,没有玻璃镜面,不含制镜用的锡汞剂。从这些故人或陌生人的照片中,我们能看到他们站在照相机前,就像站在交通灯前受惊的、不知所措的兔子;照片中每个人都肃立紧贴着旁人(那些按照上级命令列队的军人和学童,能消除阴霾想法的喜宴嘉宾),于是在集体照面前,我们总说"超载的小船难以抵达河的彼岸"①。

于是河的彼岸立起了巨镜旅馆,它是波德莱尔旅居比利时的居所,这时期,也就是他感到"痴愚的翅膀搧起的风"②掠过的时候。在这座今天已拆毁的旅馆里,我们会想去布置一间摄影的黑房,这阴暗的房间应该跟鲁米③所讲述的古老传奇里,印度人用来关闭一头大象的房间一样。我们知道瞎眼的造访者在白日里到来,以手触摸大象,将它的耳朵当作蒲扇,将它的四足当作支柱,将它的背项当作宝座,然而鲁米补充道,一根蜡烛的光将不会改变他们充满奇想与错误的观点。我们则可以对这句话再作补充说,摄影,尽管它看似有一定的忠实性,但这样一种艺术,还是可以为鲁米的观点增添千倍的说服力。

---

① 因为众人的脸孔都在群体中模糊了。
② 波德莱尔的诗句,他带病于当地,某天忽然写下了这句子,之后病情更趋严重,令诗人几乎变成了白痴。
③ Rumi(1207—1273),13 世纪书写神秘故事的波斯诗人。

　　直到 1273 年即将去世之前，鲁米仍不知道大限将至，他还讲述了一个我们将会希望能够置身其中的旅馆。借着这个故事，鲁米竟再次启发了后世的读者，令他们认识到摄影的虚构性。这是关于一位苏丹的故事，这位苏丹希望将他所藏有的中国和拜占庭绘画集中到皇宫里面，藉以装饰隔着一副窗帘的两堵相对的墙壁。一番整理过后，苏丹发现，当中国画覆盖了原来绘着风景和战争的墙壁时，希腊的图像则不倦地润饰另一堵墙的表面。我们能猜到故事的后部：每当帘子被移开时，中国的丹青美卷就会反射到镜面一般的希腊画中去，而苏丹则茫然地迷恋于凝望图画的反射，更甚于图画本身。

　　今天的照相术就是这样的一面镜子（在这面镜上路易斯·卡罗为我们留下爱莉斯的影像），但这镜子同样亦是一页白纸，以及一张空白的画布。至于文学，则始终是大象们的冢田。

　　　　P. S. 稍后在阅读维拉·林娜托娃①的文章时，认识到汉字中的"图像"一词，竟包含了"象"在其中，面对这相似又对应的概念时，我们又怎能禁得住心中的狂喜？而若要书写"肖像"或"人像"的"像"时，则需要在旁边加上"人"字旁，就能轻而易举地将游戏完成。②

---

① Vera Linhartova，法国当代东方学学者。
② ［编者按］作者附言中所感非谬，《韩非子·解老篇》云："人希见生象也，而得其死象之骨，按其图以想其生也，故诸人之所以意想者皆谓之象也。"《说文》释"像"曰："象也"，段注："然，韩非之前只有象字，无像字。韩非以后小篆即作像。许断不以象释似，复以象释像矣。系辞曰，爻也者，效此者也。象也者，像此者也……"可见无论是"气象"之"象"，还是"图像"之"像"，其字源都是甲骨文中那个伸着长鼻子的"南越大兽"而已。

# 没有脸孔的人

> 怎样借着一张脸孔来让自己看似平实？
> H. M. ①

在很长的一段岁月里，对他大部份的读者而言，米肖一直都是个没有脸孔的人。而我记得，在曾经让我发现《羽毛》和《大战》②的《今日诗人》③的封面上，那些替代了作者照片的笔触，仿佛底片被霉菌侵蚀了或者被热力溶化了一样。

没有留下任何资料，但我们能感到米肖的缺席和象征诗人的自我消除并没有任何共通点④：在他的宇宙里，土地太松软，以至我们能在上面建造一座高塔；尽管这仅仅只是一座象牙塔。米肖的缺席亦跟良心的自责无关，某些人错误地宣讲忏悔认罪，并容让自己被世界欺骗，让自己逃遁到等待和遗忘之中固步自封，这并不是米肖缺席于人前的原因。因为在米肖的缺席之中，有一种非比寻常的力量，一种为魔法师所有，不会因任何挫败而气馁的力量。

我同样也记得，在同一本被贪婪地翻阅过的册子里，有米肖被布拉塞依所摄下的手掌，他那由一盏建筑绘图灯所照亮的工作桌上是那么的凌乱；另外，我特别记得，在这页岩般的小山上，我们看到了两个背转了的微细身影，那就是米肖和他

---

① H. M. 即亨利·米肖。

② *Plume* 和 *Le grand combat*，米肖的两首诗歌。

③ Poète d'aujourd'hui，法国文学杂志，曾办过一些法国现代诗人的系列专辑。

④ 象征主义诗人经常将自己抽离于世俗，但米肖则不属此例。事实上米肖是个喜爱旅游，投入生活的作家。

的妻子。自此,在我的脑海里,祖里山谷①就跟对角山②以及马丘比丘③庇邻起来:因为我实在无法不去想象,米肖出现在世界的屋脊上,然而,这当然不是以征服者的姿态,因为他并非诞生在登山运动员④或是男高音⑤世家。然而这张照片中的米肖,却以满怀憧憬的梦者之姿在云雾中溶解,当他在平原上的那段时间,三维空间,或许,自此不再合一⑥。

当发生了的事已无法挽回时,米肖这样高兴地说道:"五十个诉讼也不能赋予我一张陌生人的脸孔"⑦。米肖明白,我们不应以阻挠的方法去纠正他人,至于报界的操守也就更不消说了。嘲笑与骗局往往比原则和概念等事更能有效地叫我们着迷。

我后来跟所有人一样,看到了这张酋长的脸,还有他犹如昆虫般,能朝所有方向转动的眼睛;我看到布拉塞依,吉塞勒·弗伦德⑧,保罗·法切提⑨,以及特别是克劳德·卡翁⑩

---

① Joly,米肖在这位于法国北部的地区跟布拉塞依会过面,米肖在照片当中被山景包括,只现出一个很小的身形。

② Analogne,勒内·多马尔(René Daumal)在《豪饮》(*La Grande Beuverie*)中想象出来的山。

③ Machu Picchu,秘鲁最高的山峰,在那里能找到印加帝国的文化遗址。

④ 米肖所出生的比利时,是一个没有高山的国家。

⑤ 说米肖不是出生于登山世家,是指米肖手脚不灵巧,他曾不小心弄折臂骨,在治疗期间,以左手写出《折臂》(*Bras cassé*);至于说他不是出生于男高音世家,是指米肖从来都是一个低调的人,而男高音却是在歌剧表演中,出演主角的演员,与其气质相违背。

⑥ 米肖虽然不是那种像雨果一样能够吸引一切焦点的作家,但对热拉尔来说,他却是一位无法替代的作家。因此,当看到米肖的身影在云雾中消失,仿佛不再存于世界时,热拉尔也就感到世界失去了原来的秩序。

⑦ 米肖一直是一位低调的作家,长久以来,读者难以在报刊中看到他的样貌,因此,对读者而言,米肖的样子一直是一张"陌生的脸孔"。然而,后来有人未经米肖同意将他的照片刊登了。米肖虽然对此事感到不满,但却以嘲笑和讽刺来回应,因为他觉得照片既已刊登了,即使作法律申诉也是枉然。

⑧ Gisèle Freund,20世纪德裔法国摄影家。

⑨ Paul Facchetti,20世纪意大利摄影家。

⑩ Claude Cahun,20世纪犹太裔法国摄影家。

的照片,在这些照片中,米肖当时只有三十岁;还没有那么固执,也没有那么警惕①。当时尚未准备好去跃进最底警界线的他毫不掩饰他对世界的需要,这或许是因为,当时的米肖仍未像之后的他那样,相信最好的防御方法就是进击②。

一如其它的照片,今天最撼动我的,是米肖在这些照片中总是穿着西服打着领带,总是那样无懈可击,以至有时我对这种完美感到过于习惯,然后忽略。当然,我们并不期望见到他披上披肩结起蝴蝶领结,摆出一种陈腐的姿态,可是完整的西服,在任何场合,对一位南美仙人掌毒碱③和红拂略的骆驼④的爱好者而言,都不是理想的行头⑤,不为人所注目。但除非是用作换取完全自由行动的首要条件外,米肖没有其他原因,需要装扮成一个反对成规的人,以对循规蹈矩作回避。

在米肖去世之前,我跟他有一些往来:我不敢说那是个真正的米肖,因为任何人,无论是因为无知或是因为喜爱吹牛,只要一自以为认识他,都会沦为一种幻象的受害者。

认识米肖,首先是一种在电话听筒里的声音,然后是一次必要的会晤,后来是远而又远的身影(在电影院里的一次);

---

① 米肖在年轻的时候拥有一张比较柔和的脸孔,从这张脸中,我们难以看出他那独特的性格。

② 这是因敏感恐惧而作出的反应,令人难以亲近,并同时在他的写作中表现出一种对抗世界的能量。

③ 在米肖曾在一段时期内,在医生的监察下服毒,以写下四本关于毒品幻觉的书:《无尽的气流》(*l'infini turbulant*, 1957);《藉深渊而来的认识》(*Connaisance par les gouffres*, 1961);《精神的重大证据》(*Les grandes épreuves de la l'esprit*, 1966);《悲惨神迹》(*Misérable micracle*, 1972)),并绘下藉毒品而产生的幻觉图画。

④ Honfleur,诺曼底港口城镇,米肖一次在此旅居期间,曾因牧场的风景纳闷,而说希望可以在这画面里加上几只骆驼。

⑤ 因为米肖一直予人一种叛逆的形象,所以这一身的西服打扮跟他予人的感觉不太相称。

最后，在他去世的前几个月，在苏伏朗街的一次探访：当时的米肖就似一头心脏不胜负荷的老象，但他精神上的好奇则完好无缺，他尖锐的提问更与一位年轻人所会提出的无异。

自从几次开始在梦中见到他，我总看见他在死神的国度里延续他的历练。我肯定每次所看到的都一定是他，可是每次都没有一个相同的头颅，因为他比谁都善于自我保护，让人难以捕捉，而打从在生的时候起，他就已经习惯了不停留在同一个自我里面。可是他却任由我去拜访，又或是，他任由他来拜访我呢？已经很难再去回想起谁先踏出第一步了，在这我们都不再拘泥于任何礼节的漫夜世界。

## 波德莱尔，眼镜和现代艺术

可能是由于眼镜的出现，导致肖像画艺术在 20 世纪绘画中失落了。当然，我没有忘记毕加索、杜布非、培根和其它画家所画过的头像；更不会忘记米肖的怪物，以及梅色（Music）①的幽灵；但妙则妙在，这些都是一些头颅，一种形态，而非跟人物相对应的肖像。一些柔软的凹凸变形头颅，集合了群体与个人，却不包含那张它应该相似且可以辨别出身份的脸孔，也不包含模特儿所刻意表现出的忍耐（这并不表示当中有一种顺从关系，委拉斯开兹和戈雅在他们的肖像里证明了这样的头颅能盛载一切记忆）。

大家或许能以一个狡黠的微笑向我响应道，肖像艺术并没有失落，因为我们尚且能认出毕加索所画的多拉·马尔和

---

① Zoran Mušic(1909－2005)，斯洛文尼亚裔画家，"新巴黎画派"(La Nouvelle Ecole de Paris)的代表。

杜布非所画的庞济或泊浪。然而我们能认出他们,是借着一种近乎漫画笔触的处理手法,此外,更是由于我们已经在别的地方见过他们,特别是借助摄影。

相反,只需要一张《载手套的人》①或是一张《哑女》②的肖像,就足以让绘画对象独特的表情、他们的目光,以及他们脸孔泛出的光辉来燃亮我们的记忆。然而绘画史上却充满了无名英雄,他们并不需要任何户籍来换取一种能享有公民权益的存在。

简而言之,一张脸孔并不能随便归纳为几笔线条;而光线、量感,将昔日的肖像艺术和现代的头颅全然区分开;这已被许多 20 世纪画家遗弃了的光线,这受益于阻光墙壁、颜料、线条乃至墙上涂鸦而变得丰富的光线。

由是观之,阿尔图,特别是贾克梅蒂(他在谈到自己的艺术动机时,就正好说到"头颅"一词),他们是两个极端的异数:为了去抗衡与他面貌相若的作品,他们清楚明白到折磨着自己的是什么——那就是发现自己异于他人。

我们完全有理由相信一种艺术的衰落,就像波德莱尔在谈到马耐时所讲的衰败一样,但这结论却来得太轻易且不能说明什么重要的东西。我们所说的"衰落"(一个太轻率且空泛的字)很多时候都是源自一种追求,对一种新技术,以及对一种转变的品味毫不了解而产生的错觉……从小幅的壁画开始,绘画的命运就已经被决定了,即使没有电影的出现,大型战争场面,或是历史事件的描述也终不会在绘画艺术里继续生存。

---

① L'homme au gant,意大利 17 世纪画家提香(Le Titien) 的作品。

② La muette,意大利 16 世纪画家拉斐尔(Raphaël)的作品。

事实上,是我们的脸孔不再为绘画所接纳(而我们的脸孔亦不再需要绘画),眼镜就是这段断裂关系的最佳见证人。同样也是饰物,帽子已然几近销声匿迹,而冠冕和头巾就更不用说了。简单而言,我们已放弃了我们的君权,但却没有放弃任何奢望。

而由于我们敢于展露自己低下的目光,现代画家们就陷进了一道格雷考①当年亦未曾解决的问题上:我们可以在温特图尔②看到他那幅戴眼镜的红衣主教,这主教几乎跟有胡子的蒙娜丽莎像一样荒唐可笑。由于眼镜从未成为过一种图像性的对象,而在今天的绘画里,眼镜就似一件由颜料塑造成的道具。单片眼镜或夹鼻眼镜已经够笨拙了,尽管将它放进画里的范·艾克③只不过是把眼镜安排在范·德尔·柏埃勒议事司铎的右手里,但这样的一种眼镜进入构图,也让人觉得太笨拙了,而如果是旧时的圆框眼镜,这种我们不时需要从它上面看东西的眼镜呢?比方说,像夏尔丹④在他的自画像里那样,这样的构图就变得更加可笑了。

眼镜是一种图形性的东西:就像对所有的绘图师而言一样,讽刺画作者则更甚,杜米埃⑤就是其中一位难得能擅于在构图中使用眼镜的画师。又或是阿勒青斯基⑥,在他的《细腻心思》⑦系列其中一张拥有令人眼花缭乱的书法笔

---

① El Greco,16 世纪的希腊裔西班牙画家。

② Winterthur,瑞士北部的一个小城。

③ Van Eyck,15 世纪荷兰尼德兰画派画家。

④ Jean-Baptiste-Siméon Chardin,法国 18 世纪画家,其静物画尤其出名。

⑤ Honoré Daumier,法国 19 世纪画家,也从事雕塑、版画及漫画等创作。

⑥ Alechinsky,当代比利时艺术家,自 1951 年起定居法国。

⑦ 这是一系列以眼镜为题材的绘画。法文中"细腻心思"(aux petits soins)的发音只要急急地念出来,听起来,就跟"视光师"(opticien)的发音很相似,这谐音亦令人联想到"眼镜"就是"细腻地看清事物"的媒介。

法变化的作品里，他也能妥善地将眼镜安排到一张脸孔之上。

艺术的媒介需要在每个世纪被重新接纳，这亦是为什么摄影能成为唯一一种可以将戴眼镜之人的脸孔还原得最合理的媒介，而我则认为柯尔特兹①替蒙德里安摄下的眼镜最具代表性。

姑且勿论他对一种艺术太轻易下判断且太随波逐流而换来的疑心，波德莱尔始终是首位认识到我们怎样被保存在一种新处境之中的人②；他同样亦是首位透过摄影术让我们认识到他的影像和他锐利目光的人：纳达尔和卡尔札③则做得更深入，他们比只将波德莱尔的形象画在工作桌上的库尔贝④更为认真，以使其外貌永存。

诚然，波德莱尔是这些照片的大半个作者，他在这些照片上从死亡那边打量这"太阳的崇拜者"，在我们身上观看，信仰"进步"的无知狂热信徒。如果需要验证他的这些想法，我们可以从一封于1865年12月他写给母亲的信来得到证实，波德莱尔的灵魂实际在照相机后面，而他更拥有一个非常恰当的概念，可以"传出"照相机希冀获得的东西。

"我恳切希望拥有你的肖像。这个想法一直占据着我。在勒阿弗尔这里有一位杰出的摄影师。然而我怀疑这在现时并不太可行。我需要活在"当下"。你并不认识"当下"，而所有的摄影师，甚至包括出色的那些，都拥有一些荒唐的怪癖；

---

① André Kertész，匈牙利摄影家，他曾为画家蒙德里安（Mondrian）拍下他的画室和他的眼镜。
② 新处境是指照相术，波德莱尔虽不完全肯定摄影的艺术价值，但他却借着一张他的经典照片，而在读者心中留下了一个鲜明的形象。
③ Nadar，Carjat，两位都是19世纪的摄影先锋，也是讽刺画家。
④ Courbet，法国19世纪著名画家，现实主义画派的先驱。

他们为一个美好的景象摄取一个映像，在这些映像里，所有的赘肉、皱纹、缺点、面上的粗鄙都变得清晰易见，甚至被放大；映像愈苛刻，他们就愈高兴。另外，我希望自己的脸孔最少能有一根或者两根手指头的尺度。只有在巴黎，人们才知道该怎样按照我的欲求去做，也就是说，一张精准的肖像，但却同时拥有绘图的朦胧感。最后，我们将会对之沉思，可不是这样吗？"

波德莱尔没有余裕去作更深入的思考，因为这已经是他去世前的最后几封书信之一。然而，如果我们能为这肖像的缺席而感到遗憾（比未能看到珍·杜瓦勒①肖像所产生的遗憾更甚），我们就能肯定到另一件事：对波德莱尔而言，最理想的摄影师，仍然会是德拉克洛瓦——这位也将照相机视为"绘图机械"的画家。

## 工厂和清真寺②

亨利·卢梭，一位入市税征收处的职员③，艺术史将他晋级为海关职员，他从未逮捕过非法入境者，甚至可能也没有彻查过入城者的行李。如果我们不把他想象成守卫尘世之门的刻耳柏洛斯，那么就自然会把他想象成一个引导我们进入白

---

① Jeanne Duval，跟波德莱尔同时代的舞者、演员，她也是波德莱尔的缪斯，灵感的泉源。

② 取自兰波的句子"诚然，我看到的是一座清真寺而非工厂"（Je voyais très franchement une mosquée à la place d'une unsine）。这句诗跟卢梭的一张绘画了土耳其人和工厂的作品正好不谋而合，但卢梭并没有读过兰波的诗，因为这句诗是在兰波死后才出版的，这里二者有一个奇妙的巧合。

③ 又称为"海关关员"卢梭，他曾在 Octroi 担任过收税员的工作。从前巴黎城的每个城门都有一个称为 octroi 的小建筑，当贩子进城时要在此付费，卢梭曾在这种建筑中工作。

日梦的仁慈的看门人和艄公①,而在这片中间地带里,自然风景巨大的面相被画布取代:一些仍似森林的私密花园,一些被缩小成模型大小的船只,一轮永不西沉的红日,一些安置在他想象的布置和穿戴他想象出的服饰的人物。

我们于是很容易就能想象到"海关关员"卢梭即使从未见遇见过洛蒂②,但仍能为他绘画出一幅肖像,就如我们那幅存放在苏黎世的画作上看到的一样。多亏那伊斯兰教徒所戴的小圆帽,这样的一张画作包含了一种不可割舍的异国情调笔触;而尽管这肖像跟《阿兹亚德》③作者的相似程度远未能叫人感到震撼,但至少,当地服饰所产生的味道却被完美地还原了。我们也知道,写实并非"海关关员"的强项,又或者应该说,比喻更能让他在现实的焦虑和虚构之间找到一种平衡。

"海关关员"最让人诧异并叫人不忘在清醒的时候铭记于心的,是在角色右肩后的背景里,画上了一排工厂烟囱。在巴约讷④的巴斯克博物馆有另一幅洛蒂的肖像,而这张画的绘画者是列维-杜荷梅⑤,画作的构图几乎一样,只是图画的深处却更合逻辑地以灯火辉煌的博斯普鲁斯海峡⑥,还有座落在

---

① 刻耳柏洛斯(Cerbère)是希腊神话中守卫地狱的三头狗;艄公(le passeur)应该是暗指冥河摆渡人卡隆。此处很隐晦地把卢梭的艺术与神话中的冥界联系起来,二者都与现实世界有着明显、决绝的界线;又把卢梭的现实身份和艺术身份与刻耳柏洛斯和卡隆联系起来。但是与神话中阴森、可怖的冥界不同,卢梭的艺术与卢梭本人却充满了天真。

② 书中的插图,Pierre Loti,与卢梭同时代的法国作家,曾在海军服役,到过近东和远东,他的作品极富异国情调。

③ *Aziyadé*,这是洛蒂所写的一本小说。

④ Bayonne,靠西班牙的法国城市

⑤ Lévy-Dhurmer,法国 20 世纪初画家,他也画过的一张洛蒂的画像,背景却是伊斯坦布尔。

⑥ Bosphore,亚洲与欧洲的分界线。

山丘上的圣索菲亚清真寺的尖塔去点缀伊斯坦布尔的风景。
如果,正如某些人相信的那样,卢梭真的受到了列维-杜荷梅
的启发,我们在面对这改变了的修饰物时,应该会感到目瞪口
呆,因为这修饰物虽然有点缀的功能,实际却相反地是一种兰
波在《言语炼金术》①里称作眩目的简单图案,这种图案能让
我们在目睹之后迅速加入记忆:"诚然,我看到的是一座清真
寺而非工厂"。

之后,我们能够援引一种不太可靠的读本记忆,一种过早
的客观相遇②,再一次去证明,我们或许经常处于孤独,我们
或者从未曾跟别人相交或合而为一。我们又或者会质疑,一
种负载了等量含义与符号的时代性现象能否被颠倒过来,致
使教堂的尖顶得以还原为烟囱?

我们于是能明白自己被怎样的一种魅力迷倒:一些虚假
的学术或诠释,一些自脑海冒起,如轻烟升上天空的意念,它
们虽经过苦心经营,却都是些不堪一击的理论。事实上,这类
建筑总在我们弯身迎向画作的故事时自我崩颓。

首先,按照艺术史家所讲,我们并不知道卢梭到底是在列
维-杜荷梅所绘画的肖像之前,还是之后才绘画他的那张洛
蒂;其次,值得注意的是,我们可换一个角度来自问,画的描
绘对象是否真的是皮埃尔·洛蒂,因为,直至现时,仍没有任
何证据能为这个问题画上句号。我们唯一能确定的,是这幅
画的首位持有者是库尔特琳,当"海关关员"有一天发现自己
一文不名时,她随即买下了这幅画放在自己的"恐怖博物馆"③

---

① Alchimie du verbe,兰波《地狱一季》中的一首诗。
② 这针对超现实主义所提倡的"主观相遇"而言。
③ "恐怖博物馆"是库尔特琳专门收藏她认为可笑、荒谬的绘画,可见当时卢梭
　的画在旁人眼中并没有太大的价值。

中；而之后的第二位持有者，则是一位更慷慨，更深思熟虑的真正知音，他这次为画作开出了一个较为合理的价格（一些拾遗故事说，他为库尔特琳支付了到威尼斯旅行的旅费来换取这张卢梭的画作）。

这里还有一个谜团可以去丰富画作的数据，尽管这无可争议的事实会令人感到困惑。事缘在 1952 年，一位名为埃德蒙·弗朗克的工业家在看到画作的复印品时，竟在这一直认为是皮埃尔·洛蒂的肖像里认出了自己；这画作，据埃德蒙·弗朗克宣称，已经被他销毁了①，但如果埃德蒙·弗朗克在四十年前已经被卢梭画下了这肖像，那这样最少可以作为一个反证，去质疑"海关关员"在他这幅困扰我们的画作里所绘画的，既非洛蒂，亦非弗朗克，洛蒂和弗朗克不过只是这幅画的灵感泉源而已（而列维-杜荷梅也不过是涉取灵感泉源过程的一个过渡），通过洛蒂和法朗克，卢梭制作了一张没有拼贴的拼贴画，换言之，就像是一个等同于梦寐的影像，这影像因从记忆里汲取泉源，从而成为了一个更为精准的影像。

最后我们唯一能确定的，是那些不可靠的见证，那些可疑的权限，那些有点模糊的编年史，以及那些过度的诠释，它们令艺术史变成了一种包含一系列叙述的独特的文学体裁，这体裁的虚幻面貌有时甚至可媲美小说的神怪题材。一些我们不停在上面编织的论述，并希冀能令它们浮现出一些仿如地毯的反面毫不相称的影像。

---

① 卢梭曾为弗朗克作过一张画像，但之后已销毁，可是弗朗克却声称，他在洛蒂的那张画像中看到自己的形象。

## 全身像①

　　梵·高的伤口、夏尔丹的圆框眼镜、任何时期的伦布朗，以及在反转的画布前，穿着律师袍，目光略显迷离的尼古拉·普桑②，除了一张画作里面神话中的女性统治者能瞥见之外③：当今日画自画像的画家们在抬起眼镜凝望悬挂在墙上，或是门扉上的镜子时，他们除了能看到自己今日的身影外，竟还能看到往昔大师们的肖像在浮现。

　　在这面魔法镜子面前（它带着反光的银色记忆，显现出我们最亲近的父母及祖辈，又或者，以一种笨拙的步伐，浮现出人数相等，心有不甘且不厌其烦地为我们摆出姿态的模特儿），菲力拜尔-夏兰或许会觉得自己很阴郁，而且是几近严峻的阴郁：尽管他生于索恩④河滨，但他还是拥有一种西班牙人的不安灵魂。

　　在他令人仰慕且忠实的自画像以外，我希望能挂上另一张在传统婚礼中被安排绘画的，风格与他相若的作品：这张画出自那位被我们称为"海关关员"的卢梭，题为《风景头像》——它令人联想到墨西哥的森林。画里面应用了画家的个人技艺，没有向现代画怠慢的绘画方式折腰。

　　我因这画作的一切内部元素而喜爱它（我喜爱它那肯定

---

① 　这一篇给热拉尔的画家朋友菲力拜尔-夏兰（Philibert-Charrin）的文章，他做很多拼贴画，热拉尔觉得这位画家朋友的作品，跟文中所提及的那张画作的背景旗帜很相似。
② 　Nicolas Poussin，法国 17 世纪巴洛克画家。
③ 　在普桑的画室里，所有的画都是反过来的，但只有一张，主题是神话中的女性的画例外，所以普桑在画室里，只能看到此画。
④ 　Saône，法国东部，里昂的一条河。

且义无反顾的巨大谦卑,喜爱它当中邮票般大小的彩旗以及它犹如一条沉重纸绢的落日,喜爱它的云霞彩带以及卢梭握在手上,犹如一颗心的调色板),而我更喜爱这画跟菲力拜尔-夏兰作品的隐密相似性:一种比个人风格线条更真实的内在相似。

美学上的平衡大概并不代表什么,然而二者之间,却同样有一种源自两位画家工匠世家的,对劳动的恰如其分的热爱,一种艺术的激情。尽管一般人都认为,出身自工匠世家的画家,一般都应该理直气壮地对艺术抱持一种完全的冷漠;可和世人所想的正好相反,两位画家对世界的多元以及新颖的形式抱有一种相同的好奇;而他们对永远不至令感官窒息的完美追求,亦抱有相同的品味。

由于菲力拜尔-夏兰能同时固持意大利古典绘画以及日本版画大师的教诲来创作拼贴画又不至于卑躬屈膝;由于他所采用的材料从来都不是残屑或者渣滓,也不是现成物料(对丑陋或死亡绝无半点讨好),而是一些有价值的经过一双无时不警惕的眼睛———一双满怀热爱而不是捕猎者的眼睛所挑选过的,个中带有特别含意的东西。

至于菲力拜尔的幽默,则被他偶尔以轻盈的笔触安排在构图之中,这样的安排,只有不带半点虚荣的人,才能做到。菲力拜尔让我想起了沙巴①从斯韦沃②那里获得灵感的一句话:"我一直都认为幽默是善良的最高形式。"

---

① Saba,19 世纪意大利诗人。
② Italo Svevo,意大利小说家,被誉为心理分析小说之父。

## 多多益善①

　　我们因为知道,所以能够肯定,大部份孩子在学会了书写之后,就会停止绘画。然而皮埃尔·阿勒青斯基(Pierre Alechinsky)在很早之前就认识到多多益善的道理,为了解决这有关书写和绘画的问题,他于是以右手来写字,而以左手来绘画。此外,他更因着一对聪敏的耳朵而令其才能变得更加多样。

　　跟阿勒青斯基的才华一样令我们羡煞的,是他所拥有的自由:他没有让自己身陷于表意书写符号学派(去遵从笔划的顺序)而忘却我们所用的文字既单调又狭窄的定线——那怕它们在任何时候看起来都是那样协调;我们的文字符号总看似有一种永不枯竭的创造可能:然而在阿勒青斯基的身上,我们却看到,原来只需要借着一点才气,还有一些边缘的批注来为粗细笔划②另辟蹊径,就可以让自己从文字的迷宫中逃脱。于是,几个世代前的公证人、速记员,以及地理学家,就为他预备了一些洼地,一些传奇,甚至一些插图,并配上他们的原稿、法律文件,以及浮雕弧线。③

　　"左右手同样灵巧的人"(ambidextre):这个跟美西螈(axolotl)同源的词专门用来描述那些(起码对我们的地区而

① 本篇题目出自谚语 l'abondance des biens ne nuit pas,意即好事不怕多,热拉尔以此为题,是因为文中提及的艺术家阿勒青斯基(Alechinsky)是一位多才多艺的人,他除了画画,音乐和写作方面亦十分了得。
② 粗细的笔划是指西方用羽毛笔的书法,plein 是较粗的笔划,而 delie 则较细。阿勒青斯基借着个人的创意为这种比中国书法单调得多(例如:中国书法既可以竖写,亦可以横写,而西方书法却必须遵循作者在文中提到的"定线")的书法在视觉上增添了许多可能性。
③ 阿勒青斯基喜欢以拼贴的方法来处理画作的边缘部分,而这些拼贴的材料,一般都是些特意收集回来、写了字的纸张。

言)不但罕有,而且甚至可视为怪异的人。但这个词却令阿勒青斯基成为了另一个世界的居民,在那颠倒的世界,他以一种极大的自在来去自如,予人一种跨越再跨越的感觉,一如他在我们的世界所渴望做到的那样。从右至左,又从左至右,标记从不会演变成他的短处:这些标记既不在令文字看起来仿佛西里尔字母①的镜像文字之中,亦不在版画石上,甚至也不在印刷工人手上那对阿勒青斯基而言,从不带半点秘密的铅板上;更不会在由黑白组成的负片,那种就像由一系列的树木引发的灵感倒置,骤眼看来就似被溶化的照片一样。②

在阿勒青斯基的画作里,这类所谓惯用的构图,很多时候其实是指一套排版的工作过程。首先是放置大本书籍用的斜面书台,然后是桌子,书籍的艺术伴随他穿过泥土又穿过墙壁,这并非普通的转印,而是一种放大以及变形。凸版印刷术在看似被托印的瞬间因攫取了挂"镜线"③而找到了一种新颖尊贵的字体。

然而图画亦在转载的过程中获得了好处,那些不再知道哪端是顶,哪端是底的图画,以及那些为了逃出死胡同的画作,经常虚构出一些处理方法:自我陷溺其中的糊糊;难以消化的膏油;无尽的空间以及令画作化为乌有的单色排列;令主体和优点丧失怠尽的几何式留白等。

这或许就是阿勒青斯基没有不惜一切去成为一个画家的原因:他能够以另一种方式去表达,他的文字就是最好的凭

---

① 古斯拉夫语所用的字母。
② 阿勒青斯基也喜欢在画作里运用一些托印的图案,因此在它的画作里经常有颠倒过来的文字。热拉尔在此不厌其烦地举出阿勒青斯基有别于其它的倒置图像,是为了强调阿勒青斯基的颠倒图案比这些有实用功能的倒置图案更自然,而从这个例子,我们可以看到,图像的逻辑跟语言逻辑之别。
③ 画廊用来挂画的线,也可指画廊的墙。

证。为了忘怀创世①以及西斯廷教堂，加冕以及战争，全身像还有丽春花田，他并没有因这些事物而一头栽进他不需要的东西，尤其是处理这些题材的技巧。

对阿勒青斯基而言，画架并不是一种宗教器具，更不是一种义肢或者算盘；因为他能够将之遗弃，所以既不会对绘画惑到煞有介事，亦不会藉之搔首弄姿，因此，他能随意拣选他的所需，只要认为恰切。简而言之，阿勒青斯基知道怎样在行动中觅得自由，在画布的周边以一切的方向来回往返，以追随他想象中的所有公路和森林小径。借着东方的毛笔，水墨以及丙烯，画室里的踱步，并在寻觅技巧时所获得的种种切切，令他不至像其他人一样因技穷而拖垮了当代绘画的空间，他的画作美妙，又大大地跨越了透视定律，但同时它却没有任由透视的定律失重。通过一些迂回、审慎且警醒的知识，他再次靠向了一种以奇妙的方式来接近的传统，而我们则只懂得以之来创造空间，例如古埃及的象形文字？中国式的风景？锡耶纳的绘画……

如果我们喜欢阿勒青斯基，我们亦会同样喜欢他的街道。每次他都以很个人的方式正视一些令其它画家勃然大怒或刻意回避的障碍。借着压印、版画和裱画胶，他重新发明了一种工作方式来处理绘画的图案。借着他画作中呈现得愈来愈清晰的摩擦——对象本身的吸引力原来远远比不上它们的线条和阴影，换言之，它们才是对象的幽灵，因此现实世界亦不及精神世界迷人。如果形状、面具、细小的人物以及在他的画作里繁衍出的淘气小鬼变成了骷髅头（就像他的肖像甚至自画像），并随即变成了以象征手法表现的"虚空"主题②，这无疑不会是一种巧合。

---

① "创世"是借喻西方古典绘画主题，而"创世"之后所罗列的东西也一样。

② "虚空"主题（Vanité），是指古典绘画中作为提醒观众"死亡"此一主题的元素。

另一样在阿勒青斯基的绘画里撼动我们的,是那些线条的明快感和作画的速度。一种扭曲字型的奔放,一种署名般的雄浑和迅速,就这样成为了他灵感的真正泉源,而不完全是他斜而圆润的仿真对象。支配阿勒青斯基绘画的规律,实际上是由变形的运动而来的,他的绘画拥有一切形态的车轮①,拥有比拟和将火山变疯子的便帽,拥有沟渠洞盖板成为梦中石块的变形。

在这对动态的偏爱中,我们能看出符号祖师安德烈·布勒东的影响,但对阿勒青斯基影响更甚的,是嘉年华的回忆,是比利时②,以及对詹姆斯·恩索尔③的记忆。然而,阿勒青斯基为他的画作所安排的,却是那种在阿勒皮被驯服的北方光线,它像阿勒青斯基在布吉瓦勒房子里的光线一样,为他那几幅色彩缤纷的画作添上了普鲁斯特称之为"大师的光漆"的色彩。

最后,作为结尾,我应该提及这个隐瞒真相的观点:尽管你同样拥有天份,尽管你同样也是左撇子,你仍将会欠缺一些最重要的东西。首先是一位无法(哪怕是稍逊一筹)模仿,来自奥德萨④,拘束且无法逃避的父亲;一位在走路时会扭动臀部的母亲;一段跟泥水匠的对话,当中,他跟你谈到伊斯坦布尔圣索菲亚清真寺的白;另外还需要一段跟约恩⑤有关的记忆以及跟多特尔蒙⑥的情谊;阅读的经验、失眠、怒骂声以及挫败等等⑦。

---

① 阿勒青斯基迷恋圆环的象征图案。
② 阿勒青斯基也是比利时人。
③ James Ensor,20 世纪初比利时画家,对表现主义及超现实主义绘画皆有深远影响。
④ Odessa,乌克兰的大港,有为数不少的犹太人在此聚居。阿勒青斯基的犹太人父亲就在这港口出生。
⑤ Jorn,丹麦画家,哥普拉(Cobra)运动的始创人。
⑥ Dotremont,另一位哥普拉始创人。
⑦ 这都是阿勒青斯基的个性。作者认为,我们可以模仿一个人的笔触,但内在的情感却不能。

你可以勉强模仿到地震仪的运动,这样的一种运动一般都会被视为很"阿勒青斯基",但你却不能经验它,正如那些有时在明知故犯的情况下,仍热烈地署下这躁动不安的名字的人,他们借着一种撰写远古历史的假像,在一瞬间,为画作的角落留下了第一千次这样的一笔作结的不完全笔触。

## 跳房子游戏

我一直幻想着一位读者(我们都知道,这是件容易的事,而我们有时甚至会将这位读者想象成跟自己十分相似的人),一位只能够利用手中铅笔去阅读的读者:他在章节的每个句子底下画线,圈住的一个词,在周边的空白写下批注,藉此为自己的存在留下痕迹,犹如昔日的朝圣者在路上堆栈石头,一种我们称之为"马黑埃勒"(Marelle)的石头。

我想象这读者将会在极短的时间内回到文章上去,建构他自己的密码,一种旁人难以理解的个人目录,一种将永远令他免于自我迷失的备忘录,教他得以逃离一座在细阅文章的时候,由括号、中括号、终止线或双斜线,由星型记号或是蜿蜒曲线组成的迷宫。这个由读者的笔记建构的迷宫曾一度跟我们擦身而过,然而,因着好几年的间距,因着我们的偏好和愤懑:过客般的情感,瞬间的热情,转瞬即逝的精神状态,他就成为了一条我们曾经浸泡过不止一次的河流。①

皮埃尔·阿勒青斯基很像这样一位读者,但他却不会那样畏首畏尾:他迷恋的不是铅笔,而是浸泡在黑得不能再黑的

---

① 因为我们大多为认同或反对书中所言而做笔记,但有时候,当我们再看这些笔记的时候,却又会不明白当初为什么做。

墨水之中的毛笔，以及侵蚀金属的酸性。又如他的石版画，个中的温柔和记忆的官能都为庞济①那些美好的书页提供了丰富的灵感泉源。

阿勒青斯基是一位主动的读者，然而他加到字里行间又或者书页周边的，却不一定全都是批注的序列。因着一种严谨的态度和对创作的尊敬，阿勒青斯基一直乐于看到这种由阅读而得到的纯粹喜悦。这是像嘉年华会面具一样千变万化的喜悦。它为了掩藏我们思想中的梗概轮廓，又或者为了给一个刚在书页空白处积累起来的符号赋予某种具有想象力的书写风格，而跟作者进行一种私密对话。

这些都是惯常会自我迷失和消解的意象，一些为阅读的真实性赋予双重意义的自由象征，但它们往往却只能留下一点渐趋消散的痕迹。而阿勒青斯基则敢于将之绘画到纸上，令它们成为一种跟文字的内在讯息互相辉映的视觉元素。②

这并不完全是一种插画——如果插画的定义仅仅是指一种冗赘的手法，一种能引起似曾相识错觉的图像化解述。借用让·泊浪那句人尽皆知的讲法，阿勒青斯基并非特意带上一束鲜花去植物园的那类艺术家③，他在达比④没有这样做，在其它地方当然也不会。相反，他却是为红拂略带来骆驼的人，就像米肖面对着一张风光明媚的明信片时，感到纳闷至极一样。讽刺、差距、修饰以及对立都成为了他部份的个人修辞风格：他并没有经常在纹理上下功夫，只要他认为这样看来更·

---

① Francis Ponge，写了一首关于石版画的诗。
② 这里是指阿勒青斯基为一些书籍所做的设计。
③ 泊浪曾说过："我们不需为花卉公园带上花束，因为那里已经有足够的花朵，多余只会令它的面貌失衡。"这也是指插画和文章的关系。
④ Tarbes，法国西南的城市，泊浪的一本书名叫做《达比的花卉》，所以作者在文章中提及此地。

美好甚至会偏离主题。由于他不去刻意了解作者,因此反而更懂得怎样去诠释作者们的动机,然而他却深具斟酌两者比例的触觉。

这些创作方式,还有他对俏皮话的张扬偏好(跟他在谈话中的巧妙对答天赋相映成趣),都主导了阿勒青斯基的文学偏好。因此我们就不会奇怪,为什么他的画作经常是以一些短小的文学作品例如诗歌、寓言、笔记,以及回忆短文为伴,而没有以厚度有时令人喘不过气的小说为伍。

这首先是因为叙事文章的段落分布,就印刷上单一的观点而言,能为想象保留的空间实在太少;其次是因为,只有动态的图像,才能更有利地为小说艺术作插画。电影却相反,整个 20 世纪,不断在这巨大的宝库里汲取泉源,借用了小说的主题和技术,以致跟文学在叙事学的优先权上争辩不休。

这就是他自此变得颇负盛名的原因,因为他总能向人吐露真情:阿勒青斯基以右手写字,却以左手画画。他能够将文章反过来阅读,能够自在地在透明玻璃上写字,他曾为此拿出过证据,这无疑是因为在印刷界所受到的熏陶,因为所有的印刷匠,从古登堡①时代,直到计算机的出现之前,都是这种技艺的个中高手。

由于擅长反着做事,阿勒青斯基最早的事业,也就没有从绘画开始。他的首件差使(他并没有以此为业,但也从不否认这段经历)是书籍制作。当年,他在比利时尊贵的拉康布尔②学校里习得了一切,正是在那里,他印出了首批版画(这是用版画技术造出的一个系列,上面印有象征物,或是标记),亦正

①　Gutenberg,西方印刷术的发源地。
②　La Cambre,布鲁塞尔的高等装饰艺术学校。

是在这些浪费掉的时间里,他开始绘画。这是一种独特的经历,因为只要我们一想到大部份画家都是先举办过一个展览后,才开始替书本作插画,并同时从事玻璃彩绘、陶艺、挂毯的纸皮,或是剧院的布景时,我们就会对阿勒青斯基产生一种双重的结论。

首先,是关于他的绘画,因为最常见的构图(置中,然后在周边范围加上细节),最常见的技术(在使用画笔之前的压印和摩擦),最常见的物料(丙烯、中国墨,以及经过裱贴的画纸),都能从帆布中造出一个放大的书页固定到墙上;一页无声的书,它能够向世界释放出自己的语辞,组成火山、羽帽、星宿和祸难,自由的轮胎以及语言的吐露者①。

其次,就是关于他对书的概念。尽管在这方面有丰富的创新发明,但他的概念却是全然古典的:就此而言,阿勒青斯基可说是从前书本装饰画家的继承人,而且是属于那种来自一个从画桌到画框仅有一步之遥的时代。他更应该是 16 世纪的继承人,因为那时,我们发明了书本的装饰艺术:不同的大小,纸张的长阔比例虽然不变,但我们却可以将它一直对折三十二次;周边白页的比例、纸张的头和尾②、字体和字号、书名页和版画的用法、图像字谜游戏③、图像诗,甚至仅有图像而没有字的书。阿勒青斯基将这些遗产保存到自己的库房里去,并令之开花结果。平心而论,他就地取材,但十分节制:在他身上,我们找不到任何忽视传统的企图(假如他介入一篇文章,也绝不是为了删除里面的章节),他既不采用裂缝,也不

---

① 阿勒青斯基的画中不时有像漫画里,借着对话框说话的人。

② 纸头是指纸张的上部,就像医生所用的诊单上部写有医生资料的部份,而纸尾则是纸张的下部。

③ 利用字音和图画作对应的游戏。

造破口;既不使用金属,也不选用塑料,弄皱了的纸就更加不在话下了。

书籍的传统以及个人的偏好,让他乐于与别人共事,乐于不时到作坊去探看,乐于到玻璃天窗①前校正机件,乐于让人陪伴左右并喜欢在桌子的一角用膳。这些喜好包含了他对艺术工匠和编辑的忠诚,他们都来自"精准"这样一个大家庭,借用博尔赫斯在一首诗作里表达的意思就是:字源学家、棋手、调音师,或者细木工匠。他们因着行事上的精准以及累代延续下来的传统,不自觉地成为了一批跟世界相知而不相识的人。这种分享(以及争胜)的偏好可能同样也是来自哥普拉②,阿勒青斯基曾在这圈子里认识到许多重要的事情,比他在拉康布尔得到的更多。由于跟约恩、阿贝尔、多特尔蒙以及其他人在一起,哥普拉整个圈子,在北方的三个为哥普拉赋予名字的首都,一直没有停止过让绘画和文学对话。不过,阿勒青斯基并没有忘记半点哥普拉出版物的自由调子,也没有遗忘他在这时期结下的友情,以及对多特尔蒙那些让书法的姿态变成语句的缩写符号③的迷恋。这些精神一直留在阿勒青斯基的书本、海报、以及记忆里灵动着,甚至更包括他那些"四手合奏"④的作品,这些作品数量更多得可以让我们在网球场

---

① 因为工作坊,特别是印刷工作坊,为了让人看得更清楚,都建有玻璃天窗以借用日光照明。

② 或称"眼镜蛇运动"。二战之后的一个西方美术运动,由于主要的艺术家都来自哥本哈根、布鲁塞尔和阿姆斯特丹三个城市,因此艺术家们就取用了每个城市的前缀,组成"哥普拉"(即眼镜蛇)一词来为运动命名。

③ Logogrammes,一种像中国书法的绘画,画面源自一个句子,然后画家改变并利用句中的字词重塑画面,一般观众都不能认出画中的字,而画旁则会附有原文。

④ 钢琴演奏的用语,哥普拉的部份作品是由两个画家,以一个画上主体,而另一个绘画边沿装饰的方法完成的。

美术馆①举办一次展览。这就是他喜欢仍然在世的作者的原因,因为在准备草稿的时候,阿勒青斯基可以通过他们了解到作品的意愿。这些书,跟专为收藏而印制的书,跟不容易再被人翻开只能供博物馆收藏一如墓碑的书本,相差十万八千里。

　　然而对阿勒青斯基而言,写作远远不能简单概括为组合文字的工作。一切形式的字体,手写的,或是机械印刷的,在他身上都发挥着一种情爱般的吸引力。当然,阿勒青斯基因为毛笔的笔触而对东方书法特别留意,这我们都不会感到意外,然而或许会忽略的是,古老欧洲的殷实和灵巧亦同样让他欣喜万分。我们古代大写字母的曲线、花押的激情都是一些曾经诱发过他灵感,却又不带过分嗜古味道及乡愁情结的形式,一如我们看到他对"印刷稿"的使用方法,以及利用胶印机所做的作品那样。

　　绘图纸的纯洁,其珍重非常的白皙都是阿勒青斯基所喜爱的,然而他更加喜欢的是那些已经使用过却未被作家、速记员或书记完全涂黑,仍留有一点自由阵地,可让人的想象力在上面飞翔的纸张。就此观点而言,文学,在一堆废纸之中无非是一种多余之物,这堆废纸令我们想起合约、结余单据、欠债证明,原来都是来自书写,就像那些长篇故事:乐谱、账单、会议纪录、申请书、登记本以及付费授权书,多亏这样一种崭新的书写游戏,被遗弃的实用遗稿的价值没有就此失去,它们的作用亦没有就此被遗忘,而个中的关键,不外乎是为它们寻找一个再生的方法。

　　文字画家以及书页的装饰者,就像他有时以认真的态度

---

① Jeu de Paume,毗邻协和广场的桔园中的一间美术馆,是当年法国大革命期间,发表"网球场宣言"的地点。

轻蔑地自我定义一样,阿勒青斯基喜欢一切形式下的文字,因着它们摇摆不定的意义,也因着它们所包含的丰富圈套和惊喜。于是他就这样穷其一生,创造出为数上千的主题,在这近乎焰火和财产清单的目录中,出现得最多的,就是在《连通器》①和《失落的脚步》这两个词的基础上,通过它们的转义以及暗示,而产生出的第一层和第二层新含意;那么多的手法,可以再生出百倍的可能性,这都是向超现实主义,特别是向安德烈·布勒东取经的回馈。

在这变得自然的斜坡上,阿勒青斯基无可避免地以写作作为终点,从而用另一种方法将书本靠向它们的岸滨。借着"创作工地"②的那一条漫步小径,伽埃堂·披孔为阿勒青斯基提供了一次将作品结集的机会,这就是《自由的轮子》得以诞生的原因。

通过这集子里对主观偶然的坚持,还有始终活跃于阿勒青斯基作品中的魔力,读者随处可见已经离世的布勒东的影子。自这本集子面世以后,轮子就再没有停止过转动,在回忆叙述中的友人肖像里,在修改稿本的补述里,在拼写法中,在浮雕式的弯曲以及标示细致的军用地图上,在诗歌以及彩墨之后,在我们不太清楚的某个不太自然的环节终点上转动,而不再变回那种看似巨大的镇纸,或是阻挡波浪的峭壁一般白滑的矿物质。这就是阿勒青斯基在晚年,以未上釉的高岭土制成的那些既厚实又柔软的书所令人联想到的。无论是半开、直立和稍微弯立,看起来仿似是人类自身对照的时候,每一本都是缄默不语的书;然而这远远不能视为一种冰冷的大

---

① *Vases communicants*,布勒东的一本书。
② 伽埃堂·披孔(Gaëtan Picon)编的一个系列图书,当中,他要求每一位画家、作家写下有关他们创作经验的文章。

理石,因为它们比大理石制成的东西更马拉美化,它们是一种

自阴暗祸害坠落到尘世的一堆①

阿勒青斯基没有注明出处却经常提及的著名诗句。

## 精巧与几何②

有时一阵反光蓦然闪烁
在笔杆深处的镶嵌风景
凑向它,我张开的双眼被黏贴
咫尺的距离,才阻隔;
视线已落在一粒玻璃弹珠
细小却见它紧闭自己
高处,几乎在白色笔杆的末端
在那,红墨水留下了一些痕迹,
像血
　　——莱蒙·胡塞尔③,《目光》④

当我想到森姆·沙法昂⑤在他孤独的作坊之中时(那间

---

① 马拉美的一行诗句。
② 精巧与几何(Finesse et géométrie) 来自法国 17 世纪哲学家帕斯卡(Blaise Pascal),在他的《思想录》(*Pensées*)中,帕斯卡谈到"精巧精神"(l'esprit de finesse) 和"几何精神"(l'esprit de géométrie),而森姆的作品则两者兼具。
③ Raymond Roussel,法国 19 世纪末、20 世纪初作家、诗人。
④ La vue,热拉尔童年时代的笔杆末端有一个小的放大镜,而森姆的许多图画,特别是楼梯系列都有从放大镜看世界的效果,所以引用此诗作介绍森姆的引子。
⑤ Sam Szafran,20 世纪初波兰裔法国画家。

被植物侵占的玻璃作坊，仅由一个跟毕加索的小火炉相若，而更似塞拉利昂①中世纪武士头盔的火炉烘暖的小温室就会浮现到我的脑海。在我看来，这绿化的装饰，能转化成一种彻头彻尾的非洲印象），我能想象这种错觉对他造成的折磨，因为这跟一页白纸的眩目不同。由于沙法昂希望借着这种眩晕来明白并且分享诗人们的苦痛，因此对它可谓宠爱有加，不似他人那样因为会被弄至失足跌倒而终日担惊受怕②。

这或许就是螺旋形图案出现的原因，像一圈套挂的绳索，在沙法昂的一切作品中变成了、或几乎变成了"流畅的手"的同义词③。我们显然能在阶梯系列中找到它，它在自我盘旋的梯级上的飞跃，独自修正着透视比例的幻象；而同时，它就像一个隐形的结构，在边界看似不规则的丰腴树叶里，植物的生长绕着轴线徐徐卷起。

冒着令图案变形的危险，在一种跟巴洛克相去不远的艺术精神中：我们从作品里看到了绳子一圈圈地变成了一个前缀，一个花式签名的最后收笔，一个由一只疯狂的手刻下的大楷 S，这手多么自信，令 S 甚至变成了一根向往自由空气的风筝系线④。再次落到地上，螺旋图案于是就跟一张安乐椅的形状结合，在完成新的旋涡之前，呼啸并且蜿蜒延伸，又或挺

---

① Sierra Leone，非洲西部的一个国家，以面具出名。

② 二次大战期间，沙法昂曾有一段匿藏在阁楼佣人房间的经历。在这期间，每当沙法昂一家听到有人在门外的楼梯间走过，就会格外提心吊胆。于是，透过门上眼孔看到的一条楼梯，就成了沙法昂长久以来挥之不去的梦魇，而这楼梯亦不时出现在他的作品里面。沙法昂曾画了一个楼梯系列，热拉尔在这里暗喻他的画作。

③ La main courante，此词语带双关，既解为"楼梯扶手"，也可解为"流畅的手"。热拉尔利用这双关语既谈楼梯，但也暗示沙法昂画画的手。

④ 沙法昂的楼梯系列后来简化得看似一种书法，而回旋楼梯的形态渐渐变成了一个 S。

立站起。仿佛这弧线就是一只直角的扭曲影像，这里再一次看到了阶梯、骨干，让我们能计算出，它有多少的斤量，就像我们在孩提时代四级四级地数算并跨越的楼梯一样。

所以，为了计算一个结果，驱散忧伤并抗拒门外带有威胁的混沌，沙法昂需要集中"精巧精神"和同等精细的"几何精神"，同样，为了绘图，他也需要一些中国丝绸，一如需要建筑用的描图纸。

他所工作的两个空间自此接通，但当中被三级台阶分隔了：一边作扁平的投映，在桌上也在墙上，在那些他首先细察过并折迭过的纸上视界，同样清晰地唤起了他对"立体书"①以及日本屏风的记忆；在另一边，空间受到光学定律主宰，在那知名的大玻璃窗下，一副玻璃盔甲反射了蔓绿绒②森林的光线；干粉彩的色域，则比管风琴的音域③更丰富细腻，令色彩的幽灵也禁不住翩翩起舞。

精细与几何能在观看沙法昂的作品时自然得见，他熟悉奈瓦尔，还有奈瓦尔为了追寻某个数目的黄金而开始的流浪；他也是维特根斯坦④的崇拜者，这位语理逻辑学家也是一位优秀的建筑师和工程师，一如他在哲学方面的成就；他醉心于莱蒙·胡塞尔以及他的"精神剧场"⑤。由于拥有学者般自由的精神领域，沙法昂对"天体音乐"⑥有充分的敏感，一如对橱

---

① 立体书（livre à système）即在翻开时能拉出一个立体纸雕的书本。
② Philodendrons，一种植物。
③ 因为在沙法昂的一些表现那画室一隅的作品里，能够看到他的粉彩颜色盒，而其中的颜色一般都按色系排好了，在画中看来就似琴键一样。
④ Wittgenstein，现代语理逻辑学大师。
⑤ 一些胡塞尔空想出来的剧本。例如他写过一套有关非洲的剧，但实际他从未踏足过非洲。
⑥ la musique des sphère，指夜空下的天籁声，但同时也可以指爵士乐，沙法昂非常喜欢爵士乐。

窗中将我们与现实分开的钻石纹理的认识一样。同样，如果胡塞尔的括号能叫他着迷，那是因为它们在他搬上舞台的模拟动作中，有一种放大镜般的效果，这些动作的无限榫合看似一种光学手段。然而正是在一块放大的镜片中，《目光》的作者[①]意识到一些细节的麇集挤动：笔杆的孔眼令他想到了一个犹大[②]，而当年只要稍有差池，这个能为其他孩童带来美梦的光学工具，就会幻化成噩梦的烙印了。

如果我们不曾听过沙法昂说话；如果，我们没有聆听过他那难以割断的，当中更有许多括号打开，却从不合上，以令人联想到一些真实或想象人物的句子，我们将不能完全认识或者理解他。在这人物陈列馆里，我愿意抽起两个沙法昂视之为眼花缭乱得迷人和骇人的角色：首先是那位走钢丝的杂技演员菲利普·佩蒂[③]，他叫人在沙法昂的工作坊里系起了一条钢丝，而这就是日后的杜蒙[④]，一位塑造了巴士底纪念柱的顶座，却一直默默无闻的才俊：由于马拉可夫[⑤]是本土历史的一部份，所以沙法昂在穿过马拉可夫街[⑥]的时候……跟我谈到了他们。一席话其实是为了向我补充说明：那塑像其实是

---

① 即胡塞尔。

② 沙法昂是犹太人，因此在战时才需要藏匿起来避开纳粹的追杀。热拉尔在这里提到了笔杆，因为过去的一些笔杆末端会附有一个小小的放大镜，这放大镜跟门上的防盗眼一样，有改变形状的功能，法国人称这障眼工具为犹大，因为犹大是新约圣经中的出卖者，所以也就成了欺骗的代名词。热拉尔在此借用了词汇所引起的联想作了一个文字游戏。

③ Philippe Petit，非常有名的走钢丝演员，曾在圣母院和纽约世贸双子塔表演过。他也写过一本书，对热拉尔而言，他是一个以行动写诗的人。

④ 奥古斯特·杜蒙（August Dumont），巴士底纪念柱顶座的雕塑家，对沙法昂而言他和菲利普·佩蒂一样，都是很害怕跌倒的人。

⑤ Malakoff，法国上塞纳-马恩省的一个地名，巴黎的马拉可夫路是为了纪念拿破仑三世时代在此的一场保卫战而命名的。

⑥ 巴黎的一条街名。

纪念柱的一部份,当我们从下仰望纪念柱时,它看似没有被一种精细的捆绑物系好,而当我们近看它时,则由于有一枚极巨大的销钉而变得怪模怪样,然而摘去了这销钉,任何一点风都会要了它的命。

这带翅膀的纪念柱,为了修正我们感官上的错觉,它的脚跟贾克梅蒂某些雕塑的底座一样沉实,它可说是沙法昂的守护天使:一种脚丫儿肿胀的天使,一如俄狄浦斯的脚踝,然而羁绊它的一对镣铐却隐而不现。

## 走 马 灯 ①

致热罗姆·普里厄

进入一种超自然后到另一种超自然,又或者,至少,借着一个走马灯,并结合那位假"马塞尔"②在他贡布雷的房间的视野进入记忆的虹彩:一旦我们怀有这样的企图,就仿佛能根据信念或想象,或多或少地产生出一些莫名的记忆,一些并不真正属于每个个体的记忆。

这就像一次在为了顺应时势而精心布置的,以及因转营而临时搭建的货棚中所进行的拍卖会,货物都是"释放自那些实用个体的杂役"③,为了易手而准备就绪,以成为一些烟囱的家神④或是一些收藏在橱柜里的偶像。

---

① 《追忆似水年华》叙事者的父母在其年幼时置放了一盏走马灯在他身边,并希望叙事者每夜能借此安然入睡。

② 指《追忆似水年华》中的叙事者,他跟小说的作者普鲁斯特一样也叫"马塞尔"(Marcel)于是令很多读者误以为小说是作者的自传。

③ [法文版注] 出自瓦尔特·本雅明(Walter Benjamin)。

④ 西方地方信仰的一种家居守护神,近似中国的灶君。

在一种拼凑的汇集当中，收藏一系列走马灯无疑是毫无用处的，但它们却可以产生幻象，让我们可以再次照亮亡者的国度，让我们可以将之放在一些排列在箱子里的玻璃托盘上贩卖。

在这透明或着色的板壁筑构的墓冢里，这些载了珍妮菲耶芙①和哥洛②五彩阴影的迷你石棺之中，《追忆似水年华》的叙事者，曾经常在夜里遇见过那些映在他房间墙上的投影，毋须细辨它们的色彩，因为叙事者让我们进入了贡布雷的房间，并参与了藉由"虚弱而短暂"的彩绘玻璃而令传奇复活的聚会。在阅读书中的城堡和黄土地时，我曾经想过，珍妮菲耶芙的蓝色腰带，那永远翠绿的小森林。然而我并不知道有一天我将能这么近地看到珍妮菲耶芙和哥洛的真正躯体，所以也没有采取任何行动去令他们复活——仅仅为我自己。

在决定命运的瞬间，我反而连小指头也没有挪动，仿佛收藏家的热情陡然在一瞬间兀自熄灭，又仿佛欲望的模仿已经将游戏停止：没有拟订最基本的动作，我任由拍卖估价人以目光搜索那些举起并使劲出价的手，而我们更不能在喊价贩卖的独特瞬间立即想到，这数字可兑换到的金钱究竟实际是多少，因为，这些数值只不过是我们用作昭示公众的欲望价钱，它们不能跟需要在现实生命中付出的血肉代价③相提并论。象牙槌子的再次敲落令梦境结束了，而我遗下双轮转铧犁上的珍妮菲耶芙在她的玻璃棺椁里，就在被她的激情所困的哥洛旁边，小三角树林的囚犯，中世纪的树林，且绘上了图尔城的纹章。

---

① Geneviève，巴黎的女守护圣人。
② Golo，中世纪传奇故事中的英雄人物。
③ 典出莎士比亚的《暴风雨》

　　我的树林比绘画出的更生机蓬勃：那是一片童话寓言的树林，有秋天的金羊毛①，有伐木工人。这些工人只有在白天，当穿红裙的少女来跟异性会面时才工作。这树林其实比哪里都古老，也同样比哪里都更教人不安：在它的边缘，我看到的不是充满信心的哥洛，而是我们利用陷阱捕获的野孩子，远远紧随在这些孩子后面的，是一支失落了的民族仪仗队，他们跛行着，仿似那树林本身自己行走着一样。

## 赋格的艺术②

> 我们询问所有小孩，
> 他们长大后想成为什么；
> 你必须看在我的诚信份上相信，
> 我从不会回答说：
> 警察。
>
> ——阿尔弗雷德·希区柯克

　　一个在他的过去奔跑的人，重复在梦境的灯光下演绎一个场境；一个站在他艺术颠峰的人，仍然可以因迈出错误的步伐而从高处坠下，一如失足的恐惧使他遭受到一种眩晕，而只有图像的旋风能填满那吸扯他的虚空：于是就能诠释出《迷魂记》的第一组镜头，它扮演了序言的角色，我们却匆匆忘却了

---

①　典出希腊罗马神话，是伊阿宋率亚尔古英雄几尽艰辛而得到的法宝。

②　法文标题为 l'art de la fugue，取自巴赫写过的一首同名曲，"赋格"是 fugue 一字的音译，意为"逃跑"，热拉尔以此为题来谈希区柯克，是因为他发现，在希区柯克的电影里，经常都有逃跑的情节，而在这些情节之中，不时都有角色失足跌下，同时，总会有另一个角色将他拉住，叫他免于下坠。热拉尔这篇文章所谈的，就是这种以一只手拯救别人，使其免于下坠的艺术。

第一次看到这部电影时的印象，无疑是由于这组镜头归纳了一串片断令虚假印象涌出，但同时也因为这组镜头在黄昏时拍摄，在一个能看到城市灯火正在熄灭的房顶上，一座失落在海滨的城市，它所有的道路都是斜坡。

那穿着衬衫的逃亡者，以一个罪犯的外形鬼魅似的回来缠扰我们，而我们却一无所知，因为这鬼魅必须迅速自屏幕之中剪除，紧接其后的是一位身穿制服的警员，而他的后面，则有一位便衣探员：正是他，这有点笨拙的梦游者不久之后出了岔子……为了在最赶急的时候攀上屋檐，而实际上，通过镜头变换，我们都能看到，他以为可以攀跳的每个檐槽，其实都是悬空的。但一只救助的手总在这危急关头将他拉住，一位警员的手，突然滑过并使探员免于下堕，而陷在两幢建筑物的缝隙之间的建筑物的墙壁总出奇地笔直且狭窄犹如水井的内壁。

如果这对观众而言是个完满的惊喜，那是因为这样一个场景，实际是阿尔弗雷德·希区柯克长时间准备的成果：并非纯粹因为电影之中的一切都需经过部署，而是因为在电影场景中的迷题总是非现实地发展，仿如一切都来自前一世的生命。这些场景事实上都联系到希区柯克的一个童年回忆，甚至应该说，联系到他唯一一个，看似总结了童年和志愿的记忆。因此，当希区柯克讲述了一件往事后，我们甚至会怀疑，在每次拍摄过程的开始，希区柯克已经能以准备一个镜头的心思去设计出他的个人记忆（或者应该说：他的故事）。

他在一次和特吕弗对话的开段曾这样讲述过："可能曾经有四、五年，我的父亲有几次将我和一封信一起送到警局。警员读过那信后就将我关到一间羁留室里大概五到十分钟，并对我说：'看，这就是我们对待坏孩子的方法。'"而当特吕弗问他到底因为什么原因遭到这样的惩罚时，希区柯克就以一种仿佛我们都是他的共犯般的假无辜语气回答："我不能令自己去想起这原因 —— 我的父亲总称我为他的'无辜小羊'。真的，我不能想象到我可以做出些什么事来。"

《迷魂记》的开始也是一样，我们不能想象那穿衬衫的逃亡者所能犯的是什么事，以至他得在旧金山的房顶上寻求逃脱之路；而穿制服的警员以及由詹姆斯·史都华饰演的干探亦是一样，詹姆斯·史都华为他扮演的角色赋予了几分大孩子的气质，他有一张惊愕的脸，而事情总会因其一个失误行为拖带出致命危机，因此，他就成为了一个总是对警员言听计从，却又会跟他秋后算帐的老小孩。在希区柯克的电影里总能找到许多"失误行为"，例如《捉贼记》的最后一个场景就是典型的例子。这片段也是在房顶上拍摄，并且在拍摄之前经过了一次又一次的预先设计。然而，这个盘算过千遍甚至在三年前已被部份重复演练的场景，却有自相矛盾之嫌，不能跟《迷魂记》的开段相比。

在这些"失误行为"之中，我们能够认出希区柯克的粘合精神，还有他精神世界里教人敬佩的协调，在这片介乎真实与流言的精神世界里，童年的记忆老老实实地转化为一个个鲜活的故事；这些故事提醒我们，如果体罚并不足以驱散我们的畏惧①，如果戒尺——这种英国耶稣会士在他们的学院里每天挥动，作为恐吓的工具——没有伴随着下流行为嵌入记忆，罪行并不一定就会顺利成章地让人感觉罪恶。

可是对希区柯克而言，在能够突然涌现一切影像的记忆窟窿面前，以及在场景可能要面临缺乏想象的问题下，遗忘过

---

① 　希区柯克是英国人，在英国式教育中，体罚是重要一环。

错实际拥有着某些源自虚伪的美德。对《迷魂记》这部影像无限自我分裂的电影而言,这想法尤其正确:从一个女人到跟她相似的女性,两个都是金·露华①,回想她没有戴胸罩在戏里的演出,希区柯克自觉备受挑逗;从绘画到电影,并借着溺死,让一种堕落转变成另一个。

这由螺旋形规则运动而出现的杰作,它的主题看似有一部份正好指涉到了电影本身(当中的戏中戏、分裂以及安排一个同时既是诱饵又是鬼魅的女性登场),呈现了希区柯克在这部和其它的电影里,喜欢使用糊涂人的野心和执着。从另一个角度而言,希区柯克的目的就是让这些糊涂人说话,然而并不是要令他们滔滔不绝或者长嗟短叹,更不是颠三倒四,而是要他们在不被影像波涛所淹没的情况下,接受幻影的投射。

在希区柯克唯一一次因他的一部电影而表现出的内疚与自责中,我们肯定了一件事情:那并非一种艺术家的遗憾,而是一种真正的良心责备,在《间谍》里,因安排了一个小孩无知地送死而产生的良心责备。

这种良心的责备,可能是由于小孩对自己正在电车中传送的炸弹包裹一无所知,令他看起来仿似昔日带着一封控告自己的信到警察局去的童年希区柯克一样,但更主要的原因是,在这部首次没有使用笨人的戏里,电影还是借着交替的惊喜以及悬念而散发出感染力,对希区柯克而言,在他如此个人的赋格艺术中,这是唯一一次,让"和声"成为了"对位"的同义词。

---

① Kin Novak,戏中的女主角,据说她的胸脯很大,所以演戏的时候不戴胸罩。

## 电影中的灰姑娘①

致让-卢·博谢

　　没有南瓜，没有四轮豪华马车在电影院出口守候；更没有半只女伶遗下的鞋子，那只我们都以为曾经见过，被她在镜子的另一面脱下，但却没有在这一面留下任何暗示的鞋子。我们得到的，只有从梦境步出的疲惫，这梦寐令我们变成了跟记忆紧紧相连的梦游者。

　　就像艾娃·加德纳这位赤足的梦游者、这位弗拉门戈舞者在约瑟夫·曼凯维奇的电影里（按照电影创作者的说法，她成为了灰姑娘故事的一个苦涩版本）变成了一位伯爵夫人；又或者像弗里茨·朗的《蓝色栀子》，那位由安妮·巴克斯特扮演，将高跟鞋遗弃在案发现场的梦游者一样，她将同一个故事既不忠实而又阴暗的版本交给我们，让我们得以在故事当中看到一种无心的、但在任何角色身上都能隐含着的变位。这主要是因为影片以寓言的暗示进行——甚至包括在一个女孩脱去鞋子，使女主角不得不承认自己的不安的时候。

　　正是因为它们的变化，大叙事方式才得以存活在那些忠实却低等的复制品中，就此而言，这两套有点当代的电影扮演了范本的角色：它们叙述的故事，它们呈现的世界，同样都远远地离开了佩罗（或者巴斯勒②的 *Gatta cenerentola* ③）的故

---

① 本篇标题来自弗里茨·朗（Fritz Lang）的电影《蓝色栀子》（*The blue gardenia*）。
② Basile，比佩罗（Perrault）早一个世纪的意大利寓言作者。
③ 意为"灰猫咪"，是灰姑娘的另一个版本。

事,佩罗版的灰姑娘是由依利恩①带到希腊的埃及版灰姑娘演变而来的,在这版本里,一只秃鹰趁妓女入浴时,叼走了她的鞋子,并将之带到孟菲斯的法老王身边,法老的心思立即被这宝贝占据,因此他命人在国家里四出寻找它所属的佳人。

从古代到文艺复兴,然后到古典主义时期,我们书写的天空曾经满布阴霾:我们从沙砾过渡到灰烬,由尼罗河的露天浴过渡到家居的操持。

在《赤脚的女伯爵》中看不见天空,那应该是因为在日落大道②的天空之上,电影明星暗淡的过程像他们的闪现一样迅速,而当女主角刮掉她从哈柏诺墓园带来的泥土③时,沉浸于哀伤的天空释放出一阵倾盆大雨,落在雨伞似的树林里。她总喜欢一边想象着自己穿着鞋子而变得明艳照人,一边在墓园的泥泞上赤足行走。这是因为当她在墓园时,能够暂时远离那个呼喝声远比后母更凶的母亲。

为了能穿上那双实际上不断令她感到局促不安的凉鞋,灰姑娘投身到电影行业,因为这时代正在提倡童话寓言:三部由亨弗莱·鲍嘉执导的电影,在戏里面拍摄电影的人一直谈着他们所拍的三部电影,可是观众却看不到任何有关这三部电影的片段,因此,我们一方面在看戏,却又同时像是看到了电影背后那个制作电影的真实世界:我们看到了一些自我逃避的个体,一个虚幻的宇宙,其中,艾娃·加德纳(而她在戏中饰演的马莉亚·瓦尔伽丝则又变成了马莉亚·达马塔,然后再变成托尔拉桃-法芙利妮女伯爵)的晚会服饰虽然已经焕然

---

① Elien,见《玻璃与松鼠皮》一文。
② Sunset Boulevard,好莱坞明星居住的地方。
③ Cimetière de Rappallo,《赤脚的女伯爵》第一幕的地点,戏中的女演员来自平民家庭,她就像灰姑娘一样,曾赤足走路。

一新,却没有人邀请她跳舞,这是因为她以仙女的巧手所缝合的裙子令她和其它人隔绝了,而她女王般的仪态,就只能突显出她的孤独。

灰姑娘故事的痕迹(西班牙版本称为 *Cenicienta*)在曼凯维奇的电影中是那样地稀罕,以至仅有的痕迹只能在饰演王子的几个角色身上,从一些心理游戏,一些老套的持续润饰的影像中出现。由于戏中的王子们只懂得与艾娃·加德纳擦身而过却不自知:一个是在石油市场发了财的电影制片人,当他的愤怒未足以表现出他的权力时,便会向所有事物寄予一种阴郁的目光;另一个是肆无忌惮且毫无风度的南美亿万富豪,他炫耀他的富足还有粗野行为;最后一个则是因为战争的创伤而失去了性能力,自知将会绝子绝孙的意大利病伯爵。如果艾娃·加德纳身边的三位候选者没有一个能将她占有的话,那是因为她的被动个性在一切考验里变成了一种自我防御:正因如此,于是她"既不能爱人,也不能被爱"[1],就像戏中其中一个角色所指斥她的一样,而曼凯维奇在这点上可能为我们传递了寓言故事的一个真相:假如灰姑娘令自己有太多渴求的话,那就会令她远离了需要清理的炉灰,远离那使她备受折磨却同时赋予她生气的火炉,而她再也不会是一位凄冷的佳人了。

电影所加插的,是关于一个正在消逝的世界的描述:好莱坞不单被一些经济上贪婪无情的人入侵。"真正的贵族已不再活在这个新世界了",托尔拉托女伯爵的姐姐以幻想破灭的语气这样说道。她应该在后面补充说道,童话故事的女主人公亦一样。

---

[1] 灰姑娘中的"灰"是一种冷的热,所以她不能爱也不能被爱。

由于真正的，有血有肉的生命并不拒斥平庸，亦不排斥一些极似情节剧和长篇连载小说，甚至如保姆所讲述的寓言的情节：艾娃·加德纳一边在这些情节里积累经验一边回归到一种漠视欲望的恋情上去，然而这些意想不到的经验也是一种为生命写上休止符的祷告①。

虽然在曼凯维奇的作品里扮演了受害者的角色，但在弗里茨·朗的作品里面，灰姑娘却成为了罪人②。

这次她穿上了37号的鞋，是一位洛杉矶电话总机的话务员，而我们竟在案发现场找到了她的鞋子：那位裴贝勒先生在蓝色栀子舞会之后成功地将她带回家，然而这位先生后来却被人发现被用一记火钩夺去了生命。在舞会里，他仅仅以四元钱就获得了一个美梦，而这美梦，也是由那些能令人想到南部海滨的鸡尾酒，由那位声线如某种带毒花卉的馨香，令人联想到一次偶遇的诱人歌手纳·京·高尔的歌声所催生的。

童话寓言于是变成了噩梦，由于调查的需要，也是为了挫一挫疑犯的锐气，侦探必须为扮演关键角色的鞋子觅到相配的脚：于是，在这一幕由侦探取代王子的试穿情节里，安妮·巴克斯特所饰演的角色，就只有担惊受怕的份儿。

后来，当灰姑娘赤足步出她的梦境时，也就变成了娜拉自噩梦苏醒的时刻，灰姑娘的嫌疑最终都被洗脱了。在弗里茨·朗，这位见证过德国纳粹党兴起和美国翦除共产党运动人物的导演心目中，人类实际上是在一个不再有美好事物，而无辜者皆含冤莫白的世界中进化。在这个价值观完全倒转的宇宙，只有真理的回归才能令人呼出一口舒缓痛楚的叹息。

---

① 这是指女主角最终还是在电影的末段死去。
② 在弗里茨·朗的电影里，女主角在案发现场留下了一只鞋子，于是警方就利用这鞋查案。

在闲话与寓言中,恐惧无疑并不是一个稀奇的元素:它甚至是童话寓言的其中一个魅力泉源,就像希区柯克跟特吕弗谈到他的《蝴蝶梦》,这部女主角实际上就是灰姑娘转生的电影时所提到的一样。

这部电影之所以会令我们萌生这样的想法,跟作者的帮助不无关系。假如电影跟寓言的对照是一种正确的线索,那无疑是因为电影的结局表明了寓言:灰姑娘不再受到她的少女梦所折磨,她跟她的王子结了婚,而王子的前妻却是衣橱里的一具尸体①,而这前妻的影子尽管没有呈现在任何人面前,却还是一样叫人萦绕不安。这主要是因为,那穿黑衣服的扮演了原故事中恶毒后母和坏心肠姐姐角色的女管家,无时不让观众联想到前妻的幽灵正存在于某个角落。

或者是那位曾是个又乖又好动的孩子的导演,他始终怀着一种恶意的喜悦,不时摆布着女演员们的神经。

## 音乐大厅

在一个集体的习惯变得如此迅速的时代,每个人都必须造出一些仪式,刻意整顿一些礼数,为逝去的人发明一些供物。

就是因为这个原因,我在一间拉上了窗帘的厅房,在路易-勒内·德·福黑死后的一个周日,再次看了萨蒂亚吉特·雷伊②的《音乐大厅》③而不自知,然而当时却记得我正在看的

---

① 这是因为在剧中,第一任太太的死亡一直缠绕在众人的记忆里,令第二位太太不能在家中活下去。这亦令人们想起寓言故事里,将自己妻子的尸体藏在衣柜里的蓝胡子。

② Satyajit Ray,1921—1992,20 世纪重要的孟加拉导演。

③ *Le salon de musique*,萨蒂亚吉特·雷伊于 1958 年完成的黑白电影,原孟加拉语片名为 *Jalsaghar*,英译为 *The Music Room*,也有中译为《音乐室》。

是德·福黑最喜爱的一部电影。起码,他的确曾在俄迪翁区①这样对我说过。

我们当初每年都会在那一区共进两至三次午膳,那时我对兰波、卡夫卡、歌剧的认识都不怎么深,而他却又那么喜欢英国文学,于是时事和闲话就消耗了似有似无的对话,我们有时会谈到电影院,他为了少抽点烟而经常造访的地方。我记得曾遵照他的建议去看《维克多·维多利亚》②;我尤其记得曾跟他谈过两部曼凯维奇③的电影:《鬼魂与穆尔夫人》,在这部电影里莱士·哈里逊饰演一个鬼魂,他的魅力远远超过吉恩·蒂尔尼宫庭中,那个有血有肉的作家,这鬼魂的骇人之处不单在于他身上看不到半点特技的痕迹,而且还在于扮演的演员仿佛是唯一知道他不应该存在在那里的人;另一部电影是《五指》④,在这部戏中,西塞罗,这位罗马时代著名的演说家并不扮演任何角色(法文片名为《西塞罗事件》),因为那是一部间谍片,而由詹姆士·梅逊所演绎的双重性格的仆从在故事中出卖了他主人并成为了主人妻子的情人;在最后一幕,由于他用尽办法变得既非自己亦非他人,于是整幕戏完全欺瞒了观众,终于,他就在里约热内卢的海滩上尽撒了那些曾经视为宝物的假钞。

然而在《音乐大厅》当中,我们过渡到另一种调子:那是一种很个人的私密的相遇,甚至比短篇小说故事的自由更私密,

①　Odéon,位于巴黎左岸的拉丁区,有一座著名的俄迪翁剧院(Le théâtre d'Odéon),另外还有许多电影院。

②　Victor Victoria,美国导演布莱克·爱德华(Blake Edwards)于1982年拍摄的电影。

③　约瑟夫·里欧·曼凯维奇(Joseph Leo Mankiewicz,1909—1993),美国导演,1949年以《三妻艳史》(A Letter to Three Wives)获颁奥斯卡奖。

④　英文原名为5 Fingers,曼凯维奇于1952年完成的电影。

更个人化,因着文化的距离得以在不界定自我身份的情况下相互辨识。最后,为什么会有这样的一个本地贵族,竟将一个世界卷进了自己的衰败里去?(二者的关系理应是相反的),为什么音乐的热情和一个溺死的小孩的丧礼竟没有打动在这方面极为敏感,曾被大海——按路易自己的说法——"这夺走了他女儿性命的泼妇"陷于许久的沉默,理应感同身受的德·福黑?

一盏吊灯在《音乐大厅》的开首左摇右晃,因为整个天空都因失重而摇曳:当孟加拉语的片头字幕忽明忽灭时,大小不同的天体互相靠迎然后分别远去。而主角最终出现了,他拥有一个跟导演相同的名字。

当我们看到这看似孤单而又游手好闲的君主时,他正在其用来管治整个领地的王宫里,在大阳台上的一张沙发上抽着土耳其水烟;借着许多杂音,他留意到节日的准备工作和加建工程正在进行:铜管乐队、庙会音乐、马达声等等。由于邻居们都逐渐变得富足和现代化,他们购入了好几组发电机、小货车、以及英式家具,并组成了一个小圈子,虽然他们没有把他排挤在外,但他却顽固地拒绝跟他们掺和在一起:因为那是个由暴发户以庸俗的方式组成的小圈子,就像那放高利贷的邻居的儿子一样,他一边吸着烟草,一边抽着香烟,又请了一批乐师和舞者到家里去,借着模仿领主的神气来跟领主比拼。尽管这领主已自我封闭在他的那片破败的废墟上,但亦无损这高利贷邻居的儿子因他的荣誉而产生的嫉妒。而在另一边的领主,他则任由时间流逝,任由身边的一切顺水漂流,他变卖老婆的珠宝以保存表面的富裕,但同时又疯狂地挥霍;他知道并不能遏止衰败的命运,却禁止别人在他面前说出"极限"一词,因为,如果一切都不过是过眼烟云,这个跟完结息息相关的字词,就由不得谁去掌管了。

我不知道德·福黑看到这一幕幕场景里,世代和传统的重担不住地令人联想到疲惫与乡愁的时候,会作何感想,但我却相信这些场景跟他贯彻始终的个性,他的严厉以及他的实事求是精神会契合相连。在谈到这点时,我想到了那条曾经为德·福黑的父亲所拥有,称作皮露伊的村子,他们家族那间跟电影中的印度殿宇一样破败不堪的房子:借着它朴实又简洁的美感,它的宏伟以及它所欠缺的舒适,它的壁画、陶瓷,以及他拥有一座村庄的祖父从意大利带来的绘画,一台在几年之前被他的孙儿重新赋予生命的钢琴,都唤醒了德·福黑在作品中见证到的激昂记忆。

撇开他的家世和人们普遍认为是他与生俱来的严厉性格不讲,我依然为他没有成为一个反动分子而感到佩服:无可否认,这当然是由于他清楚知道过去的一切覆水难收,即使表面上可以,但也不过是以连绵不断的现在式来延续。多亏这痛苦而又迷人的记忆,真正的文学才得以产生;当然也有赖肉体的衰退,不幸的记忆以及幻想的破灭在他身上没有产生任何玩世不恭的想法,而这些条件却相反为他的生命供给了丰足的养份……

在萨蒂亚吉特·雷伊的电影里,很少人会说音乐大厅是房子最主要的部份,我们甚至不会想到,在暴发户的房子里,竟然会有这样的一个房间:因为这是个集一切美感、一切考究、高雅和一切疯狂想法于一身的地方,激烈的生命在这房间被墙上先人的画像注视着,当听众在地毯上,在房间唯一的一件家具——反映着他们身影的巨镜——前看似悬浮起来的时候,画像中的先人便仿佛在古旧乐器的音色中重生了。这巨大的镜子的戏剧性效果,还有因着它的存在而令空间得以加增的大厅,两者均在电影里扮演了重要角色:因为它表面正覆盖着一层时间的尘埃,于是在其深邃之中,一个看似真理的东西开始泛出光辉。

德·福黑在看到这部电影时,会比别人体会得更深的,是音乐所产生的疯狂热情:它随着萨蒂亚吉特·雷伊进入废墟,跟一种高等的情感不分轩轾,同时让路易感到了时间在他的血脉里兀自流动,直到对正在施工的土地不再怀有任何感情,又让他在面对洪水的威胁时,麻木而毫不感到急切,又或者,令他放弃了对家庭的责任。然而,正因为主角的儿子也被音乐迷住了,而生命,这起码在他眼中唯一还拥有价值的东西却仍然需要继续进行,因此,尽管我们另外觅得了出路,又能得到什么好处呢?

在影片里,只要领主不是为了一些坏念头而向命运作苛刻的要求,意外发生的当日相信一样也会是个不错的日子。然而,他却因着嫉妒,以及为了羞辱他的暴发户邻居,于是,当嘉宾们为了出席一个不外乎是肯定领主权力的宴会时,风刮了起来,而大自然亦开始发作起来:自然向一个人的傲慢所作出的回应就是:一束闪电,一艘翻倒的小舟,以及在侍者臂中,一具断气了的儿子的躯体。在这之后,风起云涌的天气止息了下来,音乐大厅也关上了门,然而热情却在沿海岸奔跑的马背上高涨起来,为了这衰败之前的最后一次节日,最后一段舞蹈。

我们知道这一切对曾经也被大海夺去了孩子的路易有着怎样的一种意义,所以毋需再三强调这不幸的一日怎样为他的生命嵌上了一抹前所未有的阴霾,其中的记忆曾不止一次跟随他的脚步而入侵到梦里,令他产生了在《塞缪尔·伍德的诗》里相对晦暗,而在《奥斯汀纳托》这本他不时谈到"生还的衰败"的集子里,却比较明晰的用词。

正因为我在重看《音乐大厅》之前重读了《奥斯汀纳托》,而路易洪亮的句子,接续不断地跟导演用作配乐的波涛和霍霍的绳音互相渗合:于是,当我重新思虑这些令人联想到童年,并仍富有生命力的荣显与伤痕——它的记忆却仍然随时准备绽放出花朵——的书页时,我就听见了一段清晨的拉加①。而当那些只言说着苦痛和叮咛的书页掩起时,我则听到了一段晚间的拉加。直至最后的苦难步履,直到一根手杖被当作君主的令牌,一位不老的少女却继续起舞,在许多个梦境的镜子之中。

## 人体写生②

我有幸得以住在皮加勒③,不在被一台(当它运作时)甚为可憎的洒水器扭曲了面貌的半月形广场那边,而是在其中一条跟这广场交汇的路上,斗斜而又斗斜,然后改变成不同的名字,继续延伸并且交错,它跟白朗茨④和圣·乔治形成一个闪烁的霓虹三角形:酒吧的灯箱、舞池、小酒馆,还有剧院等等。这样一个个既消沉又缤纷的世界,一个又一个地让道路在夜幕下变成剧场的后台;这许多由镜子反射倒置的世界,镜上熏黑了的玻璃将冬天和风遮挡在外,当然,这是以裸肩、短裙,以及女孩们的胸脯作为衡量的大前题而言。简单来说,这

---

① 一种传统的印度音乐,在早上和晚间皆有特定的不同旋律。
② La desnuda,西班牙画家戈雅(Goya)的一幅画,原文标题也是西班牙语。
③ Pigalle,一个靠近巴黎最热闹的红灯区的地点。
④ Blanche,跟皮加勒相对,巴黎的红灯区就在这两个地铁站中间的那条街道。著名的"红磨坊"就坐落其间。

里就是一座只有一个永恒季节的迷宫，一座更多地去按房间的数目，而非路径多寡去决定其大小的迷宫。

开始的房间并不是我们要拜访的，它们昔日由某些多少享负盛名的死者所占据：向枫丹路走上去，那属于可怜的韦里耶①，一个住在梦和烟蒂里的男人，他在烟圈中看到了未来的形状，而在机械里则看到了未来非物质的夏娃；街道往下走一点，在对过的人行道那边，在一条人行通道和内院的深处则有安德烈·布勒东的工作室，里面堆满了原始塑像和人偶，在一张实心的桌上则有娜嘉②的手套，这桌子变成了神庙的祭坛，超现实主义大师和门生昔日在上面创造了他们的信徒；再下一点是罗特列克③的房间，他因一次严重的摔倒而不能再长高，但却一直都保持着一个能窥见少女裙底春光，还有察看她们灵巧腿足的美好身材，而女孩们裙摆的窸窣比梵·高的星夜更令人沉醉；再往前走，就是德加的那"与时代争战"④的公寓，他凭借眼睛去追踪女舞者的步伐和发丝，既将它们布置到画里，又同时写成一首首十四行诗，在这些诗中有这么两行将舞蹈和忧郁相糅合，或许也正是他个人思想的复杂之处：

> 她脚步上的彩带相缠又相纠结。
> 她的身躯以雀鸟的姿态团团转圈并跌倒。

---

① Villiers de L'Isle-Adam，马拉美组织了一次聚会，他请了韦里耶来主讲，在介绍韦里耶之前，他说："今天我为你们请来了一个活在烟蒂里的死人，他来为我们讲述另一个死人。"

② 布勒东于 1928 年出版的一本小说，故事讲述叙事者在巴黎的街头巧遇一位陌生女孩，以及他们二人在九天之中一直隐藏着自己身份的交往。故事中女孩 Nadja 的原型为瑞安娜·德勒库（Léona Delcourt），她于 1926 年 10 月 4 日在巴黎的街上遇上了布勒东。

③ Lautrec，19 世纪末后印象派画家，为蒙马特的剧场绘画了大量的海报及石版画。

④ 德加是一个坚持对抗时代潮流的人。

秘密且跟死亡相连,两间旅馆房间令路程变得完满:在皮加勒路75号,莱蒙·胡塞尔①那间备有家具的肮脏房间,曾为他带来了一种双重生活,让他重复吞食那些叫他永远不用睡眠的药物,进行慢性自杀,就像他在巴勒莫②的"大饭店(Grand Hôtel)和棕榈树旅馆"一样。最后,终于来到杜乌埃路上,纱-卡尼尔路③的房间,他在里面吞咽了所需的士的宁④后就昏睡了整整一个夜晚,纱-卡尼尔路是第一个发现到佩索阿的天赋的人,他们都是《俄耳甫斯》杂志的创办人。

"俄耳甫斯"现在已变成了桑拿浴池的广告招牌,因为希腊神话经常被套用,以招徕行人走向一个媚药已然定好价格的世界。诚然,撇开"维也纳的春霄"或者"波希米亚女郎"不谈,"喷泉"、"提安奴宫"⑤和"小奴爱"⑥所令人联想到的,都是比较小资的逸乐。"指甲上的钻石和红宝"⑦,赌场和珠宝店,这个由情妇、欠债、男妓,梦寐着赌金能保障他们晚年的,靠妓女维生的人组成的世界,一些比较直接的想象和世纪末的逸乐,令俗人的眼睛闪闪发亮;至于电灯龛里放着一尊佛像的"引号"⑧,让一重重的天堂变得圆满,不过还必须认识在那不见天日的海岸洞穴深处,"美人鱼"、"维纳斯"或者"卡涅夙"⑨

① 20世纪初一个奇怪的法国作家,每天只吃一顿饭,服药,最后死于意大利。

② 意大利南部,西西里岛的首府。

③ Mário de Sá-Carneiro,葡萄牙作家,于1912年来到巴黎,在旅居巴黎期间,曾跟一位年轻的巴黎女孩热恋过,后来在1916年于巴黎自杀。

④ Strychmine,一种非常烈的药物。

⑤ 真正的"提安奴宫"位于梵尔赛宫之内,路易十四、俄国的彼得大帝以及拿破仑的玛莉皇后亦曾居住其中。

⑥ 以上都是皮加勒一带的酒吧,它们的名字令人联想到一些诗意的画面,实际却是有性感侍女招待的酒吧。

⑦ 也是酒吧。

⑧ 也是一家风月场所。

⑨ 古希腊的仙子,她把尤利西斯的水手困在一个岛上。上述的三个名字也是皮加勒一带的风月场所名称。

等等让人瞥见了更世俗的喜乐：那是一些粉红色的灯光，一些采用了贝壳造形的明亮光管，但它们都尽可能地调到最低的亮度，珊瑚红的绒布就像电影院的一样，于是那些放荡的仙女，半裸的希腊水仙子就不会让人忘记她们真实的女性面孔，而如果能令客人幻化成尤利西斯的同伴，他们就会干脆一起沉溺到酒精中去。

四月的一个夜，就在午夜之前，借着"卡涅凤"在日落后拉开窗帘的橱窗，我察看到《赤裸的马哈》①被一盏床头灯照亮了。就像安哲安尼奥·多斯②在论到如同被所有的手搉打过的一幅幅名画那样，"评论的工作，在绕了一个大圈后，又变回了一度以俗气先行的老生常谈了"。

之所以在那个晚上折返回到"卡涅凤"去，主要是因为摄影术的出现，我在那样的一个装饰中看到了我们能在戈雅画作中找到的一个部份。我的提案首先引来了一点讶异，然后像一个赌局般被接受了，应约的是索妮亚③，一个对自己的胸脯非常自负的女孩，她希望在老板朋友提议的画面前面摆出一个美丽的姿势，而她更希望的是对戈雅的模特儿有更深的了解：这样的一个提议应该会叫波德莱尔感到欣喜，因为它听来能令红灯区跟美术馆相混淆。

于是我为了第二个场景，以及为了一节美术史课而再回到那里去。"卡涅凤"的女孩还记得的话，她们今天应该会知道，对戈雅千依百顺的模特儿，其实就是他的朋友，阿尔贝女公爵。她应该于 1800 年在一个穿着衣服的版本中为画家作

---

① *La Maja desnuda*，戈雅的画作全名，热拉尔在一间酒吧里面看到了这张画的复制品，于是就萌生了为它和一位女侍拍照的想法。
② Eugenio d'Ors，西班牙的重要评论家，主要评论巴洛克时期。
③ 热拉尔拍摄照片的酒吧女郎。

过一次模特儿，但无庸置疑，戈雅在绘画裸体版本时，自始至终也一直未曾见过女公爵那分得很开的细小乳房。她应该曾经将两张画作重迭放在公寓最深处的房间，但多亏一次诉讼，一位机械工程师将《赤裸的马哈》摘走了并让它重见天日。女公爵应该在很年轻时就已经过世，但在她永远歇息着的图像世界却依然凝视着我们，而且是直直地看着我们。

## 安格尔的土耳其女侍①和小提琴②

从土耳其的房间到黑房，女侍最少丢失了一节甚至三节椎骨；从绘画到摄影，她到处踱步如一张飞毡；从一套语言，到另一套，她赢得了一个 S 字，看起来就似跟她身体曲线亲密地缔结在一起。

从房间开始，在土耳其语里称作 Oda，为我们衍生出法语中的派生词 odalique，从 1830 年起，又变成了 odalisque。它并不指涉那种因我们太容易想入非非而联想到的用作取乐的奴隶（在《东方游记》中，奈瓦尔已就这问题写过，在欧洲，我们自以为是地生产了许多错误的观念），而是指那些服侍苏丹宠妃的未婚女性。姑勿论职业如何称呼，她们完美的曲线和无精打采的姿态才是我们需希冀关心的，除此之外，也需要明白，史实对我们而言已比不上它所演变出的遐想内容重要，也比不上它在美术史中所派生出的形象重要。她们那永不腐朽

① Odalisque，正如热拉尔在文中指出，法语将这个词译成"女奴"于是产生了一种令人想入非非的意思。而事实上，这个词的准确意思应该是指在宫廷中专门服侍皇后、姬妾的女侍。

② 安格尔的小提琴，在法语里，是指"业余"，因为安格尔除了画画以外，也演奏小提琴。

的肉体,永恒的青春受到想象的保护,一如她们在由女性、芬芳、织物、音乐,还有私语和爱抚所组成的世界里,能够免于除了观画者之外,一切肆无忌惮的目光侵扰一样。在那里,她们如同温室的花卉一般绽放。远离粗暴的白日、噪音和街道,女侍存在于时间所不能侵扰的地方:这就是为什么她们暗示着天堂的原因,然而这些天堂却是完全人工和虚拟化了的,目的是为了攫取审美家的喜悦。

在她们和我们之间的距离,并非因苏丹的无形存在而产生,而是通过画家们的目光。其中一位称为"安格尔先生"的,他更因毕生都筹谋着要画一张称为《土耳其浴》的作品而变得知名,这张画就在他刚完成了《黄金时代》之后就开始着手进行。在那之前,他曾研习过一个又一个人体,从浴女到奴隶,由 1808 年的《瓦勒朋颂浴女》开始,我们已经能在他的画里看到摄影般的精准,甚至会误以为,那张画是否是由黑白胶卷冲洗出来的。二十年后,被挪到一间后宫的,就正是这个浴女,那是一张在颈上依然系有头巾的背面图,她依然坐在同一张床单上,柔滑得几乎可以拿到教堂里去覆盖祭台,也同样可以拿到睡房去作床单。唯一不同的是背景悄微有点变动:瘦削的瓦勒朋颂喷泉变成了一个真正的浴缸,而围在主角周围的配角们,都或多或少地脱去了衣履。在 1814 年绘画《大女侍》时,安格尔只是调动了那些吊帘,以及在模特儿手中添了一块羽扇而已。他就这样调节了那个在沙发上支颐转向他,犹如泰坦族的维纳斯①的女子。这姿态的确可以追溯到非常久远,因为我们在伊特鲁里亚②的石棺上已经可以找到,而生

① 希腊神话之中,在奥林匹亚众神之前的众神。
② Etrusques,最早构成罗马城人口的三个种族之一,他们经商、崇尚宗教,因此伊特鲁里亚人于罗马城创建时在文化方面有重要的贡献,可惜后来却被好勇善战的其他民族所取缔。

命,在变成草地上的午餐①之前其实是一场盛宴。

　　画中女郎的脸孔几乎就是《女侍和奴仆》在 1839 年与 1842 年的两个版本里的那张脸；更加无精打采，跟《大女侍》经受着同样的疏离，然而这次，我们却不能再数算椎骨，仿佛安格尔曾花过心思刻意避开那些论战②，而根据他固持非常的原则，更有效深入到"线条以外"和"以自然本身去修正自然"③的层次。跟戈雅一样，让一位公爵夫人穿上衣服又或是连一把扇子也不用作遮掩地赤裸着，就像柯洛以玛莉埃塔④来绘画罗马宫廷的姬妾，又如马耐令奥林匹亚⑤只剩下一个虚名，让她跟神话重新连上关系，又让她颈上的彩带覆盖其裸体：由一个能追溯到远古时代的主题而延伸出的无止尽的变化，但这主题却又在我们企图将它移植到光天白日底下时，自图画的世界消失了，因为画中人物对一袭寒意的恐惧跟她对一束阳光的恐惧一样，甚至，或者，也跟她对罗马神话中，人身羊足，头上长角的牧神⑥的恐惧一样。

　　曼·雷⑦将整个故事归纳到一眨眼之中，在一件带有颂扬意味的仿制品之中：浴女就像 1808 年那样端坐，重新找回

---

① 指马耐(Manet)的著名画作《草地上午餐》(*Le déjeuner sur l'herbe*)。

② 指后世人因绘画的写实性所作的论战。

③ 安格尔的语句。说明我们并不是现实或自然的奴隶。

④ 让-巴蒂斯·卡米耶·柯洛(Jean-Baptiste Camille Corot)，法国 18、19 世纪著名风景画家。玛莉埃塔 (Marietta) 是柯洛的模特儿，柯洛也画过一张躺在沙发上的女奴。

⑤ 指马内的名画《奥林匹亚》，画中的模特儿是一位妓女，旁边有一位黑人女侍在侍候。像《草地上野餐》一样，此画在当时引起了许多争议。

⑥ 牧神(Faune)是一个拥有极强性欲的神话角色，而它却经常在室外出现。热拉尔以它点出，在这一段所谈到的，一直被历代的艺术家以隐晦方式处理的主题，就是"性"。

⑦ 20 世纪初，活跃于巴黎的美国艺术家。曼·雷多才多艺，而主要创作是绘画和摄影。

了她的头巾;两节椎骨之间,则富有艺术性地移了位,我们在及腰的高度上看到了一张小提琴的"F — 孔",明显正是属于安格尔的那一架①。

这音乐室的相同视觉价值暗示着一种如琴弓摩擦声般复杂的纤巧触觉,将我们带回源头,并将模特儿重新放置到她熟悉,又或者说,自然的元素当中。此外,它同时提醒着我们,摄影继承了另一种方式的裸体探研。

多得几乎跟中世纪的圣母像一样(我们在想象风景的装饰物中已不止一次发现她是其中最多元、可塑性最丰富的主题),女侍曾跟着摄影师旅行,而摄影师却未能在原先的地方找到她们,这些地方包括非洲,也包括日本,但几乎都是室内:户外的裸体往往会因为荒谬感、学院主义或粗鄙性的影响而蒙上一重阴影,特别是在千堆浪和花千树之中。

因着力量,摄影能够忠于解剖理论,然而在女侍的个案中,摄影则能强调其如同脸部曲线般丰富的背部,从而避开了它因忠于解剖学而产生的平淡无奇,借着摆脱一些数目有限的饰物、一些有利构图的挂帘、一些动作或一些姿势,将画面变成一套既有节制,又完美地符号化的语法,犹如在古典诗歌里,我们执著于一个规矩的形式,而其中无限的变化则从属于一个固定框架。借此,我们可以赏玩,却不知道怎样才能完全地从这框架里跨越出去。也是因为这个原因,手部的编排,搭放在太阳穴或者交缠在颈背上,至少令双手不再用作遮掩性器官,这方法遵循着一些少数的造型,例如将双腿交叉重迭,又或者自胸部以上稍微抬高,或多或少地躬身,让一种忧郁从裸体身上表现出来。

―――――――――

① 因为对安格尔而言,小提琴带有"业余"的意思。

一个独处的女侍往往令人感到最深的孤单,而如果我们能够接受另一些女性伴随在其左右,那么在摄影师(或是那位之后取代摄影师的位置,以消遣的心情去凝视画面的某人)以外的另一位男性的存在,则应该会将铺展着想象美梦的空间彻底阻塞:这包括了当我们的视线与画中女郎相遇时,希冀着她能忖度出我们的存在而产生的想象空间。

如同闲坐在岸滨的人鱼,当然更具肉感且更真实,女侍正好是另一个世界的边缘:遥远的地带又或者私密的梦,这永远都是摄影术不允许逾越的界线,一根在一切意义上,我们"被禁制"的门槛。如果有一位神灵能暗示出一所所坐落在任何世界的房间、厅堂或妓院,并且让我们能够参看当中所有或者几乎所有,从而满足我们,这样的空间,也同样是一个富有隐喻的地方。就这点来看,真正封闭的房间,应该就是摄影的黑房,在里面每个细节都跟整体同样重要:一个发饰、一双拖鞋、一束鲜花,一块从面上或背上徐徐掉落,突显肩膀的重要性又能令人联想到衣物的布料,往往都能为裸体的内容反复加深一种新义,例如胯部,或者腰背。身体的纹章学,它令我们可以在一个又一个的固定焦点前译码,有时更包括性器官上的一束毛发。

这一抹阴影是摄影师的盲点,但对我们则是一种童年的记忆,特别是希望一窥全豹,却又往往未能敢于注视的那种龌龊心思。对某个时期的印象总觉得记忆犹新,在那时,女孩们有时会突然掀起裙子挑逗我们,就像在摄影机前摘去布幕的摄影师①。

---

① 19世纪的摄影师要提起布幕把头埋到布里去拍照,这就像女孩掀起裙子挑逗男孩一样。

## 一种由图像组成的思想

开始旅行时,最早的一批摄影师已经被光线所吸引,仿佛他们忽然忆及,在太初,图像不过都是些投落在墙壁或是地上的影子。新一代的"崇拜太阳者",就像波德莱尔抱着同等的怀疑与讽刺这样称呼他们。他们都到过北非、耶路撒冷和尼罗河畔,并将海市蜃楼和绿洲带进黑房。然后,他们借助废墟和棕榈树的巨大阴影,将沙漠的风沙转化成钟面,叫我仍然能在上面读出时间。

借着潘提·沙玛拉提①,在一个没有影子,只有两个漫长季节的极远国度:冬天,在这里漫无止尽;而夏天,当冰块开始崩解,就仿佛有鸡蛋被敲碎。如果我们会以惊异的心情看待世界的尽头,这称作芬兰的地极,那首先是因为,我们之前未曾浸淫在这片人迹罕至的地区的图像中,另外也是因为黑与白的比例在这里看似比在任何地方都更恰切、更忠于现实。最后,亦是因为从一个季节到另一个季节,一切价值都仿似被颠倒了:在冬天是黑色落在白色上面,就像犬只和行人,他们的身形轮廓印在书上,但在夏天,却是白色落在黑色之上,如同立在树林阴影前面,侧身轮廓泛着光辉的兔子。视象从负片过渡到正片,而它亦包纳了季节的变换。至于结了霜的树木、歪斜的棚屋、经常看似抛锚停泊的卡车,它们都产生出一种感觉,人和动物都在同一处境中同病相怜,一起在一间洞开于风霜底下的小客栈里露宿。

---

① Pentti Sammallahti,芬兰当代摄影艺术家。

　　沙玛拉提穿越过芬兰、卡累利阿①和俄罗斯的冬天，他亦同样到过爱尔兰、葡萄牙、摩洛哥、尼泊尔甚至日本，在路上一直怀着对光线的精确留心、对日夜交替之际的明显偏好，以及有时细腻得看似不真实的笔法。冬天，一切元素都回到他所属意的时节时，潘提回到北方的家以拍摄一切的面貌、一切的阶段，直到世界在这季节开始摇晃、瓦解。在一种所有事物都在崩溃的雪白深渊，如同让民众聚集在一起的布勒哲尔的画作一样，然而，潘提作品里的孤独感却更深刻，我们只能够相信，这大概是因为季节的影响。同样，他在葡萄牙拍的影像（这并不是唯一的例子）里，在一个迷失于阴霾天空和躁动沙丘之间的海岸的孤独者面前，我们亦同样能找到这相同的不安。在一条狭窄的缝隙之间，穿过天空和沙丘的光线，不过是一种短暂的光芒，就像从门缝里透进的光，然而这里的一扇门，却向着所有元素敞开。

　　总而言之，潘提的作品有一种对自然的真正感觉（以及一种具有塑造力的触觉，否则就不能产生作品），可是"自然"这个词本身甚是暧昧，因为它是一种历史的产物，人性化同时又地理化。远远称不上是一种对躁动避而远之的逃逸，也不是一种慰藉形式的封闭空间，"自然"有时其实是一组暴烈的力量，而人除了被动外无能为力。"自然"是一种带褶纹的沙漠、废墟、冰川、火山、漂浮的岛屿和滚动石头等物的储存空间，一种我们能在当中开辟道路却不知将通向何方的混沌，而潘提为我们呈现的，正是这未知的远方，地平线。

　　可是，地平线本身并非一条笔直的线：它是一条自我游移的曲线，在一片起码在我们的标准里不完全且不十分圆润的

---

① Carélie，北欧的一个地区，横贯于白海及芬兰湾，位于俄国以及芬兰之间。

地球上。潘提却忠于它的表面更甚于天文与学者。他忠于悖逆一切以及我们所看到的相反面貌，就像他在回忆一个罕见的、甚为饱满的视觉时刻时所讲述的一样。

> 我发现自己在一个怪石嶙峋的小岛上，于是我明白地平线并不是圆的，而是一块被巨大拱穹覆盖着的台架。而且，这台架还微微下陷；海洋尽处的界限上升得比岛屿的岸滨还要高。

> 我就在苍穹的最高点之下，在拱穹的焦点上，决定了不要动弹分毫。在此一刻，我突然抓住旁边那块石头、岸滨的舟楫、航行于天际的白云，以及候鸟们突显出的文字等事物对我所言说的一切。

> 一切看来都各得其所，甚至包括操持着微不足道差使的人类。正是这种感悟让我明白摄影师工作最重要的元素，既非创造力亦非想象，而是观看以及对被观看事物还以公正的诚意。于是我明白了我们并不是在拍摄照片，只不过是在领受。

自从明白了这毫无半点夸张，包含其它启迪的应许，包含一种"觉悟"①，让我们在掏空自己将之接纳，不去对摄影再作苛求，而反过来重新起步的简单道理之后，我们就可以明白为什么潘提会选择这样的一种摄影技巧：全景照相机②，唯一能将这弯曲的视界，将直到世界边缘的一切都保持平衡并加以复原的机器；另外，还有在这存放照片的小匣子里，同时用作

---

① 原文为 Satori，佛教的"悟"。
② 潘提在一篇文章里说过，靠着全景照相机，他能拍到真地平线，这能够在尘世上让我们看到的，上苍的线条。

产生出溶雪、冰雪,冷和暖等不同调子的纸张。

潘提的世界是一个脆弱的世界。这并不是因为他摄下的影像可以替伊索或拉封丹作插画(说实在的,我们并不知道是否有任何文章用过这样的插画),而是因为它们的灵感泉源皆来自身边的事物。

倘若细心观看这些已经享负盛名的照片,它们以寓言的手法,为我们呈现出一头端坐在雪地摩托里的狗:这是世界的帝皇,它品味着它全新的权力,其中一个同伴绕着它打转的同时吠叫,而另一个则因疲倦或战败正离去。我们能够清楚地看到摄影对象向我们呈现出的一切人性情感,然而最震撼人心的,却是那些动物的"登场",它们的奥妙以及尊严,它们跟我们近似却又自成系统的生命。在一种完美的构图、一种人类希冀的几何学中,由于人的权力就在那里,我们因着一个完美提出的问题,而被哑谜的光芒攫住。我们于是发现自己竟处于一种离摄影十万八千里的范畴,一个由狗博士、穿衣服的畜类,或者一些离开主人独立生活的走兽组成的动物世界。

我们在树影轮廓荫庇下的尼泊尔猴子面前亦有相同的经验:它以一种古犹太律法家、狮身人面兽以及我们刻意表现出的东方智者的姿态(在没有装饰物时,动物本身不过是它们所隶属的文明的一些形式),将我们置于这种混合,当中包含了盲目和自由,也包含了为我们内在生命赋予力量的无声质问。这质问突然令我记起拉封丹所写的一行令人欣羡的诗句,它几乎归纳了拉封丹的一切哲学:"一个能够思考的人并不能让自己去认知。"

如果思考的开始是惊愕(而无疑它的终点也是一样),那么我们应感谢潘提在一只狗的失神目光又或者是它的惊喜中,在一个路人或一只飞翔的鸟面前,以图像的形式将之向我们呈现。在这些瞬间，面貌不一的动物对我们而言都变得无差别了。那头在车站的狗，那头逃跑的狗跟一位沉思者，这同样有发肤，同样会昏乱，同样对翅膀振动的美感产生感觉的主体，已再不存有任何差别了。

在几个世纪之间，我们不停反省动物是否也拥有灵魂，是否由本能所牵引，一如由发条所左右，是上帝的造物或是人类的奴隶。我不知道潘提是否也反省过这些问题，但我知道这在他拍摄的瞬间都消弭于无形，因为视角的尖锐就是一种思考形式。影像换句话说不过是一滩沉睡的水，它有动态的表面，因为一切的事物都按着我们的欲望和意识投影在上面。

我愿意去相信潘提有一个清澈而慎密的心灵，犹如马拉美所说的中国人，又或者，像我们在看到某些画面时联想到的松尾芭蕉①：并不单是因为他曾为了感受那些最细腻的感觉而踏遍了披着皑皑白雪的日本，更是因为他从最有名的俳句的十七言体中，联想到一只青蛙的投水。

在一轮蒙上阴影仿似东方月亮的太阳表面，潘提再次找到了这变成了蟾蜍的青蛙（但对于活在朦胧之中的人们，两者竟相差无几），它为自己跨越了许多个世纪，同时，又对那观察自己的目光，由一位诗人过渡到一位摄影师而感到惊讶。至于我们，尽管积累了学问和令人骄傲的科技，实际却无任何改变。这事实的证据，就是当我们企图将自己鼓涨得像牛一般巨大的时候②，"自然"往往就会在第一时间，施予最快的报应。

---

① 17世纪日本著名俳句大师。
② 出自拉封丹的寓言，故事中的青蛙企图将自己吹成牛一般巨大，最后爆裂而死。在法国，人们用这故事比拟自夸的、不自量力的人。

## 没有脸孔的躯体

重新临到个体身上的时光是一位低劣的摄影师，因为它必定伴随着模糊的记忆。而在其演出的死神舞中，它并不完全是令我们感到最痛苦的元素。它的智慧跟高龄一样久远而且丰厚，于是我们的个性对它来说，完全能够互相替换：临到我们面部的时光将要捣蛋，于是脸庞将会因傲慢而消瘦，又或者因虚妄而肿胀。

或许是因为漠视爱好者的建议，拍摄人体照的伊莎贝·梅诺芝①几乎从不把脸孔拍上，但她裁剪头部之举却不包含半点激进的意味。伊莎贝对比例的触觉是如此准确，而她的光线又是如此柔和，所以我们一开始并不会联想到茱蒂丝②，而是会联想到一种以自然方式修正的想象，特别是在那间漆黑且叫人嗜睡的房间里，她将身躯的细节放大时所产生的情色意味③。

在一间大小跟舞蹈室相若的房间，伊莎贝将时间变成了一位审美家。时间放慢了脚步以跟随我们去凝视那些惯于在我们面前飞快流逝的东西：情侣们的依偎和相背转的擦身，逐点逐点地治疗着一个又一个受伤的个体，仿佛不可能再会旧病复发。

伊莎贝很早就已经从事摄影，就像所有很早就拥有照相机的家庭一样（而她家族个案则是由一位叫做伊万，后来更因

---

① Isabel Muñoz，西班牙摄影师，1951 年生于马德里，其作品主要藏于巴黎欧洲摄影馆以及纽约新当代艺术博物馆。

② Judith，在旧约圣经中砍去敌人头颅的女英雄。

③ 伊莎贝的作品多为人体摄影，她一般强调人的体态，但却从不把脸孔拍上。

一双漂亮的西班牙眼睛而改名为胡安·德·柯洛钦的俄罗斯
祖辈开始的。胡安后来更为家族留下了一本满载他见闻的照
相本子），然而伊莎贝亦惯于将摄影视为一种使命，因为在经
过长时间的思索后，她发现自己事实上是借着摄影来跟另一
个自己争战：在她严谨的构图里，能看到对抽象的偏爱，就像
古代那些在闲暇时间仍不忘阅读朴素线条的大师，他们宁愿
收取黄金，也不去计较作品上的那个签名。

　　完美主义者，伊莎贝对这门手艺的认识无人能及，而在美
国罗切斯特的数次旅居，则令她在马德里所学的一切终得完
满，让她得以开展自己的事业。仿佛她事先已听到，世人批评
摄影虽然是一种艺术，却偏向过于冷静的指责。借着选择模
特儿还有他们的服饰，借着亲自准备冲洗用纸，借着调节化学
药剂以获得一种深邃得像皮裘一般诱人的黑色，伊莎贝成功
地制造出一种质感的错觉。她首个展览以西班牙文
"Toques"①为题，这个词甚至可视为她日后为自己一生所定
下的挑战。

　　伊莎贝干活时跟从前的画匠绝无分别：她的影像总是那
么梗概，仿似作过了一遍精神上的润饰，然后，这些影像能在
自然的背景或是摄影工作室的裸体拍摄过程中，以想象为主
调的场景，发挥转化的作用。于是，每个出现在伊莎贝照片里
的人，既是一种回忆，也是一种幻想，以至不能再分辨出照片
里的，到底是日光还是灯光；模特儿的姿势是经过安排，还是
出于自然。

　　伊莎贝幻想中的事物首先跟童年时代自她眼底流过的东
西有关：遮盖在花边底下的女性胴体，她们劣质的裙摆在光线

---

① 　意为"触摸"。

下变成了后妃的衣饰。然后渐渐地，就像是转换舞步或舞伴时连接的步子一样，这些童年时代的东西便开拓了她的眼光：当然，她对西班牙世界依然忠实（她拍摄弗拉门戈的照片让我们感到音乐的荡漾，还有身体的颤动，狂迷而且变幻不定），而当我们沿溯那跟西班牙有关的足迹时，还可以找到她在新大陆的阿拉伯气质，就像东方舞蹈和阿根廷探戈之中，一抹随时间转动的阴影；至于舞蹈本身，那激烈与感恩相混合的躯体，则不但把舞蹈升华到一种跟躯体结合的颂扬，而且还歌颂了精神的沉醉。

梦寐的素材虽然缩小了，但伊莎贝的摄影却让我们得见肉体的华丽；至于那袭庄严同时又显得拱肩缩颈的公主服，其实是一件从油画①中取下的圣人遗服，尽管它经过了时间的修饰和磨蚀，但仍然在一位女舞者的腰部四周，在一位斗牛勇士的肩上闪亮。多亏在观察事物时的宽容，伊莎贝替她的所有人物都披戴上光华，无论是在塞维利亚的皇宫或是开罗的咖啡馆里面，在黄金或是污垢之中。一种至臻完美的艺术，它均匀地造就的光线，一语蔽之——古典。

## 最轻巧的行李

亨利·卡蒂尔-布列松②曾带着他那轻巧的行李四处旅行。

说起这事，并不单单为了令大家联想到有名的莱卡，那轻巧的魔法盒让他得以变成闹市中的隐形人，避开所有的腿足，

---

① 指西班牙 18 世纪画家委拉斯开兹（Velázquez）画作中经常出现的盛装小孩，热拉尔认为伊莎贝在无意中受到了委拉斯开兹的影响而不自知。
② Henri Cartier-Bresson，文化大革命时来到中国的罕见的欧洲摄影师。

远离借着拉线来教导我们透视法的学院派人士,而由安德烈·皮依赫·德·梦迪亚戈作伴,在欧洲的公路上来来往往;之后,亚洲的道路让他经历了许多的事件①,路上的场景向他呈现,整个世界仿佛变成了一座露天的大工作室。

当然,在他之前,印象派画家已经在河畔,在牧地架起了三脚画架,光线在这些地方落下如同露水,然而他们的世界却像一个永恒的周日,只有照相术才能呈现出其他工作日。然后,尽管布列松对绘画有一定的热情,但我们很难想像他的一生会被画架所羁绊。在跟风景相对的所有时间里,或许会被好奇围观的人打扰,会因胡蜂而败兴,并最终将拍出一张陈腔滥调的坏照。对这好动、爱热闹的佛教徒而言,一切姿势永远都太拘谨,而器材也总是太沉重。

最轻巧的行李,这是个不能自学的古老课题,一旦将之领会,它就会在任何时地伴随我们左右;它令布列松比任何人都更能隐藏、消除自己,更好地捕捉每个瞬间,且为快镜赋予一种感觉;看到阿尔贝托·贾克梅蒂以其与雕塑相同的步姿走路,还有福克纳只穿着衬衫经营他的想象;在云彩和印度的烟雾中观看,在一只划出一个圆圈、一个命运图案的孔雀身上观看……这正是古代大师们的课题,为他的黑房招徕了一定数量的黄金,又恰好不知不觉地阐释了德拉克洛瓦关于"绘画机械"的论点,既纠正了肉眼的错误同时也消除了教学的盲点:

达盖尔摄影法②并不是纯粹用透明纸描画的

---

① 他甚至为甘地拍下最后一张照片,就在甘地死前的二十分钟。
② Le daguerréotype,又名"银版摄影法",是法国巴黎一家著名歌剧院的首席布景画家达盖尔于 1839 年发明的利用水银蒸汽对曝光的银盐涂面进行显影的方法。

图，它是事物的镜子；在描模自然的绘画里，总有一些细节几乎经常被人忽略，它们实际拥有一种重要的个性，且在构图过程的整个认知中能够诠释出艺术家自己——光影伴随着它们的坚实或松散的确切程度在照片中显现出来，还有它们之间的极细微区别，而一旦失去了这些区别，照片将丧失它的立体感。

回到绘画上去，就像布列松人生最后几年所作的一样，其实是将镜子击碎，并用裸眼观看，换言之，就是接受世界的失误，还有我们的缺憾。

摄影有时实际是对杂乱外貌的沉思，而不是一开始就下定了决心的不断逃避，对布列松的反叛个性而言，摄影最终让他寻回了一种自由的形式。

亨利·卡蒂尔-布列松的全部风格都能在他的文章中找到：见证、传奇或献辞，这些往往都是短小的艺术精品，一种成功的即兴表演，这多亏一种在方法上几乎不会犯错的触觉（就像在听完巴赫的《大提琴手续篇》之后一下子抓住的感觉一样①："这是死亡之前，一曲为舞蹈奏出的音乐"），这触觉也正是拍照时，在决定性的一刻需要拥有的品味，尽管当中的润饰和修改令艺术家的手艺稍稍失去了一点神采。

多亏忒利亚德②出版了这本深具纪念价值的《决定瞬间》③，它在向我们展现优秀的书籍设计艺术同时，也让布列

---

① Une suit pour violoncelle seul，热拉尔和布列松曾一起听过这歌曲的演奏，在演奏完毕后，布列松对热拉尔说，这音乐正好可以用在死前聆听。

② Tériade，一家专门出版摄影书籍的出版社。

③ 布列松的相集。

松发现了自己这份额外的天赋。布列松写下的那篇序言几乎是对摄影者极重要的参考,而它今天仍然值得我们以一种更宏观的方法去阅读:就像一门完整的诗艺。同样,我们需要一读再读他在接受访问时所表现的那些强硬,当谈到让·雷诺阿①时,他动用了其隐秘而准确,充满幽默感和感染力的记忆;而对于古巴的见证亦非常中肯,例如他比任何人都更能看清卡斯特罗②在最初几年的统治,他的洞见,无论如何都要比许多从事特务工作的作家优秀。

亨利·卡蒂尔-布列松用中国水墨书写,这无疑是因为中国水墨是一种不能以水掺和的墨。而现在,多亏传真技术的发明,莱卡摄影机结果变成了一种书写工具。由于布列松并不讨厌机械,他对机械的要求是轻巧而且便捷,这也就是说,它们必须能够让摄影师捕捉住瞬间。

能准确将焦点锁住是另外一回事,在这个过程中,肉眼并不足够,有时还得摒住呼吸。但我们知道,如果布列松是一个没有规尺的几何学家,他同样亦会是一位杰出的射手。

## 对事物的精确回归

亨利·卡蒂尔-布列松所走过的路对他而言,不过是绘画和摄影之间的一些暧昧而迷人的关系,这两种艺术形式怒目相视已经差不多两个世纪了。

---

① 著名印象派画家奥古斯特·雷诺阿(Auguste Renoir)的次子,法国 20 世上半叶的重要导演。
② 古巴总统。

　　一切都是由德拉克洛瓦、波德莱尔和杜米耶①开始的。德拉克洛瓦将达盖尔照相机视为一面镜子，在其中，明和暗都比绘画本身有更丰富的立体感；波德莱尔则担心摄影会变成蹩脚画家的避难所；还有杜米耶所绘画的，在氢气球上的纳达尔②，令摄影难以提升到其它严肃艺术行列。这些想法则由德加以及他在剧台后的杂技式俯摄汇集大成，他特别为了捕捉灯光的反射而没有将他的机械暴露在灯光的热能下。一切又伴随着时代的转变而变质，特别是在摄影开始为模特儿们专门拍摄学院式的姿态，又或者将风景以一种惯常的艺术朦胧效果去扭曲的时候。最后，一切又像绘画一样变质，因着一种速度而变得眼花缭乱，为了跟摄影争一日之长短，绘画甚至抛弃了解剖学来追求动作的分解，就像是要见证动作中的机械化，寻找一台近乎僵硬与紧绷的机器人，一具太有名的步下台阶的裸体。

　　更糟糕的还在后面，当绘画变成一座陷入重围的堡垒之后，许多的画师都以绝望的能量将自己折叠起来，从而放弃那自始至终也是他们生存理由的真理。于是画室的墙壁就变成了他们的地平线，他们仿佛都在竞相发明，去为巴尔扎克的《无名杰作》作批注插图，只是这回却变成了梵浩法③情结的受害者。我们从中看到取代了画笔的镘刀，符号则被贬为涂鸦，而《达芬奇笔记》的引文被饰上光环，它上面的一点污渍始

---

① 奥诺雷·杜米耶（Honoré Duamier），法国19世纪版画家、漫画家、雕塑家，作品以讽刺当时社会及政治事务为主。
② Nadar，19世纪的摄影师，也是第一个利用氢气球升天去拍照的摄影师。杜米耶于是就画了一张纳达尔坐氢气球升空的画作。
③ Frenhofer，巴尔扎克作品《无名杰作》（Le chef-d'oeuvre inconnu）的主角，一位绘画只有他自己才看得见的作品的艺术家。

终如一①,仿佛这位意大利伟人的艺术成就和思想都被缩减为一种近视。

总括而言,我们正在陷入概念之中,就像从一个错误陷入另一个,然而命运的奚落却启发了美术史的灵感(这远远不能被视为首次)②,当有那么多的画家以他们的地平线划地为牢时,电影就变成了流动画布最深处的墙壁,在上面,人文精神以表演的形式呈现出来,同时,摄影向四周打开了一个又一个窗户,它一方面接上了外面浩瀚的世界,另一方面则成为了许多房间的私密内心。

诚然,直到最近一个时期,摄影仍然被人视为一种二流、甚至更低的艺术,一种辅助的技术,一种实用的纪录,用在广告商品目录、杂志以及报章之上,作为替代挂镜线之用。我并无意夸大,亦不是要作理论宣言,但摄影事实上能够满足看清近物和极远物的欲望,令我们借着影像回想并且造梦,令我们沉默,特别是在这个言说的意义已变得空泛的时代。而摄影同时也不会消解事物的存在,它不会抹去一张脸的神态或者忧伤,亦不会消解这非常单纯却难于满足的交感喜悦,它将事物回归到拥有一种充满节制的情感比重的精确。

布列松的"天才一击"(因为他的出现就像横空出世)曾经是为了脱离学院(他当时是安德烈·洛特画室的成员)或有系统地自我封闭,他并不否定学院的伟大以及学院绘画的原始热情,也没有将皮埃罗·德拉·弗朗塞斯卡③、范·艾克和贝里尼从居高临下的价值阶梯上倒置的意思。就此而言,我们

---

① 达芬奇说,我们应当观察墙上的污渍,因为可以在当中看出伟大的画作。
② 因为摄影一开始不被视为艺术,但它却扮演了艺术的功能。
③ Piero della Francesca,15 世纪意大利画家,早期一位比较有系统地应用透视法的画家。

可以假设，当布列松去拜访伯纳尔和贾克梅蒂的时候，并不是单单为了替他们拍摄肖像：在这两位他所尊敬且当时仍然在生的艺术家身上，在他们忧心忡忡的目光或者画室的隐蔽处，他惊讶地发现古典大师的无形存在。

　　然而天才一击并不妨害美好的感触：布列松并没有刻意拍摄艺术照；他从来没有一刻相信过机械和化学能够取代感性，又或者从来没有相信过，他的第一台在非洲买下的照相机背后的霉菌其实是莱昂纳多①的隐藏签名；最后，他在回归到自我之前刻意绕了一个大圈②：他不无困难地让自己跟记者工作的世界扯上关系。虽然这些发现能激发出布列松对艺术的渴求，然而激情却未能阻止某些挫败的年月。他对摄影的一丝不苟，以及对从事艺术工作的那种忘恩负义的不安——哪怕它曾为他带来过莫大的荣光，但这无疑同样就是他对艺术感到失望的原因。然而，他又会否猜到，这种对事物的精准回归，以及一种他曾经也许没有梦想过的认知形式，竟像遭到命运介入的历史一样波澜壮阔？

　　无论他自觉与否，打从纳达尔和卡扎③之后，我们便开始追求这种对事物的精准回归，而围绕脸孔的，却正是摄影：多亏摄影，我们得以细察波德莱尔阴郁的目光、兰波斜视的眼睛，并同时相信能凿穿他们的奥秘。而如果我们希望去联想像古代水仙子一样的瓦莱里④，联想那看似像在端详毕加索

---

① 即，莱昂纳多·达芬奇（Leonardo da Vinci）。
② 首先是地理上的一大圈，因为布列松到过远东旅行、拍摄；其次是艺术上的回归，他从学画开始，然后摄影，但人生的最后年月，他又开始绘画。
③ Carjat，19 世纪的摄影师，他为兰波拍下其最广为流传的肖像。
④ Paul Valéry，法国 20 世纪象征诗人代表。布列松曾在瓦莱里的家中为其拍过一张照，照中有瓦莱里本人，然后旁边有瓦莱里的头像和镜中的反映像，就像希腊神话中水仙子的自恋故事一样。

的鸽子的马蒂斯,联想风华正茂的杜鲁门·卡波特①,我们就
已经回转到布列松的人像照上去了。即使某天这些艺术家的
作品被遗忘,人们还是可以一眼将他们认出,令他们在芸芸众
生中占一席位,不论这目光是来自一位法国农民、一个中国太
监或是墨西哥妓女。

那些紧随我们之后,渴求去认清我们这个时代的人:如果
没有被泛滥的图像和谎言所纠缠,如果没有跟所有的事物掺
和,他们将会借着布列松而明了,我们其实是因着马耐才会穿
戴贴身内衣在河边的草地上野餐;而他们更会清楚地认识到,
当我们希望在巴黎无拘无束地享乐时,有小孩在废墟里戏耍,
有人在苏维埃的俄国以鹅步行进,而美国则已成为了它自我
生成的恶魔的猎物,至于正在遭难的亚洲和南美洲,则仍然在
面纱之下成长。

从现在起,我们需要对后世的人说,这些图像并非刻意呈
现苦痛,它们只是不愿意取巧作弊,而希望将自己对"巧合"的
偏好,以及对"模拟"的触角变成服侍历史的作品;它们是一只
易怒的猫科动物,一头宽宏的巨大涉禽,这些作品清楚地知道
自己应怎样任由一个时代的旋涡将自己牵引,并在瞬间之内
凝住,再次诱发现实跟艺术联姻,又或者让它们老旧的争辩
沉潜。

这些影像将独自认识到,借着柯尔特兹②、布拉塞依③和
其它的一些艺术家,布列松攀上了一个始终悬空的席位,而艺

---

① Truman Capote,美国作家,在年轻的时候由布列松为他拍下一张照片,就在
　花草之中,所以热拉尔说"风华正茂"。
② André Kertész,20 世纪匈牙利裔的美藉摄影师。
③ 原名为乔于拉·哈拉兹(Gyula Halász),布拉塞依是他的别名。20 世纪匈牙
　利裔法国摄影师。

术，就像自然一样，都厌恶空洞。然而，这些艺术家的世界是黑白的，而绘画始终保留着它在色彩方面的优势。无可否认，由于摄影跟现实是如此接近（按照司汤达的说法，摄影比起小说，更能恰如其份地被称为沿着街道漫行的镜子），它需要这种具体且有纯粹实用价值的实时转载能力，以免陷入现实主义的粗鄙之中（这亦是因为色彩实际是一些实验室的产物）。

从戈雅的《狂想曲》和皮拉尼斯①的《监狱》起，摄影便同时开始忠于我们身上已然暗淡了的目光，因为物质在这些作品之中逐渐丧失：照相用的材质跟硝酸是如此接近，至于时代的材质，则跟它的黑斑很相似。

## K G

多亏威利·罗尼斯的摄影作品，它们在档案柜里沉睡了五十年，然后成为了重新变回人类形体的记忆囚徒：它们其中的一些在匍伏，另一些在午睡，还有一些在舔舐着伤口，而另外更有一些，它们不去看守自己的行李，却去周到地照顾忧愁者和浪人的手风琴，这手风琴的吹息将替代故乡的风。然而这却只是一些清脆的笑声与明亮的视线，谈不上是失而复得的旧物：在自我消散于人群之前，在重获自由犹如重见天日的夜鸟之前，必须作最后一次列队行走，排出新的行列迈向另外的歇脚处和另外的柜台，静候自己发送电报的机会。

战争始终是属于疲惫和闲散者的遥远国度，因此这些从远方归来的囚徒所要跨越的，事实上仅仅是一道疆界；尽管如

————————

① 原名为乔凡尼·巴提斯塔·皮拉尼斯（Giovanni Battista Piranesi），18 世纪威尼斯版画家、建筑师。

此,我们还是能发现他们不相称的发型、解开了钮扣的上装、带划痕的制服,件件都予人一种自噩梦中醒来、衣衫不整的错觉。

战争是一个遥远的国度,稀罕的消息在那里最初仅以只言片语的形式传出,然而,随着经年积累:在上一次烽火熄灭后的半个世纪,历史学家继续翻弄灰烬。那些以他们防卫的身躯卷入风暴的,并不是有最多话要说的人,而摄影的缄默则意识到他们的沉寂。我们不仅应该将这一页翻过,而且不应总想着向战俘训质;他们备受弥散的感情折磨,他们的不幸亦没什么值得颂扬;那些年月已经渺远,而这寄住在炼狱棚屋的生命亦不曾有任何英雄气慨。特别是,他们跟我们一样(当然,他们怀着一股罪疚感)渐渐明白到,自己所经历的,并不是最差的。这亦是为什么他们经常选择以隐蔽的字词在彼此之间窃窃私语的原因。

有很长一段时间,战争的消息只存留在黑房之中:那是一些迟来的照片,它们被放大的细节同样亦是一些阴森的默示。

然而威利·罗尼斯动人、准确而委婉的照片,在回溯的路途上被提取,人们在看到这些照片以后,都会将它们妥善安放在记忆的秘密处所,并同时交叠着一张熟悉的脸。至于我,则将它们放在一个木造的手提箱里,箱子上有两个木头打造的大楷字母,KG①,这箱子应该还在一间近郊房子的地窖之中。它由我父亲从德国带回来,里面就只存放了我们从他身上窃去的时间:新婚后的五年,1940 年 1 月,法兰西岛下着雪的一天。

---

① [法文版注] Kriegsgefangene 的缩写,德文意为战争囚犯。

## 一个活靶

现实和图像的关系就像面孔和面具,一张残忍的图像可以在满载人性的同时向人世致敬,在美学这片光漆底下,一副非常平滑的图像也能够将一段不可告人的暴力掩藏。佛教的地狱图、生成于奇异现象的大部份基督教肖像画都是这方面的完美说明,而某些世俗图像亦是如此。

我能够再次将它验证,正值某天站在公车站前随意翻开一本刚买的书时:《犹太人》,1964 年由罗伯·迪勒坡出版,这本书所属的系列里,还有《德国人》、《阿拉伯人》和《美国人》,作为该系列的最后一部,这本书乃是由于罗伯·法兰克的照片而享负盛名。在第 43 页里,有一张图片摄住了我的注意力,它甚至一时间掩盖了整本书的其它部份:那是一幅由一个写上了哥特体字母的圆框框住的图像,图中的年轻男子穿着一件坎肩和长靴,正以一个抛掷物瞄准另一个握着手杖、背着包袱准备逃跑的男人。在最初的几秒之间,我们可能会怀疑这是一张布勒哲尔①式的闹剧画,而如果右边人物受惊的神气没有实时驱散遐想的话,我们甚至可能会相信,这一张稚气无知、全然搞局的画作,大概是一种乡村赶集时的市井游戏。

当我的视线滑向 42 页底下时,我发现了一则完全确凿的传奇:"被投掷的靶子代表着犹太行脚商"在右手面的一页,回归到图像之上让我们看清它的含意:一幅反犹太的图像,绘画日期为 18 世纪末。图中的行脚商没有任何可能的脱身之计,

---

① Pieter Brueghel,比利时 16 世纪画家,画作中经常出现大量人物,这些近似漫画角色的人物在画中经常做着一些滑稽、荒唐的事情。

因为他被双重瞄准了：一方面在图中被村民以一块石头追击；而在图像之外，则被那些没有成功追击他的人锁定，因为，那块板上有许多黑色的洞，它们都是由一些散乱无章的子弹冲击所造成的，这些人都射失了，因为作为靶子中心的行脚商的脸，仍没有挨过子弹的痕迹。

图中，我们可以将之视为犹太人流浪图像起点的元素（这一幅描画了一个传奇人物的图像，突然载满了太现实的重量）竟离奇地拥有着基督教画的所有元素，而这都是展示丑恶的：那一圈哥特字体令人联想到，靶子上的同心圆是一圈荆棘造的冠冕，它因着木板上的子弹痕迹和黑色的印，述说着一种阴暗的荣耀，这些黑印就像许多丑恶的雀鸟，它们代替了惯常伴随喜乐的天使。然而这图像里却没有任何荣光将会到临，去救赎图中的那位殉道者：反倒是永死的承诺取代了希望的呼唤。

对于认识这则故事的我们，同样的图像实际是一卷福音书的反面插画，它宣告的是噩耗而不是福祉：对犹太人的迫害，在德国以及邻近的国家，我们今天因着 Shoah① 这一名词而认识这一切。我们知道第一批证人在向他人讲述的时候有多困难：他们宁愿将绝望的时代定作第零年而不是宣告新政开始为第一年。

这灾难时期的其中一个生还者者维克多·克林柏赫，这位犹太裔的德国无神论者、语言史文献学家，曾于当时秘密地保有一本日记用作记录他当时所经受的危难——他称作 L. T. I. (第三帝国的语言②)的特点和危机。然而，在这本需等

---

① 希伯来语中"灾难"的意思，指犹太人于二次大战时因纳粹党的清洗而所遭到的蹂躏。

② L. T. I. 是拉丁文"第三帝国的语言"的缩写。

到战后方获出版的著作中,他以下面的这段话去评论《我的奋斗》①里,希特勒有关反犹太人的章节:

> 在那些遭到隐瞒以及通篇作假的东西之外,有一样东西被强加灌输,仿如真相一样:这个完全毫无教养、不可靠的人首先采纳了鲁艾格尔②和绍奈尔③的观点树立政见,而在这此过程中,犹太人是被一种不屑一顾的市井目光审视的④。他因着加利西亚⑤行脚商的外形……而对犹太人怀有不可思议的幻想;他以一种极其肤浅的方式,四处散播抨击言论,针对穿着肮脏加里长袍者的外在仪表。

就像某些含有浓厚恐吓意味而又只追求表现的图像一样,在 30 年代,当有关犹太人的图画统统变成了一双丑恶的双重化身时,我们得以再次认清:图右边的那位角色拥有一张寄生虫般的身影;而左边则是资本主义者。如果这个矛盾没有存在过,它将不会因想象而撕开交织的面纱,更不会让这样的一张灾难图片荣耀地飘扬,尽管背后所代表的那些活生生的人,已然全数消逝。

---

① 希特勒的自传。
② Lueger,19 世纪末奥地利政治家,他的反犹太思想直接影响了希特勒。
③ 原名为 Georg Heinrich Schönerer,后称为 Georg Ritter von Schönerer。活跃于 19 世纪末、20 世纪初的奥地利政治家,也是反犹太主义者。
④ 在其他人的眼中,犹太人是不屑一顾的种族。
⑤ Galicie,加利西亚,今位于波兰及乌克兰境内,是过去中欧地区拥有很多犹太人口的地方。

# 坏 信 仰

> 呜呼！我们折断了你的脊梁
>
> 我可爱，我可怜的世纪
>
> ——奥西普·曼德尔施塔姆①，1923

希望，已然消亡，因为斯大林也是难免一死的凡夫。

多少有点含糊其辞，而且无法说清②，这就是数百万共产党人在他们的最爱，而且可能是燃亮他们未来的人去世时，所需要经受的折磨。这或许几乎已是个举世的丧礼，一个无疑在世上未曾有过的丧礼。当中出现了许多巨大、镶上黑边的头像，许多情感的表述还有礼拜仪式，许多必须的致敬，许多棺椁前的游行队伍，以及像圣水般的眼泪。

如果那条果虫在 1953 年灰暗的春天已存在于果子里面，这并不是因为我们担心罪行将会败露（或由官方承认）；不是因为担心需要对国家的反犹太主义作招认（我们将不会相信此事）；不是因为担心加快了的脚步会被中断，更不是担心阶级敌人的胜利或反动者会再次临到那些忘恩负义且信仰不同的兄弟邦国。然而我们仍可以继续静静地让自己盲目，特别是当怀着一种错觉，以为顺应着历史潮流，跟随着一条已经有迹可寻的道路前进的时候。

如果斯大林已去世，那是因为他只是个凡人。而这伴随

---

① Ossip Mandelstam，犹太裔俄国诗人，曾因政治迫害而两度被捕。热拉尔认为他是 20 世纪最伟大的诗人之一。

② 因为人们相信斯大林仿佛神人一样不会死亡，所以在他死时，人们难以相信，难以理解，仿佛这是一件毫不符合逻辑的事。

着一种明显的荒谬、不言而喻的蠢事，推翻了一则非明文规定，那就是领袖不死的问题。一个像世界以及它所引伸出的专制一样古老的问题，而苏联尽管从来没有声明过这样的法则，但他们却以一切方式将之呈现并且应用出来。这就是列宁用防腐方法保存的躯体，以及红场上的墓陵的意义，也是斯大林典礼的意义——每年人们总会派出少年代表团，还有让穿着白裙子的少女排到第一行去。我们都知道童话中的吃人妖魔以鲜肉作为自己的食粮，而四散在它身边的骸骨则是其生命力的象征。我们又怎能对这取代了沙皇，铲除了他的近亲，并在与希特勒结盟又反目之后，仍得以生存的男人不存半点信仰之情？我们又怎能不景仰这对死亡有一种神圣恐惧，但同时每天都与这恐惧以及其它恶势力搏斗的男人呢？

可是在这遗体面前，我们已不可能再为自己制造出幻象了：在这由障眼法构成的世界，现实的定律首次胜利了，在这历史结束的第二天，围绕着新人的寓言故事将开始响起空洞的颂歌。

这个事件应该以巨大的管风琴伴奏，还需要佐以苏联报章。而在法国，就像其它地方一样，亦无可避免。可是在《法国通信》里，那应该作为一位伟大悲剧演员的典礼却变成了灾难性的闹剧，因为这对没有握有权力的法国共产党而言是一次让他们将力量提升到顶峰的机会，而对已经决定宣誓效忠，在盛大的日子展示出他们的勾当，卑躬屈膝、无声恐吓，以及暗中敲诈，还有令这些关系变得正常化而提供志愿服务的知识分子，亦是一次难得的机会。

1953 年 3 月 12 日，阿拉贡主编的周刊在封面刊登了一张毕加索画的斯大林头像：那位毕加索同志，他在 1944 年 10 月的入党申请被《人道报》以五栏公开报导了——在七年前,党中央机关就《加尼卡》一画将毕加索以及他的美学评定为反社会,"跟无产阶级的精神全不相符。"①。

就像为了配合哀悼日的黑与白一样(而且是在当时的一份报刊),这炭笔画肖像有一种无可挑剔的机智,一种坚决的宽容:非常易于辨认的斯大林,尽管相对于他那可靠的精神,这头像显得有一点过于年轻。而如果毕加索在这画中真的弃用了惯常的苏维埃标记,他同样也放弃了个人风格中直接过渡到无视传统观念的一切。构图则是完全的古典主义:中间的头像由颂词和两个流泪的小偷②的叹息所框起。

在一篇题为《斯大林、马克思主义与科学》的文章里,左边的小偷③满口称颂"小父亲"的理论著作,叫我们继续对之珍重;弗雷德里克·约里奥-居里④这位科学家在 1945 年引用了保罗·朗之万⑤的提醒,并向我们承认,马克思主义让他明白了物理史。

右边的小偷则称作阿拉贡,他的语调跟左边的不同,以至于那借着唤起巴尔扎克之死以及雨果在《随见录》当中的情感,而开始产生的"抒情的"形容词在修饰对艾尔莎⑥之爱的震音时显得软弱无力,抑或太过高贵。

---

① 因为法共认为这画太抽象,不够写实,不能触动群众。
② 这借用了耶稣被钉十架时,身边同时有两个小偷一起被钉的典故。当日斯大林画象排在了在报纸的中央,而旁边则是阿拉贡的文章。热拉尔用耶稣钉十架时的小偷比作阿拉贡,为了表示阿拉贡对斯大林乃至法国共产党的盲目追随。
③ 指弗雷德里克·约里奥-居里。
④ Fédéric Joliot-Curie,物理学家,著名的居里夫人的女婿。
⑤ Paul Langevin,法国 20 世纪上半叶物理学家,朗之万动力学及朗之万方程的建立人,也是"反法西斯知识分子警觉委员会"的创始人之一。
⑥ 阿拉贡的太太,俄国人。

可是阿拉贡在一次谈到他母亲,将个人丧礼跟伟人丧礼作比较时继续向我们补充道"这不过是巴尔扎克。这始终是不一样的"。他以一种冷酷的方式,一种不合乎常规的忧伤来将个人和公众人物的丧礼相比较的方法实在教人难以忍受。战前,阿拉贡的母亲并非法国共产党员,她却明白儿子的想法。从战争初期开始,尽管不一定听过德意志与苏维埃之间的契约,但她也一样不会再对苏联共产党人抱有信心;然而在去世的床上(1942 年 3 月,在卡尊士),她不断反省着斯大林所讲的一切。这个几乎是"希望"同义词的名字"几乎是我从母亲口中听到的最后字词"。阿拉贡在写完这番话之后对斯大林作了五次道谢,然后精疲力竭地这样承认说,多亏斯大林,工人阶级才得以"扶摇直上"。

这些沉重的感情,官方诗人像律师在法庭上指手划脚地讲话一般,又是鞠躬又是甩袖的行径并没有令法共书记处感到意外,书记处在 3 月 18 日刊登了一篇通讯,之后一天再由《法国通讯》转载如下:

> 法国共产党书记处明确反对毕加索同志于 6 月 12 日在《法国通讯》绘画刊登的伟大的斯大林肖像。
>
> 伟大艺术家毕加索的情感是毋庸置疑的,任何人都知道他对工人阶级的热爱,法国共产党书记处对于作为中央委员会成员以及《法国通讯》主编,为现实主义艺术发展勇敢作战的阿拉贡同志竟首肯这次画像的刊登表示遗憾。
>
> 法国共产党书记处向实时对中央委员会表明不满的同志表示感谢与赞扬。每一封接获的信件将会被抄写一份副本并转寄给阿拉贡和毕加索两位

同志。

　　法国共产党书记处要求阿拉贡同志答应将这些
信函的重要段落刊登，它们将能贡献出一种正面的
批评。

　　确切地说，这则决断的公告比上面引用的几句阿拉贡的
句子更厉害，后来他更借着招认自己的错误而表达了对党的
感激之情。

　　一星期后，问题稍为延伸了，因为它在书记处的命令下，
牵涉刊登读者反对声音的问题：差不多有二十几封信，它们产
生了一种在一定数目的个体量感，跟这种在字里行间就能读
出一致性的范文相比，活在多元艺术时代的我们在意识到二
者之间的距离时，或多或少都会有一种幸福感。

　　读者们首先表现出惊讶，在未能给予艺术家半点尊敬的
态度面前，他们大部份都感到心痛。"这肖像并不能表达什么
（这说法不无道理）"，埃库恩（Ecouen）的小学教师 J. D. 夫人
这样投诉，"这样的一幅肖像并不是天才、不朽的斯大林的量
度"。拉法耶广场工作单位的成员一致反对①。至于来自蒙
鲁日（Montrouge）的 M. G. B. 则宣称，"这样的一个过错决不
应重蹈覆辙"。当然，这是就着斯大林死而复活，并再死一遍
的前题而言。某些人在他们的控辞中更为精辟地提出，这样
的一张画，怎么竟能在一份"民主的"报章上刊登。

　　这些人所一致哀叹的，是在毕加索的画内，竟不能找到群
众一直能够在斯大林脸上读到的一切：智慧、博爱、善良、热爱
人类等个性的闪光；温柔甚至带有幽默感的目光；一位卓越领

──────────

① 　法国共产党的基地。

袖的照片应该具备的全部特质。一位在雷诺汽车公司工作的
狂热份子这样承认："当一位工人谈论我们的斯大林同志时，
总不忘怀着敬意而不带半点幻想。"相信他的言论是出于自
愿，但就这点而言，我们却不能不想到曼德尔施塔姆的悲惨遭
遇。曼德尔施塔姆在 1943 年 5 月 13 日被逮捕，因为他在他
板壁太薄的公寓里，颂读了一首非常讽刺，以至于别人不能忍
受的诗。二十年后，对于大部份的法国人，狂热的抒情、颂扬
诗，仍没有可以质疑的空间。

然而，狂热份子的行囊远远未被掏空：第二股文学浪潮在
一声并不应该是偶然的命令下，以法国共产党的诠释角度，将
矛头直指所刊出的毕加索画作。夏尔维勒的罗苏瓦医生写
道，这是一次机会，去展开这个已经拖延了很长时间，有关党
与艺术之间关系的辩论。这亦是对福谢洪[①]而言，在有关毕
加索的美学形式主义以及苏维埃的现实主义辩论之后，一次
被切断了很久的辩论（毕加索窃取了福谢洪的饭碗还有他在
党内的崇高地位）。我们知道在一个刚强的个人信条之中，现
实主义就是为权力服务的同义词，一副将脸孔完全扭向仰望
未来的侧面面相[②]。

剩下的就只有享乐主义者、孤癖者、小资产阶级，以及在
前进的队伍中落于人后的人。就像乔治·拉波尔特——梅里
蒙当第二十小组政治书记以威吓的语调所呼吁的一样，对他
而言，所谓方向，实有小心计算的需要：

这些日子，工人们凭借忠诚在照片以及艺术家

---

① Fougeron，法国 20 世纪画家，因当时认同"社会现实主义"艺术而反对毕加索
　　的斯大林头像。
② 指法国共产党的宣传海报。

的作品中,寻找斯大林同志可敬可爱的轮廓。

　　他思想和面相中最细微的变质和调动都是不能原谅的。

　　我知道今天的艺术家都犹豫去为斯大林作画,尽管他们都才华洋溢,但他们都十分担心不能将斯大林同志的思想完全表达出来,也担心扭曲了他的轮廓。


我们明白这些艺术家的担忧,他们必须以双倍谨慎去反省。就像皮埃尔·戴克斯 3 月 12 日之后,在一篇题为《他让我们学懂了怎样去成长》,刊于第 2 页的文章里所说的一样:"斯大林不单将所有艺术创造的持续进展扔进谷底,还把一个不能割断的进程的起动元素清除了:评论,自我批评。①"

这份笨重的通讯,它的每个用语都细心权衡过轻重,而更值得注目的地方,是当中有关毕加索和阿拉贡的不同地位。前者是一位艺术家,诚然,他因有点过份不羁而面临着日渐可憎的危机(但他却能将鸽子画得那么好……),但他仍是一位配得上一定宽容的艺术家。然而他却急于享用这宽容以他惯常的潇洒,将次要情节概括为:"我为葬礼带上了花卉,但它却不能讨得家属欢心。②"

---

① ［法文版注］同一个皮埃尔·戴克斯,以他墙头草的清晰头脑,察觉到风向的转变,而他又经常做好准备,为第二个主人效力,于是他说了这样的最后一番话:"他们全部都想得到的,是一位皓首且令人放心的老头的可敬形象,一位宠爱子女的爸爸。"的确,在法国,这形象的确有一种似曾相识的神气。

② ［法文版注］毕加索说过,他能背诵勒内·本雅明(René Benjamin)的《孤独伟人》(*Grand homme seul*) 的全部段落,这是一篇歌颂马赫夏勒(Maréchal)的颂歌,毕加索认为,"它跟阿尔弗雷德·雅利(Alfred Jarry) 的诗歌一样美妙。"我们希望这些韵文也能对中央委员会的成员产生同样的效果,但却不能阻止中央委员会跟它的党卡片一起死亡。

阿拉贡的个案则更严重：我们从不以作家的头衔来称呼他，只经常将之视为中央委员会成员，以致只能记起他的责任。在槌子和铁砧之间被使唤，然而他却不会发出任何牢骚，只会机智地等待自己的时机，从而得以稍稍放任：他将等待二十五年，"布拉格之春"以及紧随而来的阴森夏日。

如果想到上面所谈到的，当时被限制，有时更是严禁谈论的一切，在某些国家，伴随着这样的一种讨论之后甚至会被立即定罪时，我们却没有打冷颤的话，那么，以上的这些事，就不过是全然的荒谬而已。那么，我们为何还要提起它们呢？

首先，是因为这些事或多或少被刻意①漠视了，又或者是掉进了遗忘的深渊，因此这些事情能再好不过地阐释图像的力量，特别是当这些图像被政治宣传所摆弄的时候。

其次，因为当我们联想到这些事时，它们总是不时激起一种不安的沉默，而在我们将之斥为纳粹政治中，容让日丹洛夫②去修饰阿尔诺·布莱克尔③的理想美学时，它们就会激起

---

① ［法文版注］就让·李斯塔特(Jean Ristat)的个案而言是刻意的。让·李斯塔特在一本1997年出版于"七星文库"的集子中写道："要明白在这场意识形态战里阿拉贡的立场，我们绝不能忘记他始终选择了为共产党的内部工作。"他甚至变成了一个我们称为"他的"斯大林主义效力的志愿者。他们不是甚至发明了一种"斯大林颂歌"，而他不就是这颂歌的作者吗？1953年3月19日在《人道报》刊出的诗作并不是出自阿拉贡之手……这跟勒科(Lecoeur)在1977年承认的正好相反。阿拉贡这样预道："我们书写50年代的历史，我肯定我们为自己制造了一个虚假影像，一个残缺不全的影像。"修正主义实际是一种永久的诱惑。于是我们都乐于为让·李斯塔特提供一次重读的机会，至少是以引文的形式，引自那篇阿拉贡亟欲变成颂歌的文章，但他却吐不出半个字。

② Jdanov，苏联雕塑家，开启了苏俄的雕塑风格。

③ Arno Breker，纳粹雕塑家，倍受纳粹政府欣赏，跟 Jdanov 一样，推崇壮丽、充满力量的造型艺术。

一阵如白尾海雕的鸣叫般尖锐的反对声。

如果我们将每个制度的企图,各方阵营异曲(却同工)的意识形态历史,甚至每个阵营令人毛骨悚然的牺牲者账目搁于一旁,仿佛每个制度并不是成就他人而是消除他人的话,这将会留下一个无可辩驳且悲惨的事实:纳粹和苏联共产党在30和40年代的同荣共存,是西方世界的一种双重灾难。

可是,如果在二者相近的属性都出现时,我们将相对容易(特别是在事件过后)认出当中的丑恶;相反,我们亦会由于真正的不能原谅,而更难接纳以美善的名义所犯下的暴行。因此,我们能够认清这样的一种伪科学和坏信仰、领袖崇拜、千禧年说,以及起码,就苏共官方版本而言的,美好情感①的混杂心情。

另一种同样也是因苏联共产主义而产生的自我蒙蔽,就是为这个跟摄影相似,伴着斯大林不停让人润饰映像而结束的世纪,介入到集体记忆之中,一如他将他的同伴送进地窖一样。

阿拉贡的奉承者的确不断以某种方法去泯灭部份阿拉贡的作品。而他的个案就像席林一样,"伟大作家"的论据往往以蒙面游戏和有名的"真实谎言"②方式成为了恶习和卑鄙的开脱借口。然而作为一个作家是否就一定比别人伟大,又可

---

① [法文版注]真正令人讶异(以及担心)的,并不是坐言起行的凶手或刽子手,而是地球上最温柔的人竟能够去支持这事。就如克劳德·罗伊(Claude Roy)从莫拉斯(Maurras)到斯大林的这段时间,尽管这时期只是那么短暂,却同样狂热失控。克劳德·罗伊于1953年春天自朝鲜归来,并向我们承诺这国度将会变成"远东的乐园"。

② 阿拉贡发明的词语,他认为艺术是一种谎言,它将现实转移并以一种更优越的方式呈现出来。遗憾的是,阿拉贡竟将这样的一种艺术理论跟政治观点相混淆,热拉尔认为这是一种极危险的想法。

以比别人更不负责任呢？那么如果有一位音乐家以他的乐章去掩盖受害者的叫喊时，是否一样值得人们尊崇呢？

## 好 政 府

天国的点数跟尘世的一样平衡：在天国秤上的好与坏，在公账上的支出与收入，像一根用作指明时间的天秤梁所斜立着的柱塔的阴影……①

自几个月前起，这句子便在我的记忆中浮现：从去年夏天在锡耶纳起，我重新看到了那些我们称为"毕舍尔纳（Biccherne）②"的插画图板，这些木造的图板每年两次跟城邦的账本结集，在那个锡耶纳还是独立成邦的时代，当时 Duecento，Trencento 和 Quattrocento③ 的画家为我们留下了那个所谓"好政府"的纹章、风景以及理念典范。

最重要的藏品，今日都保存在庇可洛米尼宫内，这宫殿的窗户正对那外形像贝壳或掌心的有名广场，而柱塔的阴影因此就拥有了一种日晷般的功能，人们在赶集的时候，亦不妨碍藉之察看时间。然而作为入口的栅门却座落在广场其中一条可以让我们从区间中看到有伛偻妇人的微陡的街上。而一入中庭，就有一台通往国家档案室的升降机，之后，只要经过墙壁被高耸的书架覆盖，保存了由羊皮卷覆盖的数据记录同时

---

① 是热拉尔在参观时想到的句子。
② 意大利从前并不是一个统一的国家，在锡耶纳这个小王国里，每六个月，贵族都会请画家来为城邦绘画这种画，当中主要具有存盘的功能，记录城邦的收支，另外也纪录了城邦的生活。
③ 三个字分别为意大利语的 13、14 和 15 世纪，由于热拉尔在原文中以意大利语书写，特此保留意大利原文于译文。

又是沉默书本的迷宫般的房间和走廊,我们就能抵达一个几乎经常都被弃置的房间(即使在锡耶纳变成黑暗世界期间),在这房间,我们能看到一小部份被保存下来的"毕舍尔纳",而且展出的经常都是同一批,一批经过拣选,让人觉得在这些宫殿的壁垒中——如果我们不以世俗或神圣的角度去考虑的话——艺术和行政曾缔结下的一段天衣无缝的姻联。

这姻联的回忆由一件奇妙的事情开始:如果我们相信博学者的话,这奇妙事的本源或者跟"毕舍尔纳"一样,皆来自东方,因为,在君士坦丁堡有一座称为"毕舍尔纳"的宫殿,殿里收藏了许多皇室的瑰宝。就像在锡耶纳的宫殿一样,"毕舍尔纳"在税务局还是管理国库的最高机关的时代,见证了几个世纪前,公众对财政课税的独特严谨安排。而其中最早的文件记录于 1257 年,直到 1858 年被转移到城市档案局方结束。

首先在一些被分散了的文档里(以摄政枢机主教的名字和头像修饰的支出账本,以城邦代表的副手的名字和纹章修饰的收入账本),然后是在一份隶属于议会的独立文档里(上面同时印上了摄政枢机主教的头像和城邦代表的纹章),我们能够看到,这些账本并非只单纯地将一些多少已了无生命的数字综合成一行行栏目:账本本身的制作就能为艺术史提供丰富的数据,此外,这些账本还是城邦的文献纪录,它们无论从任何的角度,都可谓是一种记忆,因为,透过其中对于一个处于盛世的中世纪末城市在经济上的出纳纪录,我们仍能回溯出有关一个时代的记忆。

进帐方面,我们看到典型的海关和公地租契,罚款和年贡,磨坊的收益,以及同样典型的,政府囿于需要而征收的非常税项。支出方面,我们则看到了工钱和道路的护养费,因为对商贸的交通而言,路桥的护养几乎是不容忽视的,特别是在

LIBRO SVEL PADRONAGIO CN
ALOSPEDALE NELDVOMO
EPARCHIESE

玛利玛的沼泽地带；新建筑物，教堂装饰，庆典和接待显赫人物等事件的必要开销，另外，还有付给占星术士和预言者的费用，他们都被冠以"无数门廊的守卫"的衔头，因为他们是"未来"的把关人。

以母狼为标记的锡耶纳在古代史里仍然名不见经传。然而自从它在 12 世纪独立后，特别是 1260 年的蒙塔庇提（Montaperti)战役后，中世纪意大利的教皇派和佛罗伦萨阵营取得了胜利，于是锡耶纳就在之后二百年间以它历史上强盛的时代而渐为人知。亦就是在这段时期，锡耶纳建立下今日所得见的，最重要的，从 La Piazza del Campo① 到大教堂，一切我们乐于造访而不致混淆的，仿似一座美术馆所展示的，叫人难忘的绘画。这些画作自诞生后即被经常送离它们在城中所属的画室，继而巡回世界。城市四周的风景亦叫人难以忘怀，我们愈是在市政宫的十字路口看到它们，就愈容易在同一个宫殿的墙壁上认出这些风景。当我们转身察看这些由安布罗吉奥·洛伦泽蒂②绘画在一圈墙壁上，有关好、坏政府影响的壁画时：自然与艺术的完美混合，相互模拟以克服自身紊乱，同样，端坐在各种美德中央宝座上的国王看似正遏止着要溢出的混沌，并同时表现出一副举重若轻的样子。

锡耶纳是一个拥有十万居民的城市（比 20 世纪初多了四倍）。尽管贵族阶级保留着最重大的决策权力，以及间接加速贵族政府衰落的争辩优先权，锡耶纳始终还在自 1240 年起，开始进入一个由贵族操控公民的半封建制政府的管治阶段。正是在这个前题下（这是一种完备发展的管理架构，它甚至可

---

① 锡耶纳市内的广场，原文为意大利文。
② Ambrogio Lorenzetti，14 世纪锡耶纳画家，画作带有浓厚的拜占庭风格。

以媲美现代的城市规划部门），人们要求集结这城里最优秀的工匠大师去绘画那些"毕舍尔纳"：这是因着保存文档和荣耀城市的需要，因为，在那个作为思想温床的时代，现实生活的必需与崇尚精神文化的奢靡并不矛盾。

那些板壁在作画之前都削凿在最优质的木材上，准备之充分甚至能让我们在这些坚硬的板页上写字。它们被涂抹上一层蜡或者白色的清漆，板壁由一些以规尺描模的线条交织，然后以铅笔印下生硬的黑点。题字或多或少覆盖了上层左边四分之一部份或者板壁下部的一半。然而今日它们却是一种可以让我们追溯几个世纪间的语言和书写方式进化的重要材料。

如果首批板壁仍然是以拉丁文书写的话，那么 13 世纪末则可说是记录了一个值得注意的转变：那就是迈向通俗的过渡，当时但丁在佛罗伦萨正着手《新生》的著述，在这个用方言写成的新文体里，他毫不迟疑地为记忆的诗学戴上光环，而"毕舍尔纳"则为他提供了一切现实的重量。当拉丁文在三个世纪后再回归的时候，已经只能以引文的形式引证一种消亡的智慧格言了：在一切学问中备受尊崇的语言，它对生命在一切层面上的应用已变得无能为力，它实在应该为自己仍能在书的空白边缘开出花朵，为自己仍能以装饰的状态继续存活而感到高兴。无可否认，15 世纪，"毕舍尔纳"变成了一种画作，而其地位亦将日渐失色（于是它们作为图像的价值就几乎消失怠尽），因为它们都被视为了一些纯粹的装饰对象。

书写形式在同一时间正遭受到一种有趣的变形：相互纠结的歌特体小楷继一本正经的歌特体大楷之后出现，仿似以人文主义征服了城邦治权的民众；但大楷字体却在巴洛克时期卷土重来，而我们更在罗马数字和阿拉伯数字之间犹豫不

决,以致最终将两者掺混,就像 15 世纪中叶时一样。在这时
期,我们已经看到文件纪录员兼民事公证人的名字随着抄写
员的名字而出现,而且还隐密地嵌套在书写工具中:鹅毛笔、
削刀、圆规、墨水瓶……乃至文档本身,还有我们收藏文档的
壁橱和半开的箱子。

由于"毕舍尔纳"这办公处的房间本身,还有它的柜台和
像骰子般滚动的金钱(它令我们想起银行(Banque)一词的字
根也包含了 banco 此一解作木板的字),然而房间的装饰物却
更具代表性,第一面保存下来的壁面向我们呈现了 1258 年一
位坐在长椅上的圣·加勒干诺修道院僧侣,因为他就是当时
的摄政枢机主教,而藉此机会,我们亦惊讶地看到,这位主教
枢机在支配听众、支配祷告以及帐目时的一种神态,又或者
说,一种忧虑。

文学和图像,文字和精神,它们在几个世纪间一直存留在
一种美好的智慧之中,而不断肩负自己职责的摄政枢机主教
们都表明了,无论世俗或宗教,画家显然能自由地变换画面构
图,或者选择自己的创作动机,"毕舍尔纳"的绵长系列让我们
能同时凝视锡耶纳和它近郊的风景,让我们得以进入教堂之
中,参与 1433 年卢森堡的施杰斯蒙(Sigismond de Luxem-
bourg)的加冕,出席一个露克勒兹亚与那波利雇佣兵队长于
1473 年的婚礼;让我们记起 1437 年的大瘟疫,它被象征化为
一个以飞龙为坐骑的黑骑士,配戴着想象的装备和一圈腰带,
而他事实上竟"割去"①了三分之一的人口,城市在这灾难后
的复原速度,竟要比 1455 年那场血腥而壮烈的围城战之后
更慢。

_____

① 因为西方的死神握着一把镰刀。

年复一年,在这些短暂的、跟基督生命有关的事件中,在这些传统跟智慧或者平安有关的寓意里,还有这些能够带出一些书面含义的场景之中,我们参与到一种仿似深入自我的交替中去。这就是直到 15 世纪,仍能在"毕舍尔纳"中所觅得的东西,也同样是令锡耶纳绘画在中世纪末变得伟大同时又简约的元素:多元的灵感、工匠式的至臻完美并自由的精神,于是几位巨匠的出现(在 13 世纪最后的二十五年间,有多齐奥;在往后的一个世纪有西蒙尼·马丁尼和洛伦泽蒂兄弟,然后再有吉奥瓦尼·迪·保罗,奥谢凡加的师父,山奴·迪·皮埃托——此种美学的集大成者),他们逐一被感召去为这由订单而生,同时又可能是独一无二的艺术做出贡献,就此而言,这套艺术并没有肩负着要替单单一位绘画大师服膺的使命,亦没有要宣扬一种狂热理念的天职。

一切都是为了去成就一种"稚拙但引人入胜"的艺术,按照令人会心微笑的优越感所生成的指引,而订定个中规则的却是一个无名氏,画师们重复一切已经应用过的方法,在发现透视法之前,这门艺术更难以看得见有任何惊人的、值得参照的地方:那是一种能够容让生活百态在同一个空间里展现的技巧,它容让人类精神灵魂的取向在同一个角度里呈现出来,在同一条梯子上画出变幻无常的日子,横七竖八的建筑,幸与不幸的脆弱拼凑,并在稍后重置或再次舍弃,建立出一套阶级制度的需要。

由于审判的天秤是无形的,于是在这尘世间,我们需要欣然接受一些尺度和量规去刻划出同样大小的字母,量出同等的重量和长度,以便在买卖时得以掌握分寸轻重。在那陈列着"毕舍尔纳"的展厅的最深处,我们正好能从一块玻璃后看到,在一间看似从来没有人进入过的房屋里,竟有那么巨大,而又妥善排列的那么好的秤砣和砝码,我们不自觉地思量,这些沉默的证人到底见证过怎样的一种量衡,怎样的一种已被弃置的常规习俗。除非真的有一只如"毕舍尔纳"绘画般没有名字的手去布置安排这些静物,否则我们将不会愿意提醒自己,有一种能够宣称为唯一的平衡,那就是在我们行为的轻重和我们不可称量的命运之间,那个大概是公正的天秤。

## 夫人们的狩猎

致多米尼克·让维埃

第一印象,在一张黑白复印件的菲薄与阴沉之中,我们只能分辨天空和大片的灌木丛阴影,死亡或许仍在当中侵扰偷猎;然后是一列骑马人,她们跟尚算矫健的坐骑融为一体,最后,就是正戏弄着嘴中活兔的几只猎犬。

这奇怪的狩猎图引人入胜之处,恰恰是画中的人类看起来竟也像一些鲜活的猎物,仿佛时间释出了它的猎犬群:我们看到的,不是惯常的野味、鹌鹑和山鹬,也不是野兔、野猪、鹿皮或者鹿角以及带血的牲畜,而是一顶顶戴在几个转向我们的头颅上的,介于生者与死者之间的羽毛帽子,就像所有的人像画一样。

画面的构图超前了两到三个世纪:跟我们在拍照和列队时所摆出的姿态一样。在岁末,在露天的花园,这些人物穿戴着首饰簇拥在一起,凝视着一个不属于他们的未来。

实在应该到夏尔特的美术馆里去看看原画的大小,以发现另一个激动人心的东西:那就是在克劳德·德鲁埃①的《狩

---

① [法文版注] Claude Deruet,1588 年出生在南锡,并于 1660 年在同一个城市去世。

猎》里，竟然只有女性，这在我们第一眼瞥见画作里的服饰和帽子时，就应该心中有数了。于是，我们就让自己看到了维纳斯的猎犬队，她们的装备，以及一队欲望的辎重飞快地奔驰，跟死亡嬉戏。

猎犬队或许还有点牵强，但鹰猎则准确无误：在这张气氛同样能引伸出寓意的画作里（它在奥尔良美术馆的一幅姐妹作也表现出相同的内容）搜索的目光最终因警觉而打住，在每位女猎者戴着手套的手上，抖动着翅膀的几头猎鹰，它们的弯喙已为吞噬鲜肉作好了准备。为了展示这些看似一直藏在裙摆下的雀鸟，她们亮出一根诱鸟笛，这笛能引诱一切的雄性，一切她们将握在手中的趾爪，还有她们在愿望之中呼唤的野性。因爱而遭受的伤口和血的承诺，直至那卑微的死亡，它的另一个名字称为享乐。

我们认为自己夸大其辞，认为想象取代了观看，特别是借着右边那匹趁女骑士打瞌睡而将她摔倒的马，图画赋予了我们理性。只有饰带和花边保留了女性的矜持，因为在这混乱、四蹄悬空之际，她的鞋子已变成了鸟喙，而马匹臀部的脂肪，则变成了鸟喙嵌啄其中的鲜肉。

视线随后就自由地漫步，直到空想的核心，四位女骑士正攀上三匹坐骑，而个中的奇异却未曾被人觉察。飞马在华丽之中缠绕，首先到达的另一匹马则交错着腿，仿佛端坐在一间大厅，又仿似受到了魔法的诅咒，被一位宫廷画家变成了一张活生生的座椅，自此充实着画家不安的遐思。

稍稍后退之后，视野会再次变得平静，而我们可以将目光交迭在主角身上：她或许是奥地利的安娜，或许是洛林的女公爵，但不管哪一位，在这令人联想起日渐失去价值的神话式画

作里,一定是穿上了路易十三服装的亚马逊①皇后,她在臀部丰满的坐骑上回首,惊讶地发现自己以为避开了男性的目光时,实际竟被人凝视着。挑逗却又同时惊愕,她立即摆好了姿势,为了画家,也为今天美术馆中的访客,这些为艺术之爱作见证的永恒观众。

## 疯人之舟②

灵感是一阵随遇而起的风,一波激起欢乐的海涛,而挣脱缆索的灵魂,以灵感载回了一度漂远的古老世界,犹如从前的疯人之舟,沿着海流载走那些失去理性的人,在将他们交托给无边的海洋之前,当他们的福星闪耀的时候,其中几名乘客在波涛的喧哗声中听到的是一种韵律,而在岸上,自以为正常的人听到的,却是铃铛的声音③。因为在这艘从一个港口迷失浪荡到另一个港口的非理性的船上,我为世界的噪音寻找到一种出乎意料的协调与和谐,一种因失去了音韵而出现的偶遇。

我寻找一种迭音④或灵光乍现,而这或许也是华尔度⑤,

---

① Amazon,欧洲传说中的女儿国,这国度的女人都是女战士。
② La nef des fous,中世纪的时候,就已经有所谓"疯人之舟"的传说,其中现存最早的版本,出自15世纪末的一位斯特拉斯堡作家塞巴斯蒂安·布朗。在这艘疯人之舟上,作者刻意安排了不同形式的疯子,以诙谐、讽刺但同时充满人文情怀的笔调去呈现出人的生存处境。疯人之舟背后所包含的精神是悲观的,它道出了人一方面不能自我修善,同时又不能自主地向他人作出指责。
③ 古代需要隔离的人,例如麻风病患者、疯子都需要在身上挂上一个铃,提醒其他人提防回避。
④ 指中世纪诗歌的一种修辞手法,同元音(韵母),而辅音(声母)却不同,所以,予人回归到一种相似又陌生的感觉。
⑤ La Waldau,瑞士的一所精神病院。

这艘不动的轮船,在伯尔尼①的败仗后,所寻索而不自知的东西。伤兵船和凶宅,疯人的舟楫从未目睹过海洋,但旅途对那些逃避到船上的疲惫不堪的人,对那些对世界感到疲累,被一年复一年逝去的时间,曾经出现过被遗弃的舞蹈天才尼金斯基②,他曾以铅般沉重的鞋底去模拟战争;至于追随他脑海中星体运行法则的沃尔夫里③,他在飞舞的纸张上重新打造世界;从一切回归到自我,等待白雪在最后一次散步时将他包裹进一种白色死亡的罗贝尔·瓦尔瑟④,以及一切因裂开的血肉而生成的奇怪作品,这些作品都是为了令我们相信,艺术在一种自我消弭精神的痉挛形式中,存在一团回归的火焰。⑤另外,还出现过"急于冲锋的步兵小队",他们被套在一辆荒谬的马车前,这马车并无任何"大熊座"⑥的东西,却为猪群带来厨房的渣滓,而被时间所困绕的里奥·P,他不倦地绘画他的时间历,正确的以阿拉伯数字书写,错的则以罗马数字书写;至于弗里茨·让泽尔因受到灵魂显现的折磨,绘画出一个女性的鬼魂,令人感到不安又不祥,将《泰坦尼克》的船舵转向了

---

① Berne,瑞士的第三大城市。

② Vaslav Fomitch Nijinski,20 世纪上半叶波兰裔俄国舞蹈家、编舞家,被公认为当时最重要的一位。俄罗斯芭蕾舞星级舞蹈员,以自己的方法为《天方夜谭组曲》(Scheherazade)、《玫瑰的幽灵》(Le Spectre de la Rose)、《牧神的午后》编舞。尼金斯基亦是俄国马林斯基戏院的星级舞者,可惜后来他患上了自大狂症(megalomania),并丧失了一切的能力,于是他就在瑞士度过了余生,直到 1950 年去世。

③ Adolf Wölfl,19 世纪末、20 世纪初的瑞士画家。

④ Robert Walser,19 世纪末、20 世纪初以德语写作的瑞士诗人、作家。

⑤ 以上三位艺术家以及下面的几位,都在华尔度精神病院住过。他们的艺术都具有相当的水准和各自的风格,至于一些在精神病院从事绘画的疯人画家,他们的疾病像一辆不受控的马车,而他们的作品也未能突显出统一的风格。

⑥ 希腊神话中,宙斯为了令美丽仙女卡利斯托逃过赫拉的追杀,把她上升到天上的一个星座。

一个错误的方向。

这艘华尔度的舟楫，于 1922 年由一些包装纸、旧报纸和光漆制成。它是由卡洛·M① 着手去建造的一只太脆弱的小艇，以便在水面上飞驰。戕害幼儿而且带有兽性，经常因愤怒而盲目，沉醉于以上一切特质的奴隶，卡洛在早上画出飞行器、汽艇和潜水艇的设计图，而在晚上则用鼠夹猎鼠，并在早上对人讲述他晚间的狩猎。然而唯一一次真正受到灵感感召的一刻，他并不知道水其实是疯狂的镜子，这可能就是他以双手在他预期会失事的船舰上，铭刻 Sozialist② 一字的原因，仿佛他希望同时表达出疯狂，和希望，并有关一个不再存在于另一条河上的应许地的美梦，或噩梦。

这小得可怜的疯人之舟，仿佛它在穿过许多世纪的同时日渐缩小，这微不足道，陈列在垫木上的船只，几乎就是一个小孩的玩具。它是另一只同类型的舟楫所诱发出的最后一个变形，原型是由塞巴斯蒂安·布朗③ 于 1492 年创作的，他藉之繁衍出他的幽灵船舰，一些反复无常的人和所有过份注重细节乃至成癖的人，其中更包括了诗人和语言学家、哲学家、修辞学家等等，凭借他们虚伪的学识所发出的空洞噪音，仿如扣在疯人怀罩上的铃铛。否则同样在这 1492 年，也不会有另一支船舰队伍会由克里斯托弗·哥伦布领航，在懵然之中出发，并展开了一个更疯狂的旅程，一个仍在持续的旅程。

---

① 是华尔度的其中一位病人。
② 即社会主义者的意思，原文为德文。
③ 他正好在 1492 年，哥伦布出发到新大陆去的同年，写了一首称为《疯人之舟》的诗。

## 家族照相本

除了一位远房妹妹,她没有任何亲人。她曾逛
过跳蚤市场和旧货店,用心拣选一些昔日的婚宴或
团体照,一些人像⋯⋯并为自己建立某种照相本子:
上面的人物拥有属于他们的名子,还有十分清楚的
亲属关系,这关系甚至是按着布列塔尼地区的方法
来排列的,所以这家族的图谱甚至可以追溯到舅公
和一些表兄弟。她在一群变得熟稔的陌生人之中整
理出婚联和别离——甚至还包括了"亲生"的小孩。
每人都有自己的故事和经历,而且还跟他人的故事
相交织。这是一件不容易的事情。我并不是在一本
书里读到这一切的,可是,如果我发现这些故事已经
被人所述说过,我也不会为此感到吃惊⋯⋯

收到这封信的那个早上,我有好长的几分钟,仍处于一种
梦寐状态,就像每次从惊诧以及一种笃定,一种仅仅对我们造
成轻微损害的遐想里清醒过来一样。当中那突如其来的真实
让我们以为自己正在认真对待一句笑话,认真面对一些毋须
凭借愿望便出现在面前的寓言人物,某个能够揣度出我们意
向的人。

在心里感谢过那位寄来这个吸引我的故事的慷慨而殷切
的朋友之后,我又瞬间想象到自己应该去跟这故事中的女人
会面,去按响她的门铃以便进入她的梦境,又或者起码,亲眼
去察看她那想象的家族。可是除了实际执行上的困难外,我
这冒失的计划,这惊醒他人的行径,一如我们因担心屋顶上行

进的梦游者会在醒来时下堕，于是便不去将之唤醒。这样的顾虑亦同样令我却步。

我相信我已妥善地做到自我克制，并让这亲切的陌生人，维持一段不可能寻索到的亲属关系所赋予的自由，在伤口愈合的瞬间，继续以她的方式去扳倒游戏中的牌局，让游戏得以持续：就像一些地区的人们发现，世系优越感能催生出对土地和血缘的热情，并从而引发的谱系癖。这跟自我的优越感正好相反，我仍记得，自己曾经多么渴望这女人不会是个疯子，也不是个收集狂；而我更希望，这种收养亡者映像的行径，能为她带来保护，她的所有亲属能庇佑她，如同那许多自遗忘中获得拯救的容貌，他们一方面具有守护能力，同时又对她报以感激。

在收到第二封信的时候，我曾经借着想象（并且借着我在面对那些能引起我们某种企图的清晰照片时所产生的震撼）到访过这女士的居所：

真实的故事跟我想象的稍有不同，我没有刻意去想象——也不知道它怎样发生……我在聆听某些细节的时候感到困惑，另外就像弗洛依德谈到梦的功能时一样，当中的凝炼、倒置以及再造在之后的一天产生了你所收到的那页信。它并不是那么优美，因为它并非那么完整，但却能为你的遐想赋予更多的自由。"她"，确有其人，她到跳蚤市场、旧货摊去拣选和购买照片，并藉此建立出一条挂满肖像的走廊，但她并非无亲无故。在绘画家谱时，她陷入了一个简单却又不能逾越的障碍：这干系到一条惯用的程序——一个私生子。于是她发明了一条非常肯定的谱系，而它却囤积着虚空，她向朋友展示：当中有一些叔叔和阿姨、祖父母，不睦与重逢。现在我已不可能知道自己是否只听到叙述的其中一部份，抑或只是由于我在一开始就已经漫不经心——又或者……？

对一段可以让任何人都认出自己生命一部份的叙述而言，省略号变成了唯一可能的结论，就像一切家族小说里的段落一样。

## 哑　女 [①]

所有绘画出来的人像都是缄默的，但拉斐尔的《哑女》，它的缄默程度，却要比其它所有肖像画都来得深。

因为这无疑是后来才被赋予的标题，这在瞬间，在我们意识到的同时，向画作施予了富有魔力的字词，它看似在画中女孩的嘴唇上飞扬，并藉此让它彻底闭上，女孩被浸没在一种比我们在美术馆里看到的静物画更痛、更绝对的缄默，仿似禁制的语言令她的脸庞闪出了一轮黝黑的光芒。又或者，仿似我们仍能在画作的光漆上，感受到她为了令缄默迸发出光芒而作的努力。

由于被废除的语言仍然在她颈项夸张的凹陷和白皙之中抽搐，对拉斐尔而言，在这位陌生之人富含沉思意味的目光中，有一种灾难的痕迹，一个先天的错误，然而她那双交迭的

---

[①]　这是拉斐尔的画作，我们不知道为什么会这样命名。热拉尔在意大利的一份报纸上看到这画，令他想起了自己的祖母。热拉尔的父亲是一位私生子，她祖母就像这哑女一样，总像有一种不能言说的秘密。

手却不能将之修复，尽管，这双手正借着她左手紧绷的食指，以及她右手弯拱着的小指，轻微地做出了一个动作，但这个无所表示的动作，却仍不足以把目光中的错误改正。

在这肖像中消失了的，是那种像彩带一样展开的话语，它们在过去几个世纪的绘画中，以今日漫画里的汽泡形式从天使的唇间冒出，为画布的一角扬起了一种神秘的诞生①，拉斐尔的哑女并非只是单单的缄默，她冷漠而且木讷，拒人于千里，而且，她应该仍保有着自己的童贞；否则她将会梦寐到朱庇特的大腿，这没有内脏的腹腔，我们以之来掩盖因伟大而产生的狂喜，以及深入我们骨髓的陈腐的梦。

如果我在一份黑白印刷的报纸上看到了这张脸之后就不能将之忘怀，那并非单单是因为我在上面看到了一种有关缄默的比喻、一种事物的象征；而是因为画中的哑女，保守着一种跟我们母亲相似的②，隐密且坚定不移的神态。

而我的母亲所一直保有的，无疑就是一个句子，一个让我一直围绕着去写作的句子。

## 王室纹章与广告标记

我对大众艺术的喜好始终如一，因为它们通过彩绘、盘碟、杂志插画、墙纸，当然还有彩绘玻璃上的寓言故事以及朴克牌上的纹饰构成了我审美品味的一部份。它们并不是一种艺术游戏，在一些老调将我带进旋转木马式的映像世界时，为我提供了有关其它大陆的视界。它们是一片被椰子树所遮盖

---

① 指耶稣基督的诞生。
② 我们的母亲总不会对我们说出所有的事情，例如她们的恋爱，我们的诞生过程等等。

的天国世界,而圣灵升天的奇迹则被科幻小说的火箭所替代。

兰波是首位诗意地宣讲这并非由任何学院品味所主导的世界的人:

> 长久以来,我都自以为拥有了一切可能的风景,而认为现代诗歌及绘画的名人都不值一哂。我喜爱那种没有受过训练的绘画、装饰、街头画家的画作、标记广告牌、通俗书籍的彩色插图、过气的文学、教堂的拉丁文字、不计较拼写法的色情书籍、我们祖父辈的小说、童话寓言、小人书、旧歌剧、傻气的老调,和幼稚的旋律。我对十字军东征充满幻想,跟我们没有关系的发现之旅、令人窒息的宗教战争、移风易俗的革命、族群的迁徙以及大陆的漂流:我相信具有魔力的一切……

尽管兰波在这段以颠覆正统为乐且摘去韵脚的文字里表现得有点挑衅,但始终对一种既学术又通俗的新感性触角赋予了肯定,而在同时代的海关关员卢梭身上,我们亦能找到同样的感性触角。

通过卢梭,大众终于首次能将他们的世界观以及美学树立起来。这个在专业人士、优雅绅士的美善精神,以及他们的嘲笑和高傲面前显得幼稚的世界。他们的震惊、他们的讪笑,跟他们在世界博览会上看到黑人以及原始艺术时的表现亦是一样。

卢梭的世界实际并没有任何界线。这个世界由城市、郊区、乡村、工厂、修筑工事所构成,而它的边界则由一些遥远的,能使人梦寐到的残酷天堂中,女人和梦境交织而成的肉欲诱惑延续着。跟印象派画家那固步自封于中产阶级的消遣逸乐、奢华,他们在周日的乡郊生活,以及发饰经过精心梳理,正在学琴的小孩的世界相比,卢梭的世界是一个能逐步让人感到不安和诱惑,逐步变得弘大、新颖和困扰的世界。

自学者,卢梭借着观看来教育自我,他除了受益于那种艺术家在观察自然时的触觉外,还受益于一种排斥"优秀品味"的专横,以及否定这种专横所建构的不能动摇的阶级体系的传统,而这正是那既孕育出学院绘画和文艺复兴的彩毡艺术,又派生出报刊插画、彩色海报以及字典插画的传统。

铁砧状云朵和氢气球飞船充斥在天空中——通过他那双看到如此景象的眼睛,世界于是同样被着上了色彩,变成具有异国色彩的邮票,高高在上的人犹如陌生的国度,踱步的树林跟劳作的树林是那么不同,人们跳着卡马尼奥拉舞(Carmagnole)的纪念仪式,向共和国致敬的奇怪的代表团,那些陪衬角色犹如石像一般僵硬笔直的官方典礼,以及这从塞纳河到撒哈拉以同样泛蓝的色泽,与地平线平齐的光线映照夜色的圆月。卢梭看似跟兰波同样喜爱赝品,于是他奉行着这样的一套纲领,仿佛曾经阅读或者猜出过兰波的心意,然而他却没有兰波那种不能抑制或者亟欲离开的欲望,企图更加临近世界,看它以怎样的方式自我呈现,并发掘世界的真相。而如果他任由人们谈论他曾参与过的墨西哥探险,那是因为卢梭既不敌视虚张声势的自夸之词,也不介意那能为事物戴上光环的神秘色彩。

这位跟世博会和殖民地同时代的人物,他从未在有损名誉的图像,或者具道德教化的说辞中,借着绘画共和国旗帜或者借着对共和国赋予一些它所需要的寓意——例如"自由引导艺术家"（La Liberté guidant les artistes）①——而刻意制造一些神圣化的元素。同时，他却对身边的人寄出过一些高洁的书信，弗鲁芒斯·比什（Frumence Biche）以及朱诺神父（Le Père Jugnot）分别加入到绘画的伟人祠以及众神和众英烈的行列中去，卢梭却仍然为他们献上了一个五彩缤纷的浩瀚森林之梦。在这个森林里，巨大的花卉遮蔽着那些爱戏弄人的猴子、残暴的野兽，以及一个以土耳其侍女的姿态酣睡的少女，而我们则会忖度，她到底是在梦寐，还是在被梦寐着？此外，还有像蛇一样撩动人心的妖媚，一个在小艇吹奏晚间拉加（Raga）的黑夏娃，她仿佛同时在赞颂着创世和黄昏，但无论如何，在通红的、可能浇灌了战争亡魂的日光底下，她都不再是一个纯真的被造物。

1894 年，卢梭画了一张讽喻战争的画作，标题"战争"（La Guerre）所用的大写来自这样一句话："它传播恐惧，到处留下绝望、哭泣以及废墟。"这幅后来声名远播的画作让毕加索在绘画格尔尼卡（Guernica）时想起了一个令人厌恶的女性躯体：衣衫褴褛，既年老却又童稚的女人，把头发梳得跟她坐骑的鬃毛一样，而那匹马，活像末日的时候，用女巫的扫帚变出来的野兽。这女人既年老又年轻，是因为她既永恒却又带有皱纹。她飞越过一堆尸体，就像戈雅（Goya）的绘画或是中世纪的噩梦。

同样也是在 1894 年，在几内亚海湾的一个城市里，最后的一位阿波美（Abomey）王跌入了法军设下的陷阱。在经过两年一万二千人，其中包括了四千名妇女——在当时仍未成为大都会的巴黎，他们被报章描述成趣闻秩事和著名的亚马

---

① 暗指德拉克洛瓦的名画《自由引导着人民》（*La Liberté guidant le peuple*）。

逊战士——所参与的英勇战斗和顽强抵抗后,阿波美王终于可以跟法兰西共和国的总统在巴黎见面,公平地谈判了。然而阿波美王贝汉金(Béhanzin)却没有想到他竟然会遭到囚禁,从自己的宝座上被赶走,被摘去了由凉鞋和阳伞所组成的王族标志,然后跟他的妻妾和小孩一起被押解到南美洲的马提尼克岛(La Martinique)。我们能在一些照片上看到他,抽的烟斗跟印第安人的一样长,伟岸却微微带点忧郁和平静,同时自信地认定自己并没有背叛祖先,因为他从未承认被打败,只不过是跟侵略者签订了和约并对他们让出了一丁点的领土。在毫无价值的异国天空下的流亡了十二年,回到达荷米(Dahomey)王国的意愿最终还是落空了,他被法国官员转解到阿尔及利亚,而他的家人亦一直同行:首先是在卜利达(Bil-da),然后再到阿尔及尔(Alger),这位阿波美王最后就于 1906年 12 月,即抵达后的几天,在这个地方去世。今日的贝宁(Bénin)没有人会忘记这位被谋害并在流亡之中成长的英雄,他将会在以后的世纪里成为一位传奇人物。

随着贝汉金的去世,西非最后一个王国的薪火亦同时熄灭。伴随着一起消逝的,也是一个延续了差不多三个世纪,国王名字以及掌政日期几乎都可以查证的王权制度。除此之外,我们还能考查到王国的继位规则、它的丧葬风俗、人们对占卜和艺术品的喜好、跟邻国的小冲突、与至今仍对他们具有威胁性的约鲁巴人(Yorubas)的战争、他们企图开疆辟土的欲望、战争俘房制度以及活人祭祀。当然还有他们跟欧洲人或多或少带点被迫成份的贸易,还有他们在生意经上的狡诈以及收益。这条尊贵的谱系一直存续着,甚至到法兰西共和国的甘必大(Gambetta)和茹费里(Jules Ferry)的征服队伍抵达之后,它仍没有断绝。而跟它有关的记忆更一直被一些至今依然生动鲜艳的浅浮雕、标记和印刷织物所维系着。

这记忆首先从一个民族诞生的神话开始孕育，至今依然在一座泥土造的殿宇里，由阿拉达（Allada）王——一位身兼巫师、乐师及诗人三职于一身的赤胸老人在讲述着。这是一个关于狩猎的神话，然后一头豹就跟一位公主相结合；当述说者坚定的声音回响的时候，传译声音的迟疑让我们瞥见了古老政权的困窘，我们于是便因为神游到物种漫长的分离过程而没有跟上故事的脉络，历史不停地提醒我们这种人类兽性的释放，并为我们可能会重蹈覆辙而担心……在这历史的起点之后，是兄弟间无可避免的冲突，几个王国之间的领土分割，他们始终从未止息过的争战，于是贝汉金王最终被波多-诺沃（Porto-Novo）这位跟法国人结盟的国王所出卖。

达荷米的国王名单，还有他们的在位时间和他们的纹章是一串在贝宁境内到处被人提及的冗长叙述，一则由王族徽章所点缀的传奇，多是向游客兜售的绘画以及地毯，他们除了可以当作旅游纪念品，还可以作为当地民众的一种辅助记忆。而尽管早期的国王并没有留下任何具体的痕迹给历史学家，但像给祖（Guézo）、给雷磊（Glélé）和贝汉金这三代国王仍然存留在所有人的精神思想里面，他们的名字甚至变成了一条魔法公式，并足以在整整一个世纪间为整个民族重新注入生气。（19世纪，当地人几乎让三位国王主导了整个时空）此外，这条公式还包含了当时王室的显赫、战士的骁勇以及以勇力所赢得的凯旋：如果没有阴暗的力量，就不会有流血以及降服的敌人，这就是独一的给祖王受人景仰的王座所总结出的定律，这张非常崇高，四足堆满了人类头骨的酒馆圆凳让给祖王安坐在上面。它是权力的工具，却同时亦是傲慢的虚空。

每一任君主都肩负着扩充王国领土，以及在一堵四十四公顷土地的围墙内兴建新宫殿的使命。一座茅草盖的红土墙要塞,在里面,中国人会看出一座非洲式的紫禁城,它光滑,涂过油的内墙仿佛由日本人复修过那样,为里面生活的人营造出一种像是被日本式庭园所包围的无声、深沉且详和的生活。在这座后来荒废了的王庭里,人们以棕榈树叶扫地,而历史就不过是我们无意中拂起的尘埃,灵魂都从为它们赋予力量的魔法中掏空,然后从此就由一些古老的信念和恐惧所滋养。在色彩仿佛夹杂了祭祀鲜血和夕阳的红土墙面前,我们很难想象(尽管在围墙的入口,仍有铁匠保留着类似过去的生活方式)这里曾经有着成千上万的人类活动,其中包括了妇人和显贵,艺术家和工匠,俘虏以及战士等等。我们同样难以想象那些由几幅古老版画纪录了痕迹,外地人从未见过的仪式,这都是因为王室既没有轻视艺术的尊贵性,也没有忽略管理上所需的徭役,所以它也就知道该怎样保留许多秘密。

今天,已被分门别类的遗址里的每一个内室都只由一盏灯照明,里面栖息了一切没有造福西方美术馆的东西。这些令我们得以感受到一点昔日宫廷生活,又或者在某些时刻仍然泛出阵阵光辉的遗物和旧服装跟某些艺术杰作相比,有时甚至有过之而无不及。国王登基时不能或缺的高椅,给祖王的王座以及贝汉金王让侍者在他头上转动的太阳伞,亚马逊女战士的条纹服装,还有两三支旧式的长枪都是典型的例子。此外更见证了不同朝代的铁铸的可携带式祭台,这些看似桅杆顶上风向标的"阿显"(asen)被置放在一些人们反复提及的王族徽章之上:菠萝、变色龙、水牛、狮子或者鲨鱼。在达荷米王朝的手杖上能够找到同等数目的统治标记,这些令牌上的回力刀装饰,跟国王在祭典上配戴在左肩上的回力刀一样,可以用来发布诏令;在百姓眼中,王族徽章的配戴者拥有跟国王一样的权威。

最能够令人忆起国王的东西并不是国王们所持有的,而是一种后代对先王的超越,它的神圣特点则应被不断重新肯定。当后世的继承者追随先祖,并与妻妾为伴到另一个世界去展开另一种生活时,他们都会为身后稍为扩充了一点领土的王朝留下一个地点成谜的墓冢——一件需要由他人去完成的任务。没有别的东西能够比得上那些镶嵌在壁龛里,或是在漆上了石灰的长壁上的浅浮雕更能阐明这传统了,这些石灰颜色甚至要比少部份被修复过的墙壁颜色更生动。曾经有些人希望从这些总括了一朝统治或一个难忘场景的图像中读出一些字体,以便有效地将王族的回忆规范下来。然而它们实际上却只是极力显耀宫殿荣光、辅助回忆的工具,以及迅速地让抱有这种想法的人变得无知的元素。

一些浅浮雕跟纹章艺术很接近,乃至于能够让人想起某些国王的大名以及它们所阐明的铭文。其它浮雕则借着上方的图像而拥有一种象征价值,例如必然出现的狮子,或者这只在嘴里叼着另一只小鸟的雀鸟,在这只鸟的图像上,我很高兴看到了一句跟受骗有关的谚语。而在其它更大部份跟某些重大事件有关,例如绘画了一位宣布胜利的巫师,一个提着被切成一截截的俘虏头颅的战士,又或者是一个拖着断足囚犯的战士等等的浮雕之外,还有一些联系着神话的浮雕,就像那条盘起来的蛇,它在任何地方看来都跟宇宙很相似。我们能在当地任何地方找到这样一种知识汇编,而非单单只是在阿波美王国的区域内,这个王国最终由一些自集体回忆所默写出的形象建构,而这些形象却是以一种视觉造型来呈现的。

除了溶在浅浮雕里的知识之外,技术形式(图画上被修饰了轮廓的题材,被钉在雕塑上的装饰,缝纫在地毯上的布料)

也是另一种让那个被人们称作"阿波米风格"诞生的元素。在邻近的城市以及村庄里面,只要有一堵墙落成,人们就会在白色的底部复制浅浮雕上的纹理,以民间形式模仿并永久保存王家艺术,这种艺术亦影响到西非土著伏都教里用作供奉偶像的神龛装饰。按照历史的习惯,绘画顺理成章地变成了具有魔力的东西,而如果绘画能够召唤起有关列王的过去,这就是说它亦同时打开了另一个世界,艺术在这个世界里可能就是为了粉饰幽冥之门而存在的。

在公路沿线的小店正门,经常都会有一些简陋的小棚屋,它们的标志跟墙壁都绘上了同一个模样:一只公鸡、一头猪、一条鱼、一块缠腰布或者是一些穗带,这些东西被绘画,主要是通过它们所引起的讨论来制造广告效应,而不是因为它们存有任何实用价值,除此之外,它们还肯定了绘画者的技能,而画匠亦能在离作坊更远的地方展示其存在。这些朴拙的"小店"(Botteghe)①,有人在里面捣磨天然的颜料,制造客人订购的艺术品,一如很久以前欧洲的艺术家所做的那样,却不是一样的体系。这都是在王室的公子哥儿以及艺术资助者转向工业生产之前,在摄影以及霓虹灯没有改变绘画的使命,却改变了它的功能之前。

在非洲这个照相机仍是一种奢侈品的地方,在室外将风景绘画下来从而作为人像背景的,则正是摄影工作室,就像欧洲"美好年代"(La Belle Epoque)②期间的摄影作坊所制作的画像一样。在贝宁,就像在其它地方,摄影始终徘徊于忠于现实和技术作弊的两极,从而变成一种魔术。摄影始终拥有的

---

① 意大利文。
② 指1870年至1914年,从经济大萧条到第一次世界大战爆发的时期。

双重魅力由以下两版广告就能总结出来：

**独一的神——摄影录像**
以及
**真实工作室**①

自艺术诞生之后，这两种精神便互相抗衡却又互相成全弥补，以至于我们希望能看到它们比邻共存。

---

① 原文为〈DIEU SEUL-Photo Vidéo〉和〈Studio Le REEL〉。

# 汉 语 课

纪念莫里斯·鲁瓦

因为语言更多地是用来欣赏和凝视，
而不是用来理解，是这样吧。
——C. A. 桑格里亚①，《海尔维第的佛罗里达》

从根本上讲，日本和中国不是远东，
而是远西：它们比伦敦和巴黎更偏西。
——奥西普·曼德尔施塔姆②

　　整个面部都在学习发音，不单是嘴。几乎所有的音都在
颚和齿之间——在骨头和象牙质上碰撞，然后又立刻停止
震颤。

　　在这副面具背后，要模仿的是"嗓音"，而不是"口音"；要

---

① 　桑格里亚(C. A. Cingria，1883－1954)，瑞士诗人。
② 　奥西普·曼德尔施塔姆(Ossip Mandelstam，1891－1938)：俄国诗人。

驯服的是一张别人的脸。

＊　＊　＊　＊　＊

最初的几页书写。为了让手学着认字。
因为手将指挥大脑。

对笨拙者的挑战，对手臂残疾的欧洲人的挑战。

＊　＊　＊　＊　＊

我学写字，学发音，像一个孩子，预感到自己的老态，又想起曾经的稚嫩。

学汉语，就是训练一只长期瘫痪在自我的东方的坏死的手。

但为了唤醒什么呢？唤醒哪个半球的偏僻角落呢？

"一条不太深的小溪"的曲折蜿蜒。

＊　＊　＊　＊　＊

四个声调，加一个轻声：四百个音节，每个音节都是在这基础音阶上拨动的一根弦。

稍高一点，稍低一点，爱的呼唤就会变成辱骂，麻就会变成马①。

---

① 依次指"妈"、"骂"、"麻"、"马"四个字的声调变化。

词语沿着意义的短梯上上下下。

       \*　\*　\*　\*　\*

还要学那种能说出一切的语调：嘲讽，婉转，设问和暗示……愤怒及其话语，语音重复及其狡诈。

这里有弦和弓，那里有钟和锣。

       \*　\*　\*　\*　\*

任何语言起初都是贫乏的，汉语也不例外。由此而来的便是第一课的趣味：四千年"实现了的真实"，却没有一点个人记忆。

何时才有这个陌生的我的回忆？

       \*　\*　\*　\*　\*

表示数字的词：在这里是百、千和百万；在中国则是 bǎi（百）、qiān（千）和 wàn（十千）①。

我们计数时以三个零为一组，中国人则以四个零为一组。从一个语言转到另一个语言，意味着一种兑换，一种精神换算，因为这关系到空间和时间的"兑换"。

天和地之间，也就是圆和数字九之间，弦和方之间。

---

① 法语里没有单独表示"万"的数词，"万"由复合词"十千"来表示。

*　*　*　*　*

在中国，一切都可以计量：重量、尺度、功劳和劣迹。

符号也一样：一千字、两千字、六千字，学问像其它东西一样可以计量。

所以，要成为文人、学者、诗人或僧人，只需翻开一本词典就够了。

是的，但还必须认识虚空，万物的源头和中心，它像祖先一样在我们中间，像守护神一样无处不在。

中国习惯于庞大的数字。然而，可以测量的广袤还不等于无限。所以才有一种非常精确的等级制，以及一种无名而又无处不在的神性。

*　*　*　*　*

一月一日：春节。五月五日：端午节。七月七日：妇女节。八月十五日：中秋节。九月九日：重阳节①。节日是这个数字帝国的一部分。

词典的编排原则也是这样：先是一画的字，然后是二画、三画、四画的字……

同样，入席时的座次也要按姓氏笔画来安排，先是一画的，然后依此类推，从简到繁。

---

① ［法文版注］参见若尔热特·耶热（Georgette Jaeger）：《中国文人》，La Baconnière 出版社，1978 年版。

从语言到餐桌,宇宙起源学无处不在:最小的元素都能孕育一个宇宙。如同在绘画中,只需一笔就能分出天和地。

\* \* \* \* \*

算盘使中国人在四则运算时省去了书写。

在一个不对称的有限空间(一个很普通的木框),一些无具体数值的公式在一个极富人情味的掌柜先生的指间滑动,仿佛是宇宙的方位基点在运动,最后落在一个预计的位置上,充当记忆。

如此,多少个世纪以来,文字在中国一直为少数人所专用。今天,通过简化汉字来扩大其使用范围,这可能让平民百姓服从一些通俗的规则,让死去的语言重生。

\* \* \* \* \*

我们从天上盗来了火,中国人从天上盗来了符号;但是用火焚书的事情却到处都在发生。

第一位皇帝(秦始皇帝)将自己的王朝置于水、黑色、数字六、阴、冬、影和山阴的符号下①。是他让人封锁了长城,以防备蛮夷,也是他下令焚毁了所有的书,使文人归于沉默。

为了显示法的威严而竖立的第一座碑,是酷刑和死亡的

---

① [法文版注]叶利谢耶夫(D. et V. Elisseeff):《中国古代文明》,Arthaud 出版社,1979 版,第 139—140 页。

工具。它还留在我们的记忆中（就像那些想把书保存下来的文人们身上留下的烙印），为的是提醒我们，只关心语法并不能免于牺牲，太把语言当真便会招来暴君的嫉恨；无论在什么时代，无论以什么方式，捍卫文字都将以身家性命为代价。

\* \* \* \* \*

仿佛是对归来旅人的迫切询问：哦，你在学汉语吗？怎么学？尤其是，为什么学？

然而，汉语捕获了你，其实谈不上什么目的（更谈不上进步）。

倒是可以讲一个寓言故事：在没有他乡别处的今天（除了在某个刚刚砍伐的森林里，或某个偶然淘到的书本中），马可·波罗也许不会离开威尼斯，而会学习几门语言。或者，他会努力地忘记这些语言，不过，他是在一个面向东方的舒适房间里做此努力的，那里如今就像昔日的独角兽之国一样难以寻觅。

\* \* \* \* \*

中国人也能从字体认出外国人：细长而颤抖的线条，没有丝毫生气，没有任何空灵。

笔画没有厚度和记忆，没有仇恨和天空。

\* \* \* \* \*

汉字蔑视各种变格和方言，但连接帝国的疆域，在占据的方块中,描绘出中国的河流和道路、天上的火光和地上的耕耘。

汉字在尚未写进偏方秘诀和格言警句之前,就已经向我们推荐了一种角色,并且让自然语言的幻觉在我们眼前舞动。

\* \* \* \* \*

大部分表意字都服从一种规约,并打破这种规约,它们开启一段叙述,邀请我们阅读它们的故事。

那里可以重新找到龙的脉络和土地的方正、女人的奴役和男人的尸骨。

\* \* \* \* \*

水和心,木和火,门和宝盖……汉字紧紧抓住天空,在那里留下意义的印记,它们是环绕着虚空的藤蔓,是环绕着思想的饰带。

男人永远站立,女人永远端坐:前者有自由的手,后者有缠裹的脚。

\* \* \* \* \*

卷云皴、披麻皴、乱柴皴、解索皴、鬼面皴、骷髅皴、芝麻皴、金碧皴、玉屑皴、弹窝皴[①]:这些都是半干的毛笔在山水画

---

① ［法文版注］弗朗索瓦·程(程抱一):《虚与实——中国的画语言》,巴黎,Seuil 出版社,1979 年版,第 89 页。

中画出的各种起伏凹凸的名称。

可怜的粗笔画，可怜的细笔画，尽管如此，这仍然是我们在赞颂的一种文字。

＊　＊　＊　＊　＊

一个名副其实的书法家会充满爱意地投身自己的艺术。或者纵情，或者克制，或者轻触，或者重压：书写是一种爱抚，一种感性的触摸。

这幸福的文字，西方诗人能隐约窥见（在连续抄写时偶尔带来的乐趣中，或者像歌德用手指在情人背上写字时那样），却几乎永远望尘莫及：所以他的手才会如此经常地慌乱、僵硬或痉挛。

＊　＊　＊　＊　＊

据程抱一讲述，著名书法家郑燮四十岁还未通过科举考试，不是因为知识欠缺（在西方这是考试失败的唯一原因），而是因为字写得不好，所以每次重要的考试对他都是致命的。

于是他开始临摹范本，每天无时无刻不在写字，甚至在夜里：一次他用手指在怀孕的妻子的肚子上写字，妻子愤怒地喊道："人各有体。"

由于在汉语中表示身体的"体"和表示文体的"体"是同一个字，所以妻子的话使郑燮眼前顿时一亮：从此他知道，自己应该做的不是模仿，而是去学着凝神聚气，体会姿势，达到必要的紧张。他最终成为了他那个时代最伟大的书法家。

\* \* \* \* \*

母语中的一个句型（像睡梦中的体位那样不自由主），一个直译过来的词语，常常会闯入到一个外语句子中：此时的"错误"接近于口误。

最初的欲望对象，从所学外语的裂缝或缺口中跑了出来，要求自己的权利，于是让另一个欲望对象语无伦次。

在借来的外衣下，一件内衣露了出来：那是汉语外套的衬里，于是我听见了背后传来的笑声。

\* \* \* \* \*

想象有自己的方言，你稍有闪失，它就会把这方言强加给你；然而，我之所以学习一门如此陌生的语言，不正是为了让想象说话吗？

\* \* \* \* \*

为什么在另一种语言里，亲属关系这么不容易记，这么容易搞混和弄乱？往往需要我努力地澄清（如果我愿意回忆）——但首先是在我自己的语言和记忆中澄清。

在这里，我仿佛又遇到了法语中那些最初极为模糊的东西——那些容易发音或了解、却着实很难接受的东西。

当我在汉语中跟跄前行时，我需要重新组织亲属关系，重建家谱;但汉语的亲属词汇极为精确(区分父系和母系,年长和年幼,等等),而那铺陈在空间和时间中的家族又总是无以计数。

(母系方面的亲属用表示外人的字来称呼:父亲属于本地,母亲来自别处。我原来还真以为是相反的。)

\*　　\*　　\*　　\*　　\*

在表示内科的词中含有"内"字,在表示外科的词中含有"外"字。从一种语言到另一种语言,解剖特征成了想象的猎物,它取决于每一种文字或语言(比如德语中的死亡一词就是"阳性")。

但不论内或外,我确实感到衰老和吝啬在我身上变得越来越僵硬——那是一些顾虑重重的小石子,而不是一颗"清澈细腻的心"。

\*　　\*　　\*　　\*　　\*

我梦想有一种语言(有时在睡眠的边缘或在失眠的近旁,我也自以为说过这种语言),在其中,任何一个不起眼的字符,在它的虚笔和实笔中,在它发音产生的空气撕裂中,都会告诉我们它那曲折的诞生和缓慢的死亡;在这种语言里,任何小说都仿佛事先就被否定,因为阅读或写作这本小说也许要用掉我们不止一生的时间。

就连汉语也没有完成这个任务。

日语，这种发展到极致的假借的艺术，则偶尔能在一些短小的故事中，伴着一件古老乐器的单弦，弹奏出一场雪、一个字母、一条饰带，或以一个词命名的某种神物。

但是，诗歌，只有真正闻所未闻的诗歌，能够重新变成我所理解的"汉语"。

\* \* \* \* \*

老学生，永恒的学徒（真正的杜撰者），我通过学习汉语再造童年。

面对这些起初难以认读的文字，听着这种几乎不能分辨声音的絮语，桌子下的那个孩子复活了：他曾努力想弄懂大人们的谈话，像漂移的大陆一般遥远、失落的谈话。

面对最陌生的语言时受到的诱惑不亚于初次面对诗歌时的那种惊异：诗歌同样既是呈现，又是密码。

\* \* \* \* \*

一个汉字，我可以会认而不会读，会读而不会写。

声音和意义分离，就像两面互不反光的镜子，就像我离开家人、被交付给学校时学到的那种法语（那时我周围很少有人会读书认字，以至于对我来讲，法语一直是一种"学来的"语言，与那些爱我的女人们那种口齿不清的话语和腼腆的方言毫不相干）。

* * * * *

梦中只说成语的饶舌者,他清晨发现真理逃走了,像一个
到了嘴边的词,想说却说不出来。

在汉语里,回答时用"是"或"不是",这足以让人惊愕无
语。在对方问题的引导下,你全部的回答已寓于你要选择的
句子结构中。

这种面对事实时的迟疑,这个已写入我们内心、却仍在躲
闪的词语,我们永远只能在母语中以诗意的方式体会。因为
任何一首诗,一首"译自不存在的汉语"①的诗,都试图回避
"是"和"不是",都是在两者之间的航行:如此,尤利西斯终于
造出了句子……

* * * * *

我还记得,在罗马做过的一场旧梦里,有一座位于
"意-中"边界的村庄,一座位于威尼斯东边的湖滨小城。

家乡的种种语言啊,你们随时准备报复任何一次遗忘,你
们知道地理学家所不了解的边界:在鲁贝隆②和西藏之间,在
布列塔尼③和四川之间。

---

① [法文版注] 维克多·谢阁兰(Victor Segalen):《勒内·莱斯》,Gallimard 出
版社,1971 年版,第 162 页。
② 鲁贝隆(Lubéron):法国阿尔卑斯山的一个山脉。
③ 布列塔尼(Bretagne):法国西部地区。

而我，我知道帕多瓦①稻田里有一些黑衣妇女，知道有一个替身正渐行渐远，知道植物园里有一个无名妇女，人们在那里正尝试移植一些异域的话语。

\* \* \* \* \*

字符在页面上的排列，词语在句子中的顺序：从法语到汉语，几乎一切都是反的。

镜中的文字，反转的话语：书房的合页自转了一圈，我又看到身后那个紧盯着我的孪生兄弟。

\* \* \* \* \*

谢阁兰②站立在石碑前，马拉美③迷失在谈话的烟雾中，阿尔芒·罗班④品尝着一种总算是真实的语言的鸦片。他们到达符号的天国了吗？

\* \* \* \* \*

石和骨，竹和丝，最后是纸：在越来越脆弱的载体上，伴随着简化了的符号，一种语言正变得单薄，一种笔画正在失落。

也就是说，再也找不到别处。

---

① 帕多瓦(Padoue)：意大利北部城市。
② Victor Segalen，1878－1919.
③ 马拉美(Stéphane Mallarmé，1842－1898)：法国诗人。
④ 罗班(Armand Robin，1912－1961)：法国诗人，翻译家。

\*　　\*　　\*　　\*　　\*

在巴黎说汉语，为了追逐一个梦。这样的汉语很快就变得如死去的语言一样无法言说，它死于空间的遥远，正如有的语言死于历史的推移。

我所学的汉语不仅超越了一切使用价值，一切交流意愿，而且超越了一切对学问的渴望。

我聆听符号之间的无声交谈。

\*　　\*　　\*　　\*　　\*

我用法语学汉语。

从另一种语言的角度来观察，玻璃和水银间的映象也许不再相同，镜子里的动物也不再相同：蛙和牛，鸡和蛇，龙和独角兽……

\*　　\*　　\*　　\*　　\*

请不要向我扔石头，如果我拒绝迷失，拒绝迷失在这些已有数千年历史却仍会死亡的符号中，就像某个中国画家迷失在笔墨创造的雾霭或混沌中。

\*　　\*　　\*　　\*　　\*

学习一种语言，就是保持对错误的嗜好，就像有人喜欢旅途的偶然；以为自己在"前进"，其实往往在后退。比如，在汉语里，干旱的花园的符号只是童年的枯树林。于是我从童年折返，经由那条原应在法语里开辟的小径。

我继续对汉语一无所知，而汉语却像皱褶一样写入了我的记忆——藏在一张透明油纸的背后，油纸的白光照亮了遗忘。

在《浮生六记》中，叙事者的夫人和一个错字有缘，这个字就是"白"（原意是白色）。在她最喜欢的诗人、她的启蒙老师和她的丈夫的名字中，都有这个字，所以她很怕将来会白字连篇①。

我该用法语不断地抄写这个错字，并偶尔猜测一下它的含义。因为，除非是傲慢或狂妄，我们不得不承认法语是我们的命运：偶然和遗忘的命运，诱惑和迷恋的命运。

一种语言"没有名词、形容词、代词、动词、副词，没有单数、复数，没有阳性、阴性、中性，没有动词变位，没有主语、宾语，没有主句、从句，没有标点"②，我们能拿它做什么呢？阿尔芒·罗班为我们描述的这种哪儿都不存在的汉语，这种只能从死人嘴里听到的未知语言，或许很像他儿时的布列塔尼语，当他深夜里想象自己重见父母的时候。

（我那个名不见经传的父亲，一说话就局促不安的父亲，他连布列塔尼语也不会讲：风吹不到布列塔尼东部地区的学

---

① ［法文版注］沈复：《浮生六记》（法译本），UNESCO，1967 版，Gallimard 出版社，1977 年版，第 31 页。［译者注］原文见沈复《浮生六记》第一章"闺房记乐"："余笑曰：'异哉！李太白是知己，白乐天是启蒙师，余适字三白，为卿婿，卿与'白'字何其有缘耶？'芸笑曰：'白字有缘，将来恐白字连篇耳'。"

② ［法文版注］《需要中国》，见《阿尔芒·罗班，多与一》，载 *Plein Chant* 杂志，1979 年秋季号，第 47 页。

校,挂在脖子上的木屐从未震响到那么远①。这是家乡的语言,可我却不曾领略。在这种语言里常能听到 z 的音,拉丁人认为这是死亡的字母,把它流放到了字母表的最后②。

词首多变的语言③,它如今留给我们的,是大海淘洗过的专有名词,是布列塔尼的潮汐退尽后的巨石阵。)


把自己托付给唯一语言的时代终于来到了,那是仍在我耳畔低吟的奶妈讲故事时的语言,是小弥撒的语言,是被蛮夷的双声叠韵所萦绕的法语,是纵情于谐音的法语,是来自远方的、意欲覆盖那嘶哑的起源之声的"哼唱"(用以代替我不得不放弃的那个死去的语言);那是这样一种文字,在抄写者的懊悔和犹豫中,它还能让我们辨认出一个写错了的符号:以前的一个拼写错误,一个户籍错误,总之一切能让我们想到的东西——回忆的谎言、孩子的羞愧、小说的上千个开头以及害怕失去的对名字的记忆。

如果诗歌真的还要我,我将回到那张白纸,回到母语,仿佛回到一条似明若暗的小溪,那里还有几个患语言病的动物来饮水。还有读者,我的乳兄。


＊　　＊　　＊　　＊　　＊


地面上零雨滴滴(掌心中的零钱);滴滴零雨可以代替书写中的一个零或几个零;还可以代替所有这些按照某种看似零乱的规

---

① 指布列塔尼地区历史上流行过的一种习俗:那时,只会说布列塔尼方言而不会说法语的人会遭到羞辱,羞辱的方式就是把木屐挂在脖子上。
② [法文版注]参见帕斯卡尔·吉尼亚(Pascal Quignard)著《克劳狄乌斯的藏字文》(载《粘土》杂志,1978－1979 年冬季刊)和巴尔扎克著《Z·马卡斯》的开头。
③ 指法国布列塔尼地区的方言布列塔尼语。在这种方言里,起语法作用的词缀不是出现在词尾,而是出现在词头。

则汇集在这里的零零星星(样品、零头和边脚、残笾、零售)①。

钱币是圆的。不多不少,圆得像苍穹,像"圆满的休憩",像树木的年轮,像光环,像华尔兹;不多不少,圆得像梦的解说,像和谐的声音②。

应该低着眼睛先用去声来读这些词:月亮的残余部分、午夜后的时辰、未来的生活、雪花的飘落、河的下游、奴婢或被休的女人、生殖器、堕落、"产卵"的动词;随兴而至的文字以及未完待续的任何故事⋯⋯③

尚未存在的,或已经不在的,用缺席(除了六十四卦中的最后一卦④)来命名等待夫婿的未婚妻和等待死亡的寡妇。一切未了之事,比如未来,比如等待轮回的前世⑤。

运气的转变,天体的运行,毛笔的运用,无论是好是坏,都可以只用一个字来表达。同样,"法"字可以出现在礼拜仪式、劳役和书法样式中⑥。

---

① 此段涉及汉字"零"及相关词组:"零雨"、"零钱"、"零乱"、"零星"、"零碎"、"零头"、"零售"。

② 此段涉及汉字"圆"及相关词组:"圆苍"、"圆寂"、"圆心"、"圆光"、"圆舞曲"、"圆梦"、"圆润"。

③ 此段涉及汉字"下"及相关词组:"下弦"、"下半夜"、"下世"、"下雪"、"下流"、"下女"、"下堂"、"下身"、"下水"、"下蛋"、"下笔成章"、"下文"。

④ 指《易经》六十四卦中的最后一卦"未济"。

⑤ 此段涉及汉字"未"及相关词组:"未曾"、"未济"、"未婚妻"、"未亡人"、"未了公案"、"未来"、"未了因"。

⑥ 此段涉及汉字"运"及相关词组:"运转"、"运动"、"运笔";"法"及相关词组:"法事"、"法定劳役"、"法帖"。

在这种（我们参与杜撰的）语言中，言语也是民谚，它跟虫子的叫声和鸟儿的歌唱没有什么区别。而我这个见识狭隘的人之所以弄不懂什么是"井鱼"，那是因为我还在无知的黑水中游动。①

"威尼斯"是 Venise 的名称。这名称很像是那个从中国归来的马可·波罗可能发出过的声音在水面的回声，因为专有名词就是以这种类似音译的方式翻译的：一种语言因此可以制造出一些拟声词，这些词不是为了模仿所谓的自然的声音，而是为了模仿另一种语言的声音。然而，记录这些声音时毕竟要使用一个已经有意义的字，所以这些被反射过来的声音便会产生意想不到的含义（汉语本身就充满了音和意的这种偶然相遇——很大程度上是因为汉语的音节数量很少。比如，蝙蝠之所以是幸福的象征，只是因为这个词的后一个字与表示福气的字同音）。

汉语里表示书房的"芸窗"一词之所以由"芸"字打头（这种开黄花的植物我们叫做 rue，来自拉丁语的 ruta），是因为以前人们把恶臭的芸香叶夹在书本里驱虫。这个字的草体则跟"草"有一定联系。

不断地遇到一些法语里没有的词，如表示"掉乳牙"的动词，表示"出生一周年"的名词、表示"奶妈的丈夫"的名词②。尤其是表示亲戚关系的词只能用很晦涩的法语来定义：母亲

---

① 作者在此段中参考了汉字"语"及相关词组"语言"、"语云"、"鸟语"的法文释义；"井"和相关词组"井鱼"的法文释义。

② 作者在此段中依次参考了汉字"龆"、"周岁"、"奶公"的法文释义。

的兄弟的妻子、众多兄弟的妻子、妻子的兄弟的妻子、未婚夫的家人，或父系一边的、比父亲小的叔叔①。表示近亲的词几乎同礼貌用语一样多。因为，汉语里充满了空话、卑微的劝告、歉意和退让。

"心"字是不可译的，除非补充一句："心，五脏之一，五脏之主，通常认为是精神的居所和思想的中枢，在某些五脏系统中对应于'中'和'土'，在另一些系统中则对应于'南'和'火'"。可这真的更清楚吗？

"五"：品德、污秽、滋味、欲望、经书、感官和方位（要算上"心"和"中"）、音阶、声调、海洋、颜色、金属、家畜、有毒的动物、连续不断的生命和同一屋檐下的几代人②。

\* \* \* \* \*

以上内容不是从汉语翻译过来的，而是从利氏学社1976年版的词典借来的③。这部词典或许可以用"临"这个汉字作

---

① 作者在此段中依次参考了汉语"舅母"、"妯娌"、"舅嫂"、"婆家"、"叔父"等词的法文释义。

② 作者在此段中依次参考了汉字"五"及相关词组"五常"、"五浊"、"五味"、"五欲"、"五经"、"五官"、"五方"、"五音"、"五声"、"五大洋"、"五彩"、"五金"、"五畜"、"五毒"、"五世同堂"等的法文释义。

③ ［法文版注］依次借用了该词典中的汉字第3186"零"、第5977"圆"、第1837"下"、第5502"未"、第6026"运"、第1494"法"、第5949"语"、第959"井"、第5491"威"、第4036"蝙"、第6024"芸"、第5126"草"、第1990"心"、第5539"五"。汉字按照魏氏拉丁拼音字母顺序排列。每条（编号的）词目对应于一个字，每个字与其他字组组成一定数量的词语、词组、格言等（共约5万个）。大约是为了方便那些有实用目的的人，第150页的附录列出了一些对照表（各种注音法对照表、拉丁化注音法、年代表，如《六十甲子及中西历对照表》）。根据附录，还可以按笔画（但还得知道笔画怎样数）或　　（转下页）

它的标志,"临"的意思是"按汉字原样复制",即"达到完全相似",但也可以是"现场抄录"!因为这部词典的书名是《汉语的法语词典》,这个书名不仅是对更早之前的辞书的致敬,而且它最大的功劳就是使这部词典区别于通常的"双语"词典。通常的双语词典用一个骗人的连字符很容易让人误以为两种语言是可以相互映照的明镜(当我们张嘴说话时,这镜子也几乎不会起雾),或者误以为词语可以从一个等值到另一个等值,绕地球一圈,然后原样返回。

洋洋几千页,六千零三十一个词目"入口",它们通向内宫、闺阁、下房、楼梯、陷阱,总之通向一个迷宫。在这里,在省区、河流、花卉的名称之间,仿佛堆积着为成就某个将军的荣耀所必需的"万千尸骨";还有那些永垂不朽的、在法语里却几乎都很陌生的帝王、文人、僧侣、译者的名字。这部词典也通向两种语言之间的那块空地,统治那里的是一种中间语:是在如此遥远的距离仍能听到的那种汉语的余音,因为翻译语之于原语言,正如同回音之于声音。因此我们可以在词典的同一页上,一边辨认汉字(从那仿佛孕育了所有笔画的唯一笔画出发去梦想),一边阅读一种面向东方的法语。这种沿着符号之墙迂回辗转的法语,它本身就很像诗——当我们把"涌泉"放入"泪水"中,把"波涛"放入"话语"中①,或者当我们把那些

---

(接上页注③)部首查找汉字:这时我们便再次凝视"泪"和"波"中的那三点水,或仿佛在某些字下燃烧的、也出现在"煤"和"乌鸦"中的那四点火。附录中还有《易经》的六十四卦、太阳历的二十四节气、度量衡表、帝国年代表(既没有忘记"北京人",也没有忘记钻木取火的发明者)。"年表"还分为"长年表"和"短年表",分别参照《通鉴纲目》和《竹书纪年》。

[译者注]指《汉法综合词典》,利氏学社-光启出版社,1976年版。该词典的法文原名是 *Dictionnaire français de la langue chinoise*,直译为《汉语的法语词典》。

① 此处指涉法语的两个固定词组:torrent de larmes(泪如泉涌)和 flots de parole(滔滔不绝),其中与水有关的比喻具有类似于汉字的表意功能。

原先稍稍有些隔阂的词语"翻译"成白纸黑字的时候。这部词典堪称《十万亿首诗》①的增订版，或校对版和修订版，它的最后一个字恰恰既有韵脚的意思，又有韵母的意思②，它仿佛是让我们不要忘记回响于每一种语言、并绵延到一部基础双语词典之外的那些声音。

---

① 法国作家雷蒙·格诺(Raymond Queneau)的一本诗集。
② 指《汉法综合辞典》的最后一个字，即第 6031 个字"韵"。

**图书在版编目（CIP）数据**

行脚商／（法）马瑟著；唐睿，秦海鹰译. —上海：
华东师范大学出版社,2010.8
（巴黎丛书）
ISBN 978 - 7 - 5617 - 8032 - 9

I. ①行… II. ①马…②唐…③秦… III. ①随笔—
作品集—法国—现代 IV. ①I565.65

中国版本图书馆 CIP 数据核字(2010)第 165242 号

**华东师范大学出版社六点分社**

企划人　倪为国

Colportage I-Lectures
Colportage III-Images et Un Détour par l'Orient
By M. Gérard MACE
Copyright Ⓒ Editions Gallimard 1997 pour Colportage I-Lectures
Copyright Ⓒ Editions Gallimard 2001 pour Colportage III-Images et pour Un Détour par l'Orient
Published by arrangement with Editions Gallimard through Mme CHEN Feng
Simplified Chinese Translation Copyright Ⓒ 2010 by East China Normal University Press Ltd.
**ALL RIGHTS RESERVED.**
上海市版权局著作权合同登记 图字:09-2009-158 号

巴黎丛书
# 行 脚 商
（法）热拉尔·马瑟　著
唐睿　秦海鹰　译

责任编辑　李炳韬
美术编辑　魏宇刚
责任制作　肖梅兰

出版发行　华东师范大学出版社
社　　址　上海市中山北路3663 号　　邮编　200062
电话总机　021 - 62450163 转各部门　　行政传真　021 - 62572105
客服电话　021 - 62865537（兼传真）
门市（邮购）电话　021 - 62869887
门市地址　上海市中山北路3663 号华东师范大学校内先锋路口
网　　址　www.ecnupress.com.cn

印 刷 者　上海市印刷十厂有限公司
开　　本　890×1240　1/32
插　　页　2
印　　张　9
字　　数　180 千字
版　　次　2010 年10 月第1 版
印　　次　2010 年10 月第1 次
书　　号　ISBN 978-7-5617-8032-9/G·4691
定　　价　29.80 元
出 版 人　朱杰人